刀月知一

世间最美好的事
莫过于你以为已经失去
却发现它正在不远处等你

有爱的青春陪伴者

灼灼桃花凉 2

四月初一 著

百花洲文艺出版社
BAIHUAZHOU LITERATURE AND ART PRESS

图书在版编目（CIP）数据

灼灼桃花凉.2 / 四月初一著. — 南昌：百花洲文
艺出版社, 2019.8
ISBN 978-7-5500-3318-4

Ⅰ. ①灼… Ⅱ. ①四… Ⅲ. ①长篇小说 – 中国 – 当代
Ⅳ. ①I247.5

中国版本图书馆CIP数据核字(2019)第151108号

出 版 者　百花洲文艺出版社
社　　 址　江西省南昌市红谷滩世贸路898号博能中心A座20楼　邮编：330038
电　　 话　0791-86895108（发行热线）　0791-86894790（编辑热线）
网　　 址　http://www.bhzwy.com
E-mail　bhzwy0791@163.com

书　　 名　灼灼桃花凉 2
作　　 者　四月初一
责任编辑　余丽丽
特约编辑　伍　利
装帧设计　Insect
封面绘制　盆栽的栀子花
经　　 销　全国新华书店
印　　 刷　湖南凌宇纸品有限公司
开　　 本　880mm×1230mm　1/32
印　　 张　9.5
字　　 数　225千字
版　　 次　2019年8月第1版
印　　 次　2019年8月第1次印刷
书　　 号　ISBN 978-7-5500-3318-4
定　　 价　38.00元

赣版权登字：05-2019-170

第一卷
前情

> 我求漫天神佛保佑，你的有情人，是我

我逃婚那一日，恰是个春光灿烂的好天气。因事发突然，我只来得及背上一包刚出炉的点心，才跃上未祁宫的墙头，就见旁边那棵葱郁的槐树上也现出个人影。对方一身黑衣，身量颀长，手握在剑柄上，正一眨不眨看着我。

我默默瞥他一眼，又默默跳回院中，仰起头瞧了一眼仍直挺挺立在那里的季末，自顾自解释："季末，你是不是以为我要逃走？当真是以小人之心度君子之腹。这里风景甚好，我只是上来赏景而已。"

季末面无表情道："敢问帝姬，包袱里装的是什么？"

我拍了拍鼓鼓囊囊的包袱，顺手摸出一块点心来吃："点心啊，你见哪个赏景的时候，不是配着薄酒和吃食的。"

"……"

婚是逃不得了，我悻悻地在院中踱步，踱到包袱几乎要被我吃空，才发泄似的对着空无一人的院子大喊一声："季末！"

果然不消片刻，树荫下走出一个人，他单膝点地跪在我身

前，恭敬道："帝姬有何吩咐？"

我摸了摸鼻尖，在一旁的石凳上坐下，皱眉望着远处的碧色竹海问道："你家主子呢？"

要论好奴才，季末称第二，没人敢称第一。哪怕我同贺连崇的婚事传得风风雨雨，此时此刻，作为贺连崇贴身侍卫的季末，仍然敢一字一顿告诉我："主子正在逍遥楼。"

逍遥楼？

这青天白日的，青楼倒开始做生意了？

大约是怕我生气再惹出什么事端，说完这番话后，季末仍跪着，目光却不曾从我身上离开半寸，生怕我做出什么冲动之事。但这着实是季末想多了，别说贺连崇在青楼，就算他在义庄，我能做的也只有为他奔奔丧而已。

爬了半日墙，我有些乏了，索性将包袱皮扔在石桌上，喊桑俞拿杯凉茶来润润嗓子。不消片刻，桑俞已端了各式草药煮的茶来，将茶杯递给我时，刻意压低声音问道："主子，下一步怎么打算？"

褐色茶汤微微泛苦，我喝下一大口，摇了摇头。

桑俞又问："那桑俞要不要多备些点心，让主子下次跑路的时候带着？"

我瞥一眼仍然跪得笔直的季末，再度摇了摇头。

桑俞重新将茶杯斟满，叹了口气："二世子那样好，是寻常少女梦都梦不来的福分。到了主子这里，倒像是市集上随处可见的大白菜，半点都不珍惜。"

眼前的季末似乎将眉毛挑了挑。

将贺连崇比作白菜，桑俞的这个比喻深得我心。

平心而论，我同贺连崇其实并没有多么深厚的纠葛，只是纠葛的时间颇长一些。

这桩事，还要从十六年前开始说起。

据史书记载，大齐一向民风开放，男婚女嫁之事全凭自愿，皇族也不例外。可我偏偏是个例外。我不是皇族，却自有记忆时便生活在皇宫，身上没有一点王公贵族的血统，却生得比帝姬还要尊贵，一切仅因为一场意外。

听宫中的老嬷嬷说，数年前，一向风调雨顺的大齐陡然生出一场水患，其患之大，让平日里生活富庶的江南各县顷刻间毁于一旦。彼时正值秋分，数万顷良田却颗粒无收。皇城外饿殍遍地，民不聊生，遭了难的百姓尸首没人打理，全堆在覆了淤泥的河堤上，日头出来，黑压压的一片，无不散发着腐烂的腥臭。

眼见水患要演变成一场瘟疫，灾民再不敢耽搁，一路从江南北上，顺便等官府放粮救灾，等不到便强抢粮铺。一时间，夜不闭户的大齐变得民心惶惶，连宫中的日膳都不见荤腥。

民以食为天，前有食不果腹，后又有瘟疫横行，为了活下去，饶是再和善的百姓也难免会做些荒唐事。不少流寇借机起义，这一批才被官府镇压，又有另一批揭竿而起，连市井的孩童都会唱几句大齐要亡的童曲。

内忧不止，外患已至。边境小国虎视眈眈，企图趁大齐虚弱时分个一城半地，奏折一道一道地呈上来，几乎压塌了御书房的桌案。

国君接连派了几个贤臣治理水患瘟疫，却一一无果，愁得一夜之间花白了发，又无可奈何。

天要大齐亡，人又能有什么办法？

然而就在这一片混乱中，市井不知何时多了一个传言。传言说，大齐出了一位修仙的白衣真人，通晓天文地理、古往今来之事，此时正隐居在皇城外东南十里的决明山。

流言一传十传百，传过层层宫墙，终于传到王上耳中。自古以来，大齐不信佛不信道，连前朝的太妃想青灯古佛了此一生，都只能到邻国去修行。可到了这一代的国君，眼见国难当头，也只好摒弃祖宗留下的训诫，亲自出宫去请高人的仙谕。

只是，高人之所以被称为高人，定然有不同于寻常人的地方。哪怕是当今国君，在高人面前，依然吃了个闭门羹。

白衣真人座下的小弟子不卑不亢，告知浩浩荡荡的一众人等，师父正在修行，万万不可打扰。

国君也不气馁，第二日再次前去，结果依旧。直至九日后，真人终于出关相见。国君大喜，连连许诺只要高人能救大齐于水火，定让他加官进爵。真人却说，我不要名不要利，天机我也不可泄露，更何况我即将修炼成仙，名利也不会看在眼里。

眼看最后一根救命稻草已经随风飘至悬崖边再也抓不住，国君几乎要绝望。此时，白衣真人又慢悠悠补充道："贫道虽将位列仙班，但生在大齐，只能在此劝诫国君一句：陛下平日杀戮众多，上天才会降此大祸，只有陛下心存善念，才能保大齐国泰民安。"

这实属一句废话，既登帝位，你不心狠手辣，自然会有别人对你心狠手辣。为保大局，又岂能坐以待毙。更何况，虽说种善因得善果，可庄稼丰收还需春夏秋冬，善心又怎能一朝一夕种成。

国君心灰意冷，弃了轿辇失魂似的徒步下山。行至苍茫山涧，忽听其中传来婴孩的啼哭声。随行侍卫赶忙上前查看，从层层枯草中，抱出一个襁褓中的女婴。

毕竟是大齐的子民，国君也不好将女婴再次丢弃，更何况白衣真人才说要心怀善念，眼下恰是最好时机。几番思虑之后，他将女婴抱回宫中，取名九辞，寄养在国仗君景天名下。不料当夜，决堤数十日的湄阳河水势渐缓，几日后，水患终于平息。天灾不再，之后的治理工作也出奇地顺利。国君大喜，将女婴接回宫中，加封为祺福帝姬，昭告天下，并许诺，日后不论他的哪个

子嗣登基，她一定是中宫王后。

而我，好巧不巧，正是被国君抱回的女婴。

嬷嬷说起这桩事时，颤颤巍巍地握着我的手，感叹我功德无量，是大齐的福星，自出生起就心怀大齐，心怀江山，心怀社稷。我干笑着摸了摸鼻子，暗忖自己除了不知被谁遗弃在决明山之外确实没做什么救国的事。可当我真说出心中所想，嬷嬷却哭了，她觉得我谦虚。

我着实不是谦虚，但类似的话我不曾再说。因为从没有一个人来问一问我，愿不愿意做大齐的帝姬，未来的王后。

此后兜兜转转十五年的光景，大齐虽不算平平顺顺，但好歹再无天灾人祸。只是顺应天命，国君身体日渐孱弱，立储一事在朝堂上被频频提及。自古皇族出纨绔，可大齐这六位世子，却一位比一位出色，金银珠宝、赌博、美色，一样都不贪恋，平日里最大的爱好就是读书理政，抽空还去太学进修，实在是当世青年的杰出榜样。

除了这些，他们还有一个共同点——至今都未娶妻。

若问原因，其实很简单，他们都在等一个人。而这个人，说来惭愧，正是如假包换的本帝姬。

不是我对自己的外貌有多自信，而是他们觉得，娶了我，就等同于被封为下一任国君。没有人不想当国君，所以牺牲一下婚姻大事也不是什么大问题。这桩想法直接导致，六位世子一个接一个找到国君，声情并茂地吐露出对我的爱慕之情，且一定会以"儿臣愿娶九辞为妻请父王恩准"结尾，整齐划一的论调让我几乎怀疑他们私下是不是找同一个军师写出的奏表。

桑俞同我分享完这桩宫闱秘辛后，兴高采烈地问我有什么看法。我想了想，让她再去打听打听世子的军师是谁，我要请他替我写这周博士留下的课业。

世子娶妻，帝姬嫁人，这本该是一桩大喜之事，却让国君犯了难。因世子有六个，我却只有一个。我想如果可以，国君一定想把我同时许给六个世子，只是这么做有违人伦常理，所以只能另择他法。

前些日子，国君特意把我招到御书房，屏退众人，笑眯眯地同我道，他的六个儿子，我对其中哪一位有爱慕之意。言语里一派谦和温柔，似乎是怕我被吓着一般。

我想诚实回答，一位都没有，又怕拂了国君的面子。诚然，被封为帝姬时国君没有问一问我的意思，但正是因为他发现我，才没有让我饿死在深山荒野，之于我也算有救命之恩。

其实不只是对一众皇子，我自小便无任何感情，更不知哭或笑的意义。宫中最小的帝姬贺连慕，曾养过一只通体雪白、双瞳异色的波斯猫，名叫"雪花"。十四岁那年，贺连慕患了哮喘，太医说她不能再养猫，于是便将雪花寄养在我宫中。

那时雪花不过才七八个月的模样，圆圆的头、小小的耳朵、湿漉漉的大眼睛，煞是可爱。每日太学放学后，我总会同它在院中玩一会儿，才去做功课。贺连慕曾在我宫外偷偷看过它两次，见我将它养得毛色甚好，且日渐丰腴，也渐渐放下心来。

只是好景不长，数月后，宫中闹鼠疫，各宫苑皆备了许多耗子药。桑俞未曾留心，让雪花误食了灌了毒的小黄鱼，被侍女发现时，尸体都僵了。

我看着刺槐下的雪花团成一个白色的小球，可以想象它临死前的痛苦之状。我觉得该做些什么，可一时又不知道要做些什么。桑俞跪在一旁哭得凶，边哭边扯我的裙裾："主子，都是桑俞的错，您打我也好骂我也好，别不说话啊！万一憋坏了身子，桑俞、桑俞……"

我弯腰将她扶起来，想了想，道："这事先别告诉阿慕，她……"

"别告诉我什么？"

身后响起脆生生的一声。我回过身，下意识地挪了挪身体想要挡住树下的雪花。着了淡色宫装的贺连慕从券门外疾步走来，兴致勃勃道："皇姐，雪花呢？前些日子太医说我的病症全好了，可以把雪花接回宫里养几日……"

她的目光望向我身后，猛地收住脚步。

我又挪了挪身子。

桑俞不安地看着我，我不安地看着贺连慕，而贺连慕……倒是没有不安，只是呆愣许久，终于"哇"的一声哭出来。这一哭便哭了半个时辰，我看她梨花带雨甚是可怜，而且颇有要哭昏过去的架势，也不知该如何安慰她，只得硬着头皮道："你不要太难过，不过是一只猫，你若喜欢我再命人去帮你……"

话未说完，她抽泣着打断："皇姐，雪花好歹跟了你半年，你竟一点感情都没有，你怎能如此冷血？"

我怔在原地，直到她哭着从我宫中跑出去，也未曾想通，她斥责我冷血是何故。

其实在我心中，喜欢一只猫，同喜欢一个人并无差别。起初我只当自己年纪小，不懂得这红尘俗事，可直到如今，已是情窦初开的年纪，连几个妹妹都已春心萌动，我仍然未对任何一个男子生出暧昧之心。

后来某一日在太学的术数课上，我神游天际，想起前些天冯博士教的"问世间情为何物，直教人生死相许"之类的诗词，一时不解其意，便在草纸上乱涂，写下"情为何物"四个大字。

同座的贺连崇眼风飘过来，望了望草纸，又望了望我，轻轻笑了声："需要私塾补课吗？"

因是同座，我与贺连崇平日倒是走得近些。若论功课，他亦算得上佼佼，偶尔遇到课业上不懂的问题，我也时常向他讨教两

007

句。

于是，我将草纸推了过去。

贺连崇将沾饱了墨的笔一搁，理了理玄色的衣袖，一派淡然道："我收费可是很贵的。"

推草纸的手一顿，我抬头问道："怎么个贵法？"

不得不说，托国君的福，贺连崇着实长了一副好皮相，尤其那一双墨黑的眼，总是似笑非笑的，喜欢的人看了很喜欢，不喜欢的人看了很想打人。这人若是生在寻常百姓家，定是个细皮嫩肉的小白脸。可他偏偏生在帝王家，自出生起便被锦衣玉食包裹，拥有全天下最好的硬件设施，同时又兼具全天下最好的软件条件。所以才养成如今这般不急不躁的性子，举手投足间自成风流。

这么看着他，看的时间就有些久。后排不知谁轻咳一声，冯博士握着戒尺望过来，我赶忙坐直身体假意听课。待到冯博士望向别处时，忽闻身旁人似笑非笑的一声："以身相许，概不赊账。"

我把草纸收了回来。

从前白衣真人那一句仙谕，让想做国君的世子们自幼便同我交好，无论是真心还是假意。虽然我觉得，他们也未必是真正喜欢我。

这本该是一桩难过的事，可我只懂得该难过，却又不能真正难过。就如同雪花的死，我知道我该像贺连慕一样哭一两声才符合常理，可我着实哭不出来。

于是困扰我的问题，从情为何物变成如何该哭，困扰着困扰着，我便真的困了，将书本摞得高高地挡在身前，打算闭目养神。临睡着之前，我还不忘含含糊糊嘱咐贺连崇："博士若过来了，记得叫醒我。"

然而当我再次醒来时，台上的博士已换了一位。身上不知何时多了一件裘狐披肩，我捏着领子坐起身，发现方才被我压在手臂下的草纸已在贺连崇手中，上面写写画画多出许多看不懂的字符。

"睡醒了？"听见响动，贺连崇停下手中的笔，一贯散漫的眉眼多出几分认真的意味，"我方才想了想，你不懂情为何物，或许是患了某种病症。"

我有一瞬间的呼吸不畅。

贺连崇的确通些岐黄之术，有时太医院都无法诊断的顽疾，都能被他一眼看出来。我一扫脑门的瞌睡，忐忑地支起下巴等他的下文。半尺外，他轻飘飘瞥我一眼，斜了斜嘴角道："只怕是……"

我凑近两分，看了眼三排开外并未注意到我的鲁博士，压低声音道："什么？"

他若有所思道："爱无能。"

"……"

不知贺连崇是玩笑还是认真，我倒是当真想过，是不是的确患了某种隐疾，才缺失了感情这个玩意儿。可我翻遍了宫中秘藏的所有医药典籍，也不曾找到关于此项的一丁点记载，当然，我也不曾问过太医，我怕当我问出"李太医啊为什么我对世子们都没有爱慕之心呢"，下一刻他们就会去王上面前参我一本祸乱内宫。

如今，在国君问我对哪位世子有爱慕之心时，我也着实不知该如何回答。前思后想半晌，我终于犹豫开口："其……"

国君："祁颜？"

我一愣："其实……"

我正在思考应该如何说下去时，被五色琉璃屏风隔开的内室里陡然响起重物坠地的声音，有什么东西稀里哗啦碎了一地。我

直起身看过去。国君干咳一声，仓皇起身走进内室，片刻后又从屏风后探出头来："崇儿眼下出使羌国，后日才归家。"他又望了望房梁，"九儿，姻缘乃是头等大事，你先暂且退下，此事须得从长计议。"

我依言告退，以为这件事已经告一段落。

谁知不过一夜，我要嫁给贺连崇的消息已如春日的阴雨，绵延至宫中的每一个角落，连冷宫都没有放过。

贺连崇，字祁颜，大齐的二世子。不同于其他几位世子的野心勃勃，他一向寄情于山水，又喜参佛悟道，听闻从来不收徒的白衣真人已经将他收在名下做关门弟子。而他穿衣向来喜欢素色，看起来颇有些仙风道骨又不食人间烟火的意味，像画中俊雅的仙人。

传言说我要嫁给贺连崇，听起来简直就像我要去亵渎一幅名家的水墨画。

宫中的消息一向传得快些，今次却格外快。预感接下来宫门将要被踏破，我先一步做出反应，对外称病，闭门谢客。果然不过午后时分，已有各宫娘娘送来各式补品吃食，表面探望，实则借机打探消息。后院的库房又堆成了山，桑俞一边感慨我的人缘颇好，一边问我有何打算。我想了想，说了句，随缘。

但缘分这回事，如果再随，怕是会随出洞房花烛。

至于桑俞说的人缘，同样很难定论。我自小便被送去学习各种礼乐书画，但向来比其他帝姬都顽皮一些，不喜欢舞文弄墨，反而更向往市井的自由，常常微服出宫去集市闲逛。而国君对此一向睁一只眼闭一只眼，算是个默许的态度。

听闻不止一人劝过国君，万不能对我如此偏颇，不然日后我一定恃宠而骄，又举了些历代红颜祸水的先例，动之以情晓之以理企图将我赶回决明山。

国君回了他六个大字：多行善，多积德。

亦有不少嫔妃私下都说祺福帝姬到底是外面捡来的，没有皇室高贵的血脉与教养，却偏偏生得骄纵，真不知国君还把她养在宫里是为了什么。后来这些话传到国君耳中，当夜便将传话的嫔妃打入冷宫。自此，我在宫中再没有听过类似的传言，相反，同我亲近的宫人倒是越发多了起来。

我能看出世人是否是为了讨好我，却不知道自己究竟喜欢谁。

这委实让人不知所措。

四月初八，国君去玉沃山行猎，除过随行的世子、大臣外，竟破天荒地带了宫中所有女眷。一行队伍浩浩荡荡，其中只少了两人。一人是我，国君念我风寒未愈，特准我在宫中静养。一人是祁颜，因他一向不喜这些激烈活动，所以告假并未随行。

而后，国君再一琢磨，又将我送到祁颜府中，美其名曰，怕我独自一人在宫中烦闷。

圣旨颁下来的那天，桑俞悄悄同我道，国君这番举动，其实不过是让我同二世子培养感情。

我说桑俞你近日越发长进了，连国君的心思都摸了个通透。她颇为自豪地拍了拍胸脯，说古往今来野史里都是这样写的，末了告诉我，主子，多读书，读书使人进步。

我："……"

因平日里一向喜简，我搬去世子府时也只带了两个包袱外加一个桑俞。可自从进了世子府的大门，一连三日，我连祁颜的半片人影都未见着。据年迈的管家沈伯说，二世子出门前特意交代，平日里下人如何待他的，就要如何待我，甚至还留下贴身侍卫季末护我周全。

我倒是头一遭来祁颜的府邸，起初觉得新奇，便到处闲逛，然闲了三日，逛遍了府中每一处亭台楼阁，甚至连哪一处有何种形状的木石也记得清清楚楚。待我再坐回院中的石凳，望着了无人烟的世子府，头一遭觉得，祁颜的生活，也着实无趣了一些。

于是，趁着福伯不备，我溜了。

可待我才翻上墙头，看到蹲在另一棵树上的季末时，才终于明白，祁颜之所以留下他，护我周全是假，限制我人身自由是真。

眼看季末大有一副要长跪不起的架势，我顺了一口气，点了点头："好，既然我不能单独出府，那你便带我出去。我要见贺连崇。"

季末眼中闪过诧异神色，再次重复道："主子正在逍遥楼。"

"他就是在天上，你也得找个风筝把我放上去。"我猛地一拍石桌，正色道，"无论如何，我今日一定要见到他。"

民间有句话，似乎叫老虎不发威，你把我当什么猫的。许是从未见我动过怒，季末思索良久，竟然破天荒应了声"遵命"。

当我收拾妥帖，终于堂堂正正地从世子府的正门出去时，桑俞扯着我的衣袖，无不仰慕道："主子，您方才实在太有魄力，都快把桑俞的小心脏吓出来了！"顿了顿，双眼冒出桃红色，"主子想方设法都要出府，一定是想二世子了对不对？"

我脚下一个趔趄，摇了摇头。

桑俞不解："那主子为什么一定要见二世子？"

我摸了摸鼻尖，仔细想了想道："因为一个人在府里，实在太无聊了。"

"……"

一番折腾下来，竟已过酉时。彼时暮色四合，皇城中一片热络，沿街的小贩不住地叫卖，两旁的商铺已有不少掌起了灯。几个孩童捏着糖葫芦从身边跑过，其中一个年纪最小的跌了一跤，却也不哭，手举得高高的，看着红彤彤的果子不住地笑。我将他扶起来，眼看他推开我的手跑远，嘴角竟不自觉地扬了扬。

算起来，我也有数月未出宫了。路过一户茶摊，无意听到几个茶客在谈论出使羌国之事，听闻二世子自请为使者，令羌国国君颇为不满，直言派一位闲散世子前来，是不是看不起他们羌国。此行本是交涉两国边境的叶城归属，眼看大有谈崩之势，却被二世子三言两语轻飘飘化解，顺利夺回叶城。

在座无一人不感慨，二世子足智多谋、能言善辩，看似闲散，实则心系江山社稷，果真为大齐之福。

我在旁边"扑哧"一声笑，几个茶客恶狠狠看过来，我赶忙低下头拉着桑俞溜之大吉。

走出一段，桑俞问我："主子，你方才笑什么？"

我左右打量半天，才小声道："你知道二哥出使前是如何同王上说的？"

桑俞摇头表示不知，我挑了挑眉，继续道："他说，羌国玉露山风景秀丽，此时正是赏景的不二时节，若能得空，便顺道去羌都谈谈叶城之事。"

"……"

夜市没什么新奇的玩意儿，唯一新奇的是今夜似乎是个什么节，街上相较平日更为热闹，不少姑娘手中都提着花篮或是花环，最不济的也拿一枝当季的鲜花。

在宫里，一年中正经过的不过十余个节日，但民间不同，凡是能搞出些花样的日子都被百姓争相传诵，用来填补无聊的生活。

我才要去寻个什么花来装装样子，在前面领路的季末忽然毫无预兆地停住脚步。我未留意，便一头撞在他身上。撞完之后抬起眼，我才发觉方才看姑娘们看得太兴起，竟不知何时已到了一片开阔水域，四周是蜿蜒的水廊，廊中立了方案几，几边坐了个着白衣的男人，男人手中闲闲握了卷书，书旁搁了通体黢黑的木叶盏，盏边放了一把微微泛蓝的剑。

水域我不认得，水廊我不认得，案几我不认得，可这男人我却认得。我倒退了一步，又倒退了好几步，也不顾同样呆愣的桑俞和季末，转过身拔腿就跑。

但着实是我见识太浅薄，能从贺连齐眼皮底下逃走，其难度不亚于砧板上的鱼再跳回鱼篓。还没绕过第一个弯，已听身后有道低沉的嗓音响起来："九辞，我才离开宫中不过几个月，你倒急着把自己嫁出去了？"

我惊出一身冷汗，假装没听到一般，脚下的步子迈得更急，恨不得要飞起来。然还没看到第二个转弯，那道声音已再度响起，而且听起来，似乎比方才更近了些。

"是你自己停下，还是我过去捉你，九辞，你自己掂量着办。"

饶是我仍然妄想装傻充愣，却也听出话里的威胁，索性放弃奔跑，视死如归般转过身。鹅卵石铺陈的小径，一袭白衣常服的贺连齐站在尽头，正一眨不眨地看着我。

近来事多，我竟忘了，国君去围猎时，贺连齐已在平澄关驻军三月，只待一击将作乱的外族逼退。

我抚了抚额，冤家路窄冤家路窄，古人诚不欺我。

六位世子中，除了贺连崇，便数贺连齐与我交情最深。为什么要用"深"字而不是"好"字，只因在其他宫人忙着与我套近乎的时候，只有贺连齐在不断打压我。

我五岁时，曾在国君的生辰宴上献歌一首，往来宾客百余人，无人不夸赞祺福帝姬歌声乃天籁。只有被奶娘抱着的贺连齐，在台下奶声奶气地冷冷说道：难听。七岁时，我画了平生第一幅画，在夫子夸我画得惊为天人时，被路过的贺连齐一眼瞥见，旋即不屑道：难看。此后种种不再累述，只是在接连的夸赞和批判中，我逐渐树立起正确的审美观，于是意识到，我确实不适合唱歌，也不适合作画。

不过换个角度想，若不是只有贺连齐肯说真话，那我一定会在唱歌和作画的道路上越走越远。那么百年之后，世人看着我的画作，也许会突发奇想开创绘画史上的新流派——鬼画符派。

大齐的六位世子中，贺连齐排行第五，算起来比我还要小上几月。然人不可貌相，亦不可以年岁论人。我还在宫中逗猫的年纪，贺连齐已在战场征战无数，且战功赫赫，赢了不少刁钻的战役。跟过他的将士都说，将军用兵奇且险，不按套路出兵，经常打得敌人措手不及。国君亦说他是天生的将才，我却觉得战无不胜并不一定是什么好事，佛家讲众生平等，其实人生也是一样，在这一厢全胜，必然会在另一厢受挫。

唔，也大抵是因为我太悲观，所以在看到贺连齐的时候，第一时间是想要逃走。

水畔的锦鲤竞相游来，翻搅出层层叠叠的水花，似乎在等着谁投下吃食。我不着痕迹地后退半分，以便掩盖自己在躲着他的这桩事实："论辈分，你似乎该喊我一声皇姐。"

贺连齐走近几步，微微垂眼看我："你与我同年，只是册封的日子比我早一些便让我喊你皇姐……九辞，你是不是有些不讲道理？"

"怎么是不讲道理，我从决明山上被王上抱回来时你才出生……"意识到现在不是计较这些的时候，我及时收住话头，转而问道，"你怎么在这里？什么时候回来的？见过王上了吗？"

一口气抛出许多问题，我有些头晕，索性坐在水廊边上顺气。贺连齐眼风瞥过来，斜身靠在廊柱上，面对我道："你问了这么多问题，是想我先回答哪一个？"末了高深莫测地一笑，"我原先不知，你竟这样关心我。"

兄台，你着实想太多了。

然这话我也只敢在心里说说，面皮还是一派从容："其实嘛，我只是想问，你在边关待得好好的，突然回来做什么？"

贺连齐神色一凛："你不想见我？"

我"唔"了一声，你觉得呢？

那日在御书房，国君屏退众人同我说的一番话，理应只有我们两个人知情。但皇宫里一向没有秘密，被哪个内监听了回墙脚，当作八卦传出去也不无可能，可我着实没有料到会传得如此有模有样满城风雨。幸而国君这狩猎的抉择做得英明，带走了皇宫中的大半人马，好歹能让我歇一歇神，再考量后续的应对。

如今，一个贺连崇已让我足够头疼，如今再加一位贺连齐……

我烦躁地捏了捏手指，话锋一转，又问："你在这里又赏景又饮茶的，多半是仗打赢了？"

他瞥一眼自方才起就立在水廊之外的季末，漫不经心道："未曾。"

我一愣，他接着道："前些日子听说你要嫁给二哥，我哪里还有心思打仗？连文书都来不及下，便连夜快马加鞭赶回来了。"

"所以，王上根本不知道你要回来？"见他点头，我惊得后退一步，"小五，违反军令可是杀头的大罪，你连命都不要了？"说完之后我才想起，贺连齐似乎很讨厌我这样喊他。

果然，话音一落就见他皱了皱眉："你若再这样叫我，我定然……"他眨眨想了一会儿，大约是没有想到要如何制裁我，放弃似的叹了口气，目光却陡然变得阴郁，"我还没有问你，你同二哥的婚事是怎么回事？"

我现在哪里还有心思考虑婚事，脑中全都是贺连齐临阵撤回皇城的事，不由得提高音调："贺连齐，你为了儿女私情将国事扔到一旁？太学里学的国论都让你丢到平澄关了？"

许是我的反应太过激动，贺连齐定定看了我一会儿，忽而挑起嘴角笑了笑："放心，我早已部署好军事图，安排副将领兵，若外族敢冒犯大齐的国土哪怕半分，定不会让他们活着回去！"顿了顿，道，"更何况，他们族中矛盾已积累颇深，眼看有不可调和之势，哪有心思来大齐分一杯羹。"

我这才放下心来，转念一想，又问："你了解得这样清楚，难不成在敌营里安排了细作？"

"细作是有，不过这矛盾嘛……"他将抱在怀中的剑抵住下巴，若有所思道，"是我挑起来的。"

"……"

国君说得不错，若论行军打仗，贺连齐果真是个中翘楚，到底是我瞎操心了。

不知哪处奏起丝竹乐声，声音悠悠然然地飘来，倒叫人听着心痒。做了许久聋哑人的季末终于按捺不住，他走到近前恭敬道："帝姬，如今天色已晚，在外逗留太久恐有危险。"说到此处停顿片刻，声音越发不卑不亢，"更何况，世子还在等着帝姬。"

贺连崇在等我？怕不是还沉醉在温柔乡里乐不思蜀吧。

眼见贺连齐脸色沉了几分，我看了眼将落未落的残阳，觉得也不宜在此处耽搁太久，随便找了个由头便想离开。临行前，忽听身后冷冷道："九辞，你未披上嫁衣之前，一切还都是未知。"

我脚下一顿，干笑着道了声告辞。

走出一段距离，确认贺连齐没有跟上来，桑俞突然扯住我的衣袖，悄声同我道："主子，五世子为您回宫这件事，还是不要告诉别人吧。"

我默了片刻："你当真觉得他是为我回宫？"

诚然，贺连齐此人，外人看来是一副人畜无害又高深莫测的模样，但与我相处时一向没什么正经。此番回宫，是拿我做幌子也未可知。刚想劝桑俞不要被他的外表迷惑，转头却见她若有所思地摇了摇头。

我心中一暖，想来近些时日将她培养得甚好，已能一眼看出事情本质，心中甚觉欣慰："那你是觉得这个节骨眼上，我身份特殊，私下见贺连齐不大好，总归要避一避嫌的？"

桑俞又摇了摇头，在我探寻的目光下，无不担忧道："我怕大家会觉得，主子是红颜祸水。"

"……"

"因为主子并不是。"她顿了顿又道，"我是说，主子是红颜，但并不是祸水。"

我："哦。"

方才听水廊中侍奉的小内侍说起，今夜原是花朝节，乃是百花诞辰的日子，民间取了此名大约是说花争朝夕什么的。不少待字闺中的少女提了花篮在皇城夜游，盼望能觅得一段美好姻缘。

但人生在世，心想事成的美梦太少，事与愿违的遭遇却比比皆是。就譬如我，日日在宫中安分守己，低调做人，可这一桩桩求亲的麻烦事还是落到我的头上。

桑俞偷偷瞥了眼始终如影随形的季末，小声道："主子，咱们还去找二世子吗？"

其实我并非真的想找祁颜，只是寻个借口离开世子府，路途中再看有没有什么机会逃走。如今碰到贺连齐着实是没有料到的意外，但意外归意外，不能让他影响我原本的计划。

于是，我假装漫不经心地打量街边的商贩，脚下却朝市集更热闹的地方走去。然，还没有走两步，眼前一晃，已有人先一步拦在我身前："帝姬，世子府在这边。"

我被迫停下脚步，愤愤地看着眼前的季末却毫无办法，颇有些后悔小时候因贪玩错过的那些武术课。眼下不能强行走掉，也只好智取。脑中灵光一闪，我拍了下脑门，做恍然大悟状："我突然想起来，好像还没有吃晚饭呀。对了，街对面有家面馆，阳春面堪称皇城一绝。二哥一向深居简出，你成天跟着他，这些一定没吃过吧？走走走，我带你去吃。"

季末依旧保持着躬身的姿势挡在我身前，连头发都没有移动分毫："还请帝姬不要让属下为难。"

我看他良久，终于叹了口气，认命地转身走向来时的路。

方才季末说让我不要为难他，可我不为难他，他却要为难我，诚然这个帝姬做得还不如侍卫开心。

不日后，王上携后宫浩浩荡荡回朝，当夜便在仙灵苑设宴宴请一众王公贵族。至于设宴的原因，我也略有耳闻，听说是王上在狩猎时大显身手，一箭竟射中两只野兔。放眼大齐建国立业百余年，狩猎几乎年年都有，但一箭双"雕"之事除过先祖王上，当今天子乃是第一人。

内监献上猎物，随行的众人亦是振臂高呼大齐武力昌盛，乃是繁华盛世。王上龙颜大悦，当即封赏众人，并定下夜宴，邀皇亲贵胄一并品尝猎来的战果，于是便可怜了我们这些作陪的。

诚然，我一向不喜欢这些应酬，本想告假，又不好驳了王上的兴致，只得依言前往仙灵苑。

果然如我料想一般，与往常一样的奢华夜宴，与往常一样的众妃嫔争奇斗艳。放眼望去，如同坠落花海，姹紫嫣红的一片。满头的珠翠几乎要晃瞎我的眼，心知这是她们在国君面前一展风姿的大好机会，我在其中倒像是盛百花的瓷瓶，十分不起眼。

同相熟的人一一颔首寒暄，我才要落座，忽觉一道目光正落在我身上。我转头便看到祁颜跪坐在主位下首，手里执了把通体透亮的壶，正在往杯中添酒，酒质清冽。好吧，也不一定是酒，依照祁颜的脾性，也有可能是水或者是别的什么。

他依旧穿着最喜欢的月白锦袍，墨色的发因他手臂的动作从肩上滑落，优雅得像一幅水墨画卷。在看到我时，他微微笑了笑。就是这一笑，让礼乐攀谈声越来越远，仿佛他周身带了什么屏障，将喧嚣远远隔开。

自宫中传出我同祁颜的婚事之后，这还是我与他头一次相见。身后桑俞扶住我的手臂，附到我耳边道："主子，是不是一日不见如隔三秋？心中有没有小鹿乱撞？"

我摸摸胸口，诚实地摇了摇头。

侍女依次掌起宫灯，内监奉上珍馐佳肴，我掀开盖子一看，里面是指甲盖大的兔肉。桑俞倒吸一口气，险些就要拉住内监询问，被我及时制止。打量四周，大家都相当淡定，很快明白过来，毕竟国君猎到的野兔只有两只，而此刻宴席上少说有二十人，能吃得到已经算是恩赐，于是我也很淡定地捏起筷子品尝。

舞乐声渐起，嫔妃已开始例行互夸，我则专心致志地吃饭，幸好除了兔肉，御膳房还很贴心地准备了其他美味。正当我费力剔蟹脚时，忽听不知哪位嫔妃小声谈起前些日子边关大捷，五世子又立战功，当真是青年将才云云。贺连齐的母妃在旁座频频满意地点头，笑得端庄大方。

我不由得想到祁颜，他自幼母妃早逝，不过三岁的年纪就寄养在王后膝下。可王后当年诞下三世子贺连倚，只得将他交由奶娘看护。所以他一向生性平和寡淡，如今即使再有作为，也无人替他真正欢喜。

这么想来，我便悄然抬眼往祁颜的方向看去，可一看之下，

灼灼桃花凉2

却看到卸刀立在他身后的季末正在冲我眨眼睛。我愣了愣，赶紧喝了盅鱼翅羹压惊，再一抬头，发现他仍在眨眼睛，而且眨动的频率越发快了。于是趁桑俞替我斟酒时，我忍不住低声问道："季末是不是患了眼疾？为什么总是冲我眨眼睛？"

桑俞偷偷朝那边望了几眼，抚了抚额道："主子，应该是二世子有什么话要同你说。"

等我再抬眼看去时，只来得及看到祁颜起身离席的背影。

我放下银筷，略一思量，刚好也有话要同他说。

我趋步离开仙灵苑的热络繁华，行过一段石子小路，周遭已全然暗下来，只余几盏影影绰绰的灯火。绕过一片碧色竹海，眼前蓦然开朗——先行我一步的祁颜迎着月色，正闲闲地立在浮夜池旁。

"二哥。"许是夜深露重，一并我的声音也放得轻柔。

茫茫夜色中，祁颜缓缓转过身，似乎打量我半晌，才温和道："听季末说，你一直在找我？"

"……"好一招先发制人。

我确实一直在找他，可如今真正看到，又想起宫里那些传言，应是有许多话要同他说，一时又不知该如何说起。我才张了张嘴，听他又道："前些日子你在我府上时，似乎常常出府，而且，还去见了别的男人？"后半句话不知怎么，伴着夜风灌入我耳中，阴恻恻的。

"小五怎么是别的男人……"电光石火之间，我猛然间想到，我是时常出府，而他根本就不在府中！像是终于有了底气，我瞪着他，将胸膛挺起，"你还说我，你还不是日日在逍遥楼里快活逍遥，乐不思蜀？"

他看我良久，面色终于动容，唇边溢出几分笑意："我去同她们讲道，你以为是什么？"

青楼论道？

见我满眼震惊，祁颜无奈似的摇了摇头："众生平等，为何寻常人能悟道，青楼女子便不行？"顿了顿，他深深地看着我，"我去逍遥楼这件事，你很介意？"

我被他噎得哑口无言，在脑海中思索回应的法子，却想起另一桩事——我原是想同他商量一番，如何能在生米煮成熟饭之前，退掉这桩婚。

我道："我为什么要介意，只是……只是……"

他眼中笑意更甚："只是什么？"

我深吸一口气，道："只是那日，王上似乎误会了什么……"

听我磕磕绊绊地讲完前尘因果，祁颜若有所思地看了我一会儿，颔首了然道："你想悔婚。"

我揉了揉额角："二哥，我与你并无婚约，所以这不叫悔婚……"

他道："那你千方百计想从我府上逃走做什么？"

我怔怔抬眼："孤男寡女共处一室，传出去总是不好……"

他点点头："所以你要我给你一个名分。"

我撑住额头："我并无此意……"

同祁颜讲道理，往往都讲不出什么道理，虽说在学堂上他经常将博士辩得哑口无言，可在我看来，那叫诡辩。其实平心而论，大齐这几位世子样貌好、学识好，什么都好，祁颜更是好中之好，果真如同桑俞所说，是多少少女的春闺梦里人。

可我却感觉不到喜欢。

我一向觉得婚姻这等大事，着实不能勉强。虽说生在皇族，常常身不由己。可如今大齐风调雨顺，民心安稳，我的婚事除了能择一下任王上，也没有什么太大的用处。所以我始终自私地觉得，若我终有一天要嫁人，也定然会嫁自己心爱之人，否则这段姻缘，对我而言将会是一辈子的折磨。

丝竹声渐远，浮夜池中搅了几缕幽暗月光，岸旁遍植的潇湘竹在夜风中沙沙作响。我想，同祁颜的这桩婚事，今夜是无法解决了，只得日后再寻良机。我才想告辞，始终默不作声的祁颜忽然悠悠开口："抱歉，我是骗了你，这些日子我在那儿，的确不是为了同她们讲道。"

我愣了愣，想今夜果真不同寻常，将自己当作真理的祁颜竟然肯主动认错，明日的太阳恐怕要从四面八方出来了。

"我想为你庆生，所以同她们讨教，姑娘们到底喜欢什么。"

为我庆生？

我这才想起来，今日原是我的生辰。作为一个弃婴，原本我并不知自己的生辰，只是国君将日子定在了将我捡来的那一日，可是这样生辰也失去它本来的意义，甚至会年复一年地提醒我，我的生父生母在这一天将我抛弃。虽感觉不到悲伤，可我依然觉得心口那个地方，像是缺了什么。国君曾替我操办过几次，许是见我兴致缺缺，往后每年只是内廷依照惯例赏些器物，便打发过去。

我一时摸不准祁颜的打算，只得小心翼翼地问道："那她们怎么说？"

祁颜"唔"了一声，一副沉浸在回忆里的模样："说法不尽相同，有的说喜欢金银珠宝，有的说喜欢胭脂水粉，还有的说喜欢俊秀美男。"说到此处，略顿了顿，"胭脂水粉你不喜欢，金银珠宝你不缺，俊秀美男嘛，眼前倒是有一位。"

我："……"

"不过我这样好，还是等更重要的时候再送给你吧。"他全然不顾我的反应，依旧自说自话，"所以今夜，我为你准备了这个。"

说完这些，他便转向浮夜池，静静望着某处，不再言语。

我也顺着他的目光看过去，除过波光粼粼的水面和随风浮动的树影，只剩寻常夜晚的沉寂，再也看不到别的什么。

我默了一瞬，心道祁颜果真又在诳我，而我竟然会相信他真的准备了什么生辰贺礼。我正想同他理论两句，忽闻"砰"的一声，方才静极的水畔陡然绽开巨大的烟花，又似漫天光雨落下，紧接着又一声，再一声，此起彼伏的声音不绝于耳，将半边天幕照得透亮。

一时间，我脑中思绪被炸得干干净净，只剩绚丽璀璨的五彩烟霞直冲天幕又渐渐隐去。远处隐隐听到侍女的喜悦呼声，这一定是个极美好的时刻，哪怕宫中数百人都看得到，可这是只属于我一个人的烟花。心中微微泛起不熟悉的波澜，像覆了层层积雪的冰山一隅在某个我不知道的时刻悄然融化。

我恍惚抬眼，正看到祁颜目光深邃，眸中映出盛大的烟花。我想，无论如何我该感谢他，可心里不知怎么就泛上一层羞赧。对，羞赧，像是为了某种不该有的心思而羞愧。于是话到了嘴边就变成："这有什么，年年除夕夜宫里都会放烟花，国库充盈时比这好看的比比皆是……"

未说完我已开始后悔，诚然，我一向嘴快于心，自小得罪过不少人，可此刻着实不该说这样的话。我悄悄打量祁颜的神色，没有料想中的恼火生气，他只是微微垂眼，许久，嘴角勾起来，像是在笑："那这个，你可曾见过？"

我懵懂回头。

四月花期已过，岸旁却盛开着朵朵桃花，嫩蕊的粉色中缠了星星点点的光，像炸开的小小烟花。偶有风过，光点便伴着吹落的花瓣慢悠悠地在空中飘起来，仔细看去，原是每朵花中都裹着小小的萤火虫。

我蓦然想起前些日子博士教的风雅颂词，讲的似乎是"桃之夭夭，灼灼其华"什么的，许是我天性就很不风雅，这些风雅的词曲我竟一句都不解其意，奈何课业当前，让我不得不握了书本屈尊去问祁颜。

祁颜当时是如何应我来着？

——"汝无此资质，切莫强求。"

一句话将我气得半死，我发誓以后再也不会向他请教课业。

如今，他却告诉我："你不懂那些诗词没关系，我会一样一样地教你。"

然我千想万想也没有想到，他会这样教我。

若说自出生起我便活在各式各样的谎言里，那如今也没什么值得让我相信的事。可今晚的夜风是真，湖畔是真，烟花是真，萤火虫是真。世间最美好的事，莫过于你以为已经失去，却发现它正在不远处等你。就像我的生辰，就像这灼灼桃花。我仍沉浸在眼前如梦似幻的景致中无法自拔，恍惚间问出一句："为什么？"

连我自己都不知道问的是什么，祁颜却好像听懂了。

"为了让你开心。"浮光月影下，他的嗓音沉沉响在我耳畔，似和煦微风，"九辞，生辰安好。"

今夜原是个月明星稀的好天气，又正值初夏，空旷的水域却无半丝风，万千光点扎入水中，掀起微微的热浪。我一向不喜热，如今方觉周遭的温度高得诡异，有些不适地移了移身子。恰好被祁颜细心地察觉到，他问："怎么了，哪里不舒服？"

我摇摇头，刚想说什么，耳边陡然传来一声巨响，是一朵巨大的烟花，却像是炸开在我身旁。我猛地抬头，眼看烟花越炸越大，心中隐隐生起不安。还未来得及反应，身旁传来急急一声："九辞！"

有黑影破空而来，肩膀蓦然一阵剧痛，在呼啸的风声中，我两眼一黑，彻底失去了知觉。

昏过去之前，我脑中闪过四个大字——乐极生悲。

乐极生悲，古人诚不欺我。

我并不知道自己睡了多久，只知道醒来时，四周有窗棂透出的微光，看来已是天亮。整个身子被紧紧裹在被中，我缓缓抬起有些僵硬的手臂，刚要坐起身来，抬眼便见床前立着个一动不动的人影。

这人着实将我吓了一跳，我险些从床上跳起来，待仔细看时，才松了口气，哑声道："二哥？"

面前的祁颜终于动了动，他从阴影下转出来，虽依旧是锦衣白裳墨玉束冠，却不若平时衣冠妥帖，眼中也多了些颓唐，像是许久未曾休息过一样。

我一时间难以判断目前状况，左右看看，只得先挑了要紧的事问他："你做什么吓我？"

他皱眉看我良久，答非所问道："你可知你睡了多久？"

一听，我便发现他的声音同我一样沙哑，想来是许久未曾饮水，而放眼望去几步开外的方几上零零散散铺着许多摊开的书，却连茶壶的影子都没见着。我想桑俞果真被我惯坏了，平时礼数不周我一向睁一只眼闭一只眼也就罢了，没想到祁颜来探望我，她连杯茶都不上，难道不知道眼前这位有可能是未来的国君吗……

才想唤桑俞进来，身前的祁颜忽然俯下身，他那探寻的目光在我脸上停驻许久："昏迷前的事情，你记得多少？是否还能记起来？"

昏迷前？

我极力思索昏睡前的事，记忆像蒙了尘的抽屉被缓缓打开，许多画面蜂拥而至——似乎是王上设宴款待众臣，我奉旨出席。同寻常的宴席没什么区别，依然有很多人，且难免要做一些客套的社交，之后……之后只有一些零星的光点，竟然真的想不起来了。

"主子，你总算醒了，真是吓死桑俞了！"被绢帘隔开的外室探出桑俞跌跌撞撞的身影，却被祁颜一个眼神吓得缩回了头。

看来我的确昏迷了很久，我掀开锦被倚在床头，默默回忆一阵，将心中的困惑抛给正一眨不眨盯着我的祁颜："二哥，你为什么在我房里？"

"你果真不记得了？"

话虽是问话，我却听出了笃定的意思。

祁颜搬了把椅子坐在近旁，将衣袍抚平，沉沉说道："我将你从宴席上带出来，而后你与我同游浮夜池，我又为你庆生，你忘记了？"

"你在为我庆生？"我仔细回想了下，夜宴那日的确是我的生辰，可我的生辰已许多年没有操办过，祁颜又怎么会为我庆祝？

他微微倾身，像寻常问话的模样，放在膝上的手指却攥得发白："浮夜池，烟花，萤火虫，你都忘记了？"

我的确忘记了。

灰白的天幕陡然照进大片阳光，天已是大亮。桑俞这回颇有眼色，估计不能指望二世子做些端茶递水的活儿，硬着头皮端了茶盏进来，塞到他手里，念叨了一句"主子，您喝点水吧"，又脚不沾地跑了出去。

祁颜微微抬眼，掀开茶盖浮了几下茶水，才将茶盏递给我。

"二哥你方才说，烟花？萤火虫？"我伸手接过来，抿下一口才觉得喉咙干涩沙哑，"你说的这些我真的一点都不记得。"瞥到他有些不悦的眼神，赶忙又道，"或者你再提点提点，那晚还发生了什么其他的事？"

他将手指在扶臂上轻轻叩响，十余下之后，才云淡风轻地说道："还有，你答应嫁给我。"

我将口中含着的半盏茶水尽数喷了出来。

祁颜抬起绣着暗纹的袖口波澜不惊地擦了把脸，一脸坦然道："你若不信，可以问桑俞。"

我仓皇地看向外室，始终静默无声的卷帘外传来桑俞的声音："宴席中主子确实与二世子一同离席，不多时浮夜池的方向也确实响起烟花声，陛下还问在座的各位世子是否知道是谁在放烟花。那声音响了好一阵儿才停，后来二世子将主子抱回来的时候，主子手里也确实握了几只萤火虫……"

祁颜抱我回来的？

脸颊蓦然有些发热，我将锦被掀开一角，勉强坐直身体，着急地问："那我答应他了？"

难挨的沉默后，桑俞答道："桑俞不知。"顿了顿，声音又高了两分，"不过看主子与二世子的那般形容，应是答应了。"

我心里一紧，抖着嗓子问："哪般形容？"

像是说起什么高兴的事，桑俞的声音里满是按捺不住的喜悦："那日主子昏迷不醒，二世子更是急得不行，面色铁青地催着宣太医，那情景简直就像梨园戏本子里演的鸳鸯眷侣……"

我听得心惊肉跳，但细想发觉此等程度还可以接受，喝了口茶强作镇定。刚想说"桑俞你实在太没见识了"，她已再次说道："哦，对了，主子被二世子抱回来时，鬓发凌乱，衣冠不整……"

我两眼一黑，险些又晕过去，眼风瞥到祁颜似笑非笑的神情，想起方才多此一问，恨不能咬掉自己的舌头。我翻身将自己重新裹回被中，瓮声瓮气地道："一定是你眼花看错了，要是再乱用成语当心我罚你。"又扒开被角喊了声，"二哥，我要休息了。桑俞，送客！"

虽说从小在太学里读书，祖宗留下的大道理没有学到多少，可"言出必行"这四个字却被我奉为做人的准则。诚然，我的确不记得那夜究竟发生了什么，且依照平日对祁颜的了解，他多半也是在拿我寻开心。

可是万一呢？若真如那些梨园戏本里所说，在那般情境下，我答应嫁给他了呢？

头顶隐隐响起笑声，我紧紧闭着眼，等了许久也未等到离开的脚步声，刚要睁开眼一探究竟，却感觉被角重新被掖好。那只手也未立即离开，而是在我的发顶停了停，许久，耳畔响起他低沉的嗓音："那你好好休息，待我找着让你恢复记忆的法子，再来看你。"

直到脚步声渐远，我才痛苦地闭了闭眼。这样的记忆，不如不恢复了吧。

听闻我醒了，妃嫔们送来不少补品，我谎称伤重不能见客，独自在寝殿乐得逍遥。

据桑俞说，那夜我是被什么重物砸到才会昏迷不醒，至于为什么会失去记忆，经太医院诊断，大概是因为伤到脑子造成短暂失忆。可我被砸到的部位是肩膀而不是头部，这套说辞究竟是否正确还有待考量。而后祁颜又带了几位民间的神医入宫，看来看去也没能看出什么结果。

肩膀的纱布被我拆开，寸余长的伤口，依稀能看出淡淡的痕迹，却没有半分痛感。也不知祁颜从哪里寻来的神药，短短十几日竟能将伤疤淡化至此。说起来，从幼时起我似乎甚少受伤，只有为数不多的几次因调皮而碰出的伤口，也总能在一夜之间神奇恢复。太医总对我的体质抱有浓厚的兴趣，碍于身份也不好将我关起来研究，只好违心称道生命力如此顽强，果真不愧为帝姬。

至于祁颜，依旧神出鬼没，几日也见不到一次。这倒是让我松了口气，国君再也不用日日喊我去世子府让我同他联络感情了。

卧床将养了数日，我觉得再养下去着实显得娇气，遂吩咐厨房炖了些鲜鱼汤，又去花园喂了半日鱼。直至入夜，我才兴致勃勃回到寝殿准备喝汤，却看到难得一见的祁颜端坐在主厅，手边放着面比手掌大些的铜镜，此时正若有所思地望着它。见我进来，他伸手把镜子握在手中，望了眼窗外的夜色，道："玩到现在才回来，想必是身体养好了。"

我心不在焉地应他："屋里闷得难受，出去透一透气。"又探头望了望，假装不在意道，"这是你送我的礼物？我生辰过了，你再想补贺礼已经来不及了。"

他点点头，见我的目光始终在他手掌中流连，便故意将镜子收入袖中，起身道："确实是送你的，不过既然你不想要……"

我急忙伸手将他拦住："这位壮士，还请留步。"

他垂头看我，眼底隐有笑意："听说今晚有鱼汤喝。"

我默了默："有是有，不过只做了一人份。"

他抬步欲走："哦，既然如此……"

他再度被我拦下来。犹豫良久，我才忍痛道："既然如此，那就让给二哥喝吧。"

诚然，祁颜同我相识多年，对我不可谓不了解。他越将东西藏着，我便越好奇，我越好奇，他便越藏着，一来一去，直将我的胃口吊足。于是晚饭间，我几次张口想问，都被他夹到碗里的菜堵住："吃完再说。"

从没有一顿饭吃得如此煎熬，早早将饭扒完，我只能眼巴巴看着他慢条斯理地吃菜，慢条斯理地喝汤，慢条斯理地净手漱口，慢条斯理地品完一盅茶。然后，他才慢条斯理地看向我："吃饱了，多谢款待。"一副再也无话的模样。

我耐心用尽，将筷子一放，起身就走。

身后响起他低低的笑声："你若现在走了，可就没有好东西看了。"

我果真很没出息地乖乖回去。

祁颜藏着的的确是一面铜镜，却不是送我的礼物。据他说，这不是寻常的镜子，而是一面能够治愈我失忆症的镜子。对于这桩说法，我秉持怀疑态度，实在不能想象镜子如何治病。从前在太学，博士曾经讲过一则传说，传说中，世间有面会说话的镜子，只要问它镜子啊镜子，谁是大齐最美的人，它便会给你答案。我听后颇为不屑，骄傲地举手示意博士，说若是我，一定问它下一次随堂测试的题目是什么。

角落里不知谁闷笑一声，博士面色由红转青，将戒尺捏得噼啪作响，从牙缝里挤出一句话："它只会回答这一个问题！"

我失望地叹一口气。

现如今，我将信将疑地从祁颜手中接过铜镜，心道若是我问它，那晚我真的答应嫁给祁颜了吗？它会不会告诉我，帝姬啊，是大齐最美的女人。

不知是否将心事表露出来，祁颜倒茶的间隙分神瞥我一眼，挑眉道："又在乱想些什么？"

我干咳一声，不自在地拿着镜子在他眼前晃了晃："我在想，它究竟有何神奇之处。"

他顺势将倒好的茶盏推到我面前，凝神想了想，平日云淡风轻的神色中难得透出三分认真："听闻，这面镜子只要使用得当，便能看透世间不为人知之事。"他眸子微微眯起，"甚至能穿越古今、三界六道，生生不息。"

我愣了半晌："啊，那确实很神奇。"

祁颜："……"

祁颜师承白衣真人，知道些奇闻异事也不足为奇。只是这

铜镜是否真如他所言，还有待商榷。我想，应当多了解些细枝末节，有助于判断事情的真伪。于是，我问他："这镜子，你是从哪里得来的？"

他眸光微顿，望向窗台上新剪的蜀葵："宫中，珍宝库。"

我想了想，道："若真是这样，这镜子早该被先祖供奉，变成历任帝王的秘密武器了吧？"自古王上皆多疑，不为别的，只是因为那把龙椅实在太诱人，觊觎的人太多，让王上不能不多疑。而镜中能看到不为人知之事，换言之，朝中谁有二心，兄弟子嗣谁想谋反，只要看看镜子便知。那它简直是一件无尚的至宝，又怎么会随意丢在珍宝库中，还能被祁颜轻易找到？

听完我的理论，祁颜赞许地点点头："你说得对。"在我得意的目光下，他补充道，"只不过，他们都不会用这面镜子罢了。"

我："……"

祁颜说这是一面能看透世间前尘往事的镜子，可我看来看去，除过看出它的雕工着实精湛之外，实在没有看出别的什么。我对着镜子左右端详一阵，忽听到他在一旁问我："看得这样认真，是看出了什么端倪？"

我一边扶正鬓角的玉簪，一边道："二哥，你看我最近是不是瘦了些？"

祁颜："……"

彼时烛光恍惚，夜色浓得似墨，若时光就此停住，便不会生出日后的种种。有句话说难得糊涂，世间诸事皆是烦恼，若事事明辨，那活着也太累了，不如不要看得那么清楚，糊涂些来得轻松。

可命运之所以称为命运，正因为它注定躲不开，也逃不掉。

会有这些感慨，只因在静极的室内，我清晰地听到手中的铜镜中，传来一个柔柔的女声："祺福帝姬。"

我惊得跌坐在地上，手一抖，铜镜应声落地。

"怎么了？"祁颜蹙眉将我扶起来，"这样不小心。"

我却没心思辩驳，深深吸一口气，开口时声音却仍然在抖："二哥，你……你有没有听到……"

他凝神听了一会儿："听到什么？"

我直直盯着地上的铜镜，半晌，才颤颤巍巍道："铜镜好像……在说话。"

祁颜顺着我的目光看过去，又转头看向我，半晌，眸色深沉："看来须得找个太医给你好好瞧瞧。"说罢，他还将手搭在我的额头上试探温度。

我愤然拍开他的手，扶着不住打哆嗦的腿重新坐好。而后祁颜又说了什么，我一个字都没有听进去，所有注意力都集中在那面古怪的铜镜上。

直到亥时已至，祁颜打道回府，我将他送到门外。回屋后，我几番思量，一咬牙将铜镜重新抱起来，锁在偏厅的内室。

之后几日，我曾尝试跟许多器物说话，譬如用膳时我就捧着白釉碗若有所思："今日的汤味道鲜美，就是口味淡了些，你觉得呢？"又譬如晨起梳妆我捏了只凤血镯在身上比画："今日这件衣裳是配你好看，还是配青玉镯好看？"

诚然我不觉得怎么，倒是有天祁颜来宫里探望我时，桑俞拉着他在殿门口神色紧张地说了许久的话。我依稀还能听到譬如"精神恍惚、病得不轻"等只言片语。

于是，我再度产生怀疑，那日是铜镜真的会说话，还是自己听错了？

做了许久的心理建设后，我特意挑了阳光明媚的好天气，握紧钥匙站在偏厅门口，深吸一口气，将屋门推开。

"吱呀"一声，尘土飞扬。

铜镜就摆在梨花木梳妆台前，迎着日头，映出一点明亮的光斑。我一步一步地走向它，就像走入什么祭祀礼坛，直至走到它面前，强迫自己稳稳站住。我本想说些严肃的话，可又想起之前同器皿说话却无人回应，未免有些尴尬，只好先咳了一声，便屏住呼吸等待。

一瞬，两瞬，直至我快要窒息，空旷的室内终于响起那道我听过一遍，就足以铭记的声音："那日将你吓到，着实不是故意，只是我太久没有同人说过话，情不自禁就……"似是哂笑一声，"这不是你的幻觉，确实是我在说话。"

我一时又不能呼吸。然而，有了第一回的惊吓，第二回多少有些心理准备，我心里一面默念"你不过是面镜子也不能拿我怎样"，一面不着痕迹地退后一步，警惕地问："你到底是谁？"

这个"谁"用得十分不精准，因很难判断说话的究竟是什么，便下意识地期盼她也是同类。

其实对于这面铜镜，我也做过种种猜测，一是铜镜确实会说话；二是铜镜铸成多年，机缘巧合之下修炼成精，能够与人交谈；三是……我幻听了。可万万没有料到，这铜镜竟给了我第四种答案："微臣秦昭，见过祺福帝姬。"

"秦昭？"我惊得愣在原地。

铜镜像是知道我在诧异什么，声音里含了一味笑："对，秦昭。秦时楚楚，昭如明月，秦昭。"

我目瞪口呆地将镜子望着。

若不是同名同姓，那就只有一种可能。

我五岁那年才入太学时，恰逢王上来审查世子们的课业。听闻当年王上还准备了两个市井中颇为流行的问题，第一个是"你幸福吗"，鉴于譬如贺连齐等人很有可能回答"我姓贺不姓福"，王上便将这项问题省略，只将第二个问题逐一问他们——"你的梦想是什么"。几位世子回答得颇有技巧，什么"用功读书造福百姓"，什么"勤学武艺保家卫国"，令王上喜笑颜开，十分满意。最后，问到我这里。

虽说我入学时间短，课业修得稀疏平常，唯有史论学得最好。彼时我才读过前朝往事，这部细数了男人们的光荣史中，唯有一人令我印象深刻，那便是秦昭。于是，我郑重地说，我想成为秦丞相那样的人。王上沉默片刻，从进学堂就没歇过的笑容敛了三分，同我说丞相有什么好，要为国家鞠躬尽瘁呕心沥血，否则秦昭也不会英年早逝。末了，他面上重新挂起柔和笑意，温柔相劝道：与其做丞相，不如成为后宫之主母仪天下，平时吃吃喝喝玩玩牌九，日子过得顺风顺水。

我愣在那儿，原来后位竟如此清闲？

王上点点头同我道，你看当今王后。

后来我问博士，读书是为了什么。博士回答我，为了实现梦想。可我的梦想又是什么，博士却没有告诉我。

自此之后，我再没有在人前提过那个遥不可及的梦，但这不代表，我不想成为秦昭那样的人。

史论中说，大齐建业百年，民风开放却不是自古有之。若要追溯，须得从前朝开国时说起。前朝的两任王上兢兢业业保住江山，直到第三任王上继位，广袖一挥大改国法，道国家正值用人之际，此时应该广开国门招贤纳士，无论男女老少出身如何，只要德贤兼备，皆能入朝为官。

此法一出，举国上下一片哗然，反对之音比比皆是，亦有不少有识之士跃跃欲试。

秦昭便是在那时出现，初任太子的谋士。而后太子继位，秦昭顺理成章入朝，位及丞相，是史书中第一位，也是迄今为止唯一一位女相。但不知为何，正史中对她的记载寥寥，野史中却着墨甚多。我曾有幸在民间得过一本野史，书上说秦昭之所以身居高位，是因与当年的太子，日后的项文帝关系匪浅。奈何红颜薄命，不过二十出头的年纪，便香消玉殒。

而且我记得，她是死于急症，又怎么会被封在这面铜镜中？

正史所载果真不能令人信服。

铜镜就立在梳妆台的铜镜前，一大一小的镜中映出我困惑的眼，大铜镜中是我，小铜镜里面却不知装着谁。

此时，那不知道是谁的人正同我说话："帝姬一时不能认同也是人之常情，我当年被封到这里时，也同样不能接受。"她的声音像层层叠叠的云障，将我从回忆里勾出来。

回想起那日的情景，我不由得疑惑道："就算你说的都是真的，那为何祁颜听不到你说话？"

"并非只有二世子听不到。"她慢条斯理地同我解释，"而是我被封入镜中百余年，见过成千上万形形色色的人，只有帝姬你才能听到我的声音。"顿了顿，"我能听到能看到镜外如何，而镜外的人看不到也听不到我。"

我皱眉不语。

她循循善诱："帝姬既能听到我的声音，想来是你我有缘。不如我同帝姬讲个故事，听完故事，帝姬再决定是否相信我，如何？"

我思索良久，摇摇头道："还是不了吧。"

许是没有料到我会这样回答，她沉默片刻，柔声道："为什么？"

我抬起眼，望向镜中："你若真是秦丞相，自然能猜出缘由。"

我虽没什么感情，倒也有些好奇心。更何况这人若真是秦昭，那好奇心更添三筹。可我一向觉得，天上不会平白无故掉下馅饼，她也不会白白将故事说给我听。秦昭的魂魄被封到铜镜中，这本就是桩离奇的事，她的故事，想来只会更加离奇。

"万没想到帝姬会这般警觉。"铜镜响起低低的笑声，只是响在这空寂的殿中，越发显得诡异深沉，"只是我太久没有同人说过话，遇到帝姬实属难得，若帝姬愿意听一听自然是好事，全当是打发消遣。"末了，她叹息似的道，"帝姬放心，如今我只剩一缕魂魄，又哪里会有本事加害于你。"

当年秦昭之所以能身居高位，更是因为她机关算尽，料事如神。野史中甚至大胆猜测，说秦昭身负能看透人心的异能，因此才能在朝中呼风唤雨，连项文帝都被她玩弄于股掌之间。我再次将铜镜打量一番，不可置信道："你……果真是秦丞相？"

原本不能看到她的模样，不知为何却感觉她在镜中含笑点头："如假包换。"

话虽如此，可我仍然不能放心，思前想后，唯有教祁颜陪同最为妥当。于是，我遣桑俞向世子府递了帖子，傍晚时分，祁颜已翩然出现在前厅。

我将镜子摆在他面前，先澄清了一桩事："二哥，我没疯，这镜子确实会说话。"

暮色渐沉，衬着如血的落日，将九重宫檐一寸一寸染上绯色。我将前因后果陈述一番，祁颜到底是见过大世面，听完也只是蹙眉略略沉思，而后道："你是说，这镜子里封着秦昭的魂，而你是唯一能与她沟通的人。"

我点点头。

"我以为须得用术才可破解封印，原来……"说到这里，却没有继续说下去，他抬起眼眸，含笑看我，"这镜子若真是神器，能帮你找回记忆也未可知。况且，不过一桩故事而已，听听也无妨。"

我一想也对，于是愉快地决定听故事。但很快，我发现一个问题，祁颜并不能听到秦昭的声音，而我同声传译又太辛苦，万一秦昭刚好讲到月黑风高杀人夜，有人要行刺她最后没有成功。我一定听得惊心动魄，而讲给祁颜也只好说"啊就是秦昭遇刺但毫发无伤"，这样会破坏很多听故事的乐趣。

正在烦恼时，忽闻镜中悠悠询问："不知帝姬是否愿意来镜子里看一看？"

我愣了愣："去镜子里看一看？"

她缓声道："这镜子封住了我的魂，自然是一件法器。法器中自成一个世界，演着我生前种种，循环往复，不死不休。而旁人的意识可前往镜中，做旁观者，便能看到镜中景象。"见我犹豫，她像是才想起什么似的，"方才无意间听到，帝姬是患了失忆症？我似乎在哪里见过相同的症状，若世子愿同帝姬亲自来镜中看一看，也许能找到治病的法子。且镜外一日，镜中十年，耽误不了多少时日。"

秦昭不愧为前无古人后无来者的女相，旁听了这几日，她便知道我事事存疑，然而祁颜虽沉稳，但事关我的病，哪怕只有万分之一的希望，也愿意以身犯险。

后来我曾问祁颜，为什么对我失去的这段记忆如此执着，他认真地思索一会儿，撑着下巴若有所思地道："这是我同你在一起的记忆，自然不想让你忘记。"

如今，我看着这面铜镜，想象其中声音似冷冷流水的姑娘，也正似笑非笑地望着我，等待回答。

因祁颜只能听到一半的对白，而从方才我的话语来看，他也很难猜出事情全貌，想来十分难受。夜风吹开窗格，吱呀几声，祁颜起身将窗户关好，见我仍然沉默不语，便在我身旁坐下，关切地问："你们在说什么？"

我将秦昭的话转述一遍，他听完后垂眸把玩着手中的茶杯，许久，淡淡抬眼："既是如此，还请秦丞相相授入镜的办法。"

话却是对着镜子说的。

我心中一跳，踌躇道："可是……"

话未说完已被他打断："怕什么，有我在。"

祁颜见多识广，又同白衣真人修习道法秘术，他说好，我便安心了几分。

我原以为，如此神奇的器物，一定要配上更为神奇的使用方法，才算得上相得益彰。可着实没有想到，入镜的方法简直简单到令人发指，据秦昭说，只要睡前将铜镜置于瓷枕下，入梦后，意识便可进入铜镜。但由此引发了另一桩问题，我和祁颜若想同时入镜，只能睡在同一个瓷枕上。

这着实让人为难，我还在做心理斗争，身旁的祁颜已毫不见外地拿起镜子往室内走去。

我赶忙追上去，喘着气道："二哥，男女授受不亲……"

他站定，挑起眉，似笑非笑地看我："无妨，医者眼中，不分男女。"

我："……"

秦昭说我同她有缘，其实缘分这个东西，玄妙就玄妙在不能预料，且毫无章法可言。就譬如今次，我与祁颜恰好能一道前往镜中熟悉又陌生的世界，也算是个缘。

幸好床铺够大，我与祁颜和衣并排躺在床上，中间还隔了半人的距离。简单嘱咐了桑俞几句，入睡前，我沉默地望了会儿青纱帐顶，想到秦昭的魂魄被锁在镜中，而镜中又要将她生前的喜怒哀乐演一遍又一遍，开心的事便罢，可那些伤心难过，本就难以忘记，还要被反复提及，着实残忍。

表达我的看法后，祁颜神色一顿，许久，淡淡道："大约是有些事情，注定永生不能忘记吧。"

我原本极易睡着，今夜不知是因为心中有事，还是祁颜就在身旁，直到灯油几乎燃尽，我依旧清醒得厉害。近日发生的事一桩桩一件件在脑中闪过，忽然想到什么，我猛地一拍额头。

祁颜侧过身来："怎么了？"

我捂着眼睛懊恼道："可惜史论已经结业，不然如今我将史册上的事亲身经历一回，连书都不用背了。"

祁颜："……"

第二卷
前尘镜

我机关算尽，却独独算不透你的心

不知何时入睡，再睁眼时，已身处齐都。

百年前的齐都虽不如现在广阔，却比如今更为繁华。因是秦昭的世界，所有场景皆以她为轴。我与祁颜像是在看一出活生生的皮影戏，只是还不如台下观众，不能拍手叫好或者扼腕叹息。身处回忆却不能参与回忆，这是入镜前秦昭告诉我的。而她的魂魄却被夹在镜中与境外的狭小空间，像遗世独立的得道仙人，目视所见一切，无喜无悲。

我不由得怀疑将她封入镜中的人与她有什么深仇大恨，但想到接下来会看到心中疑惑，便沉下心静静观赏。

一切果然如史书中所载，秦昭三岁时便熟读四书五经，五岁时已开始研读兵法谋略，在我厚脸皮求着祁颜带我出宫去市集买糖人的年纪，秦昭已经洋洋洒洒写了篇几千字的《治国论》，由身居御史的父亲递到中书令面前。

被维新政策折磨得痛不欲生的中书令，听闻秦父举荐人才，赶忙深夜召见，才兴致勃勃地拆开蜂蜡，发现这文章是个十三四岁的女童写的，他气得将纸页直接扔进炭炉中，顺便罚了秦父三个月的俸禄。

养家糊口的钱虽没了，可秦父更担忧的是爱女会因此难过。回家后，他一再宽慰秦昭，琴棋书画任她学，只是别想着走仕途。

十四岁的秦昭眉眼间稚气未脱，可行事做派却如成人般沉着。听到这消息也不气馁，她只是用银针拨弄书案上的烛灯，良久，柔柔笑道："千里马终须伯乐，我的伯乐还没有找到，又怎么会轻易放弃。"

秦父叹一口气，眉眼尽显沧桑："为父官职低微，无法帮你引荐。庙堂之上人人如狼似虎，你一介女流，又何苦蹚这浑水。"

秦昭将笔沾饱墨，手腕微动便写下一行漂亮的字，竟是打算将被烧掉的文稿复写一遍："父亲严于律己又为官清廉，却始终不能被朝廷重用，可见世间多有不公。阿昭自知不能高居庙堂，唯有辅佐出一代明君，百年之后才可名垂青史。如此，虽仕途艰险，还望父亲成全。"

寻常姑娘说出这样的话，可能会被认为是天方夜谭。但秦父为人忠厚本分，女儿要他成全，他便果真成全。此后两年，在隔壁老王家未出阁的闺女已经能绣出鸳鸯戏水荷包的时候，秦昭一边在漫长求仕途中碰壁，一边发了狠地读书。原本官宦人家的子女，无论官职大小但凡适龄就有媒婆来上门说亲，更何况秦昭名声在外，几乎成了媒婆手中的稀世珍宝。可她们着实不了解秦昭，每次登门提亲时，必定能看到她与一位灰袍老尼在院中的冬青树荫下认真商议出家事宜。几次之后，人们再也没有从齐都的媒婆口中听到过秦昭的名字。

彼时朝中一共两派，其中一派以太子为首，掌握朝中重权，另一派以肃王为尊，手握大齐兵权。两派相争，各有得失，数年来倒是势均力敌。秦父恰在肃王一派，因职位低微，只能任其所用。然而身在朝中，要么刚正不阿保持中立，要么立足党派玩弄权术，秦父这样中庸老实依然参与党派斗争，通常会沦为权力的炮灰。

宣德十二年的冬天，肃王党中内斗，秦父不幸搅入其中，做了权力斗争下的替死鬼。秦家人丁稀少，自秦母病故后秦父没有再娶，膝下不过秦昭一个女儿。况且因罪伏诛，全部家当被官府查封，家中几个奴婢早已四散奔逃，秦家一夜落魄。秦昭求了棺材铺的老板很久，老板才勉强答应先赊一口棺材给她。亲朋好友避之不及，出殡时，只有几个好心的邻里帮忙。秦昭将父亲葬在京郊的蛮山上，山顶有参天古木，将大片冬阳裁成细碎的影。听闻行刑前多亏太子求情，秦父才能留得全尸。

新坟，黄土，石刻碑，秦昭一身雪白孝服跪在简陋的碑前，一贯含笑的眼眸失了神采，从朝阳初生跪到日头西斜，跪到双腿再无知觉，毫无血色的唇才终于吐出几个字："父亲，阿昭一定会为你报仇。"

秦昭日日清晨登上蛮山，有时除一除坟头新草，有时就在树下看书，直至午后才踉跄下山。若不是夜中的蛮山实在荒凉，她甚至想卷个铺盖住在山上。她不愿待在空无一人的秦家，那个再也没有人唤她阿昭的家。

暮色枯荣，百事皆衰，她千方百计才凑够办丧事的银两，棺材铺的老板却说已有一位年轻公子付过账了。她默不作声地将钱袋揣进袖中，转身登上蛮山。

秦父三七那日，坟前毫无征兆多出一束白菊。而后无论她多早上山，白菊定会出现在那儿，若不是被细心束上白绸，倒像是凭空生长出来。她若有所思地望着花瓣上的露水，这一日，她没有着急下山。彼时日暮西斜，石碑上落下几只寒鸦，黑漆漆的眼珠，森然注视周遭一切。她有些害怕，拿书卷将寒鸦赶至半山，回来却看到孤零零的坟前，立着个绯衣墨发的男子。白菊在他修长指尖开得正盛，似覆了冷霜。

听到响动，男子缓缓转过身，俊雅面庞上一双眉眼微微上挑，冷淡得让人难以亲近。腰间玉佩冷冷似水，他闲闲看她，全然不是悼谒的模样，倒像是心血来潮来探望旧友。

十六岁的秦昭已出落得婷婷，清冷眸中似叠了层层云障，鬓间压一朵白簪花，衬得人越发冷丽。她将来人打量半晌，而后循循施礼："民女见过太子殿下。"

"哦？"成煜低笑一声，嗓音里含了些难掩的兴趣，"你怎知我是太子？"

她不语，却看向他腰间的玉佩。

"原来如此。"他示意她平身，将手覆在身后，"你是秦楚翰的女儿，所以那本《治国论》，是你写的？"

她眸光微动，像是极力隐忍，声音仍是透出惊喜："殿下看过？"

其实那日秦父走后，太子安排在中书令府中的探子趁夜潜入书房，生生从烧红的炭火中抢出几片残破的纸屑，当作至宝似的递到太子手中。其实，探子以为秦父送来的是什么情报密折，不然谁会深更半夜跑去拜见顶头上司，没人能想到只是一位父亲的良苦用心。

绯衣太子远目天边流云，良久，颔首道："自然看过。写得倒是不错，不过……"他漫不经心地摩挲腰间玉佩，"全是纸上谈兵。"

她眼底闪过恼意，被成煜看在眼里，低声笑了笑。

"你父亲他……是个好人。"他俯身献上花，随手扫落石碑上的枯叶，回身看向她时眸光微漾，"秦姑娘，还请节哀。"

身为太子，能亲自祭拜罪臣已是莫大恩赐，他不能再做什么，便准备离开。然还未来得及抬步，一道白影已直直跪倒在他

044

身前。

因葬礼数日操劳，本就纤瘦的秦昭即便裹上厚重的孝服仍显得单薄，可气魄却不输男子分毫。素色裙裾沾染尘土也毫不在意，她重重将额头枕上手背，声音哑哑地道："多谢殿下替家父求情，才能留得家父亡故后的体面。如今民女孑然一身，无以为报，唯有为殿下鞍前马后，赴汤蹈火也在所不惜，还请殿下收留。"

他愣了愣，旋即轻笑，居高临下地看着她："本宫为何要收留你？"

她言辞恳切，一字一顿道："民女能助殿下登上皇位。"

像是听到什么极好笑的事，他低低笑了一声，连眼角都弯起来："皇位原本就是本宫的。"

她微微垂下眼，是恭敬的模样："如今肃王屡立战功，潭州一战眼看凯旋在即，不日便要班师回朝。到时，太子还能如今日般肯定？"

"凯旋？"他哼笑一声，眸中浮起森然冷意，"本宫以为你的确聪明，没想到与朝中那些庸臣也没什么不同。你可知刚刚传来的战报中，武国已拔了潭州三座城池，甚至包括最易守难攻的邢台。这一战，肃王早已身处劣势，那些拥戴他的朝臣依然信他战无不胜，真是愚蠢……"手指撑上额头，笑着摇了摇头，"本宫也是糊涂了，同你说这些做什么。山路艰险，再过一会儿天就要黑了，你早些下山吧。"说罢撩起衣袍，绕过她往山下走去。

她仍是跪着，将身子转个方向，双手笼在袖中，朝不远处的绯红背影又拜了一拜："殿下若不信，可再等三月。三月后，必见分晓。"

三月后，本已深陷水火的肃王军忽然趁夜发起攻势，武国不敌，连夜撤退至邢台三十里外。肃王军气势大盛，乘胜追击，不日便将丢弃的城一座座攻下，将武国一举逼退。

天地褪去苍茫，枝头孵出新芽，偌大的太子府门前贴了张榜，重金寻民间武艺高强之人。百姓们兴致勃勃地看了半日热闹，最终都相约去临街的酒肆喝酒。小厮连续守了几个日夜，累得精疲力竭，正倚在门槛处打瞌睡，忽地瞪大眼睛，惊慌失措地跑进府门，边跑边喊道："爷，有人揭榜了！"

书房内，笔锋渐顿，绯衣太子微微抬眼："哦？"

小厮却欲言又止："是……是个女人。"

秦昭揭榜没有引来更多的观众，想来是觉得太子悬赏，一般人等又岂会轻易成功，而不一般的人又怎么会轻易让他们碰到。面前这看似柔弱的姑娘，必然也掀不起更大的风浪，遂成煜出来时，只看到空落落的太子府门前，一位少女垂眸等在那儿，身上的孝服白得刺目，眉眼却敛得恭顺，无波无澜。

依旧是蛮山上的俊朗少年，只是眉目越发冷厉，成煜盯住来人发间那朵白簪花看了一会儿，勾唇笑了笑："是你。"

她站在七级石阶下，要仰起头才能看到他。她手指翻动，将那页薄纸笼进袖中，微微欠身道："太子殿下悬赏召人，不知可否让民女一试？"

他将她上上下下打量一番："你能武？"

她诚实摇头，带起袖中纸页轻响："不能。"

他眯眸，不置可否："你可知道，欺瞒本宫，乃是重罪。"

她却笑起来，似四月和煦春风："但那日，是我猜对了战果。太子殿下是否也该有所表示？"

"你是在同本宫讲条件？"他一步一步走向她，在她身前一级石阶上站定，俯身拉近同她的距离，"那你说说，你如何得知潭州一战一定会赢？"

她抬眼瞥向他，又极快垂眼："殿下又何必明知故问。武国地势偏北，常年寒冷，此时正值齐国夏天，武国军队不懂如何保存食物，粮草便供给紧缺。且武国人体质本不耐热，又是长途跋涉而来，肃王军以逸待劳，自然会赢。"

成煜贵为太子，在朝堂上为储君之位争夺多年，又怎会是等闲之辈。其中利害关系，待肃王回朝后细细研究，一定能够想通。有此一问，大约是想试探秦昭，这答案究竟是她猜的还是有所依据。然由因及果，与由果及因，到底有一定差距。前者能够未卜先知未雨绸缪，后者只能在失败之后亡羊补牢。

一旁的小厮听得瞠目结舌，看向秦昭的目光不由得敬佩了几分。

年轻的太子微微颔首，想来与他推测的结果相同："这些，都是你父亲教你的？"

提及亡父，她眸中浮起痛苦神色，许久，摇了摇头："父亲常说，女儿家学学女红刺绣就很好，琴棋书画各沾一沾，也算得了才女的名号。可谋论这回事，却不是女子该学的，是以甚少与我说这些事。"

他若有所思地看了她好一会儿："他也许是不知道，你的确很有天赋。"

她嗔怪地瞥他一眼，垂眸道："殿下那日还说，我的《治国论》是纸上谈兵。"

他微微一怔，半晌，扬唇笑了笑："你倒是记仇。"说罢覆手向府内走去，却在门槛处堪堪停住，只将背影留给她，带了些年少轻狂，"进来吧。从今以后，你就是本宫的人了，生前死后，永远不得离开。"

她一时怔在原地，面上陡现红云。她想，这一定就是她的伯乐。他在她最落魄的时候出现在她面前，是她山穷水尽后的最后一道希望，老天都希望她抓住他。即便前路艰难，那又如何，总不会比现在更难。像是下定极大的决心，她提起单薄裙摆，终于跟上他的脚步。初春艳阳映出太子府仗高的围墙，两人一前一

后，双双走入府中。

　　据说，秦昭被招入太子麾下这回事，震惊了许多人。入东宫前，成煜已替她伪造了身份，没有人会想到她是罪臣之女，只知她是身份清白的秦昭。

　　国君听闻此事后龙颜大悦，朱笔一挥将她召进宫中，还出了几道题考她，都被她一一巧妙解答。本来国君颁布了革新的法令，大家皆是表面拍手称赞，实则该做什么仍做什么。只有成煜当真收了一位女谋士，还得到了国君的夸奖。这下大家都开始着急，到处搜罗有识之士，虽然没有再招到什么人，却引领了女子读书的风潮，也算为后人研究齐史立下一份微薄功劳。

　　可见世间无绝对之事，只要心中怀抱希望，有朝一日或能成功。

　　太子未登基的那段时日，秦昭时常红袖添香，以便遇到什么难题方便商榷一二。两人意见相左时，甚至会吵得不可开交，最后往往是成煜拿太子的身份压她，而她总是赌气说些懊恼的话，譬如"一切全凭太子吩咐""秦昭一介布衣又有什么资格为太子筹谋"云云。但第二日太子颁布的诏令，往往是前一日秦昭所提。待日后再遇难题时，成煜仍若无其事地叫她来商议。

　　我虽不懂情爱，可不难看出，野史中所说秦昭与项文帝关系匪浅确然属实，否则太子又怎么会心口不一。明明只要在当下认同秦昭的看法，就不会有后续的那些麻烦事。然而连我都能看得出来的事，其他人又怎会看不出来。不过半年，府中已流言四起，有的说秦昭是妖孽转世，狐惑东宫，有的说是她早已拿捏住太子的软肋，才让太子对她言听计从。

　　总而言之，这就是女人从政的弊端，她不够强大，别人会说她是靠美色博得主子的信赖，她够强大，男人们便会害怕有朝一日被取代，是以找到各种机会想将她拉下马。

不过值得欣慰的是，这些流言没有半分影响到她。哪怕如芒在背，她仍若无其事地出没在人群的质疑声中，依旧是温和却难以接近的模样，依旧替太子出些奇谋妙计，依旧能制胜得出其不意。

时光如山涧澄澈的溪水，看似平缓流淌，实则片刻不会停驻，在日落月升的循环往复中，天子的身体一日不如一日。朝中两党相争越发激烈，因所有人都相信，不到最后一刻，一切皆有发生的可能。而这些可能性，往往都掌握在自己手中。

可越是危难之际，人越容易出现纰漏。彼时王后眼见情势严峻，按捺不住与国舅私相授受，刚好被肃王抓住把柄，一纸奏章弹劾到御前。国君此生最恨后宫干政，一怒之下削了国舅禁军的兵权，甚至扬言要废后。太子听闻此事，马不停蹄地赶往殿前替王后求情，却换来国君一番训斥，将他禁足于太子府。

国舅是太子手中唯一的兵权倚仗，如今被削，可谓断其羽翼，一时间肃王在朝中风头更甚，东宫却愁云密布，甚至有传言说，天子要罢黜太子，立肃王为储君。太子整日将自己关在书房，闭门不出，只成日饮酒，无论何人有多要紧的事一概不闻不见，连侍女送去的饭菜不是被扔出来，就是原封不动端出来。

从幼时便跟着太子的老奴看不下去，拄着木拐颤颤巍巍地来找秦昭："殿下与娘娘感情一向很好，如今娘娘受了委屈，殿下又无端被王上责罚，心中难免难受……只是这样，老奴恐殿下伤了身子，还请姑娘劝上一劝啊。"

彼时，秦昭正在水廊看书，闻言将书卷放下，想了想，点头道："我尽力而为。"

这是秦昭半月以来第一次来到内院，推开门，一室昏暗，只余半开轩窗投下的一点光。刺鼻的酒气扑面而来，待适应黑暗，她才看到原本井井有条的书房变得杂乱不堪。她刚想抬步进去，脚下不知踢到什么，"叮咚"一声，内里响起怒吼："是谁给你的胆子敢进来，滚出去！"

一只酒瓶砸在她脚边，摔得粉碎，酒渍溅在她素色的裙裾上，染了一片暗色。

秦昭被震得后退一步，却没有像寻常婢女般仓皇逃走，只是俯身拾起地上的碎片，边拾边道："殿下心疼王后乃是情理之中，可就这样去替王后求情，未免有些莽撞。"

斜倚在椅背上的成煜醉眼迷离，撑腮看她一会儿，提起酒壶往嘴里灌酒："本宫说，滚出去。"

她却像没有听到，拾完碎片，又将凌乱的奏章一一捡起来，用衣袖擦掉上面的灰尘："王上不愿接受即将老去的事实，此时无论谁动了继位的念头，都会让王上觉得恐慌，迁怒于殿下亦是情理之中。"将奏章整整齐齐垒在桌角，她抬起眼，深深看进他眼底，"殿下若不振作起来，没有人帮得了殿下。况且，若殿下此时一蹶不振，倒正合了肃王的心意。"

他看她良久，忽而讥诮一笑："本宫竟还不如你。"

她微微垂下头："殿下错了，因殿下太顾及情义，才会做出冲动之事。而我始终置身事外，有些事自然看得比殿下清楚。这才是我存在于殿下身边的意义，不是吗？"

夏日午后，热得没有一丝风，而一门之隔的内室却阴冷如冰窖。模样颓然的太子又灌下一口酒，嗓音带着醉意："那依你看，本宫当如何？"

"殿下有多久没有打理过朝政了？"她随手翻开才整理好的奏折，连着翻了几本，凝神细细研读，"禁军统领可是重权，有多少人盯着，千方百计都想收入囊中，殿下竟还有心情在这里饮酒……"

察觉到他蓦地变黑的脸色，她适时止住话头，将其中一份明晃晃的折子摊开在他面前："当务之急，是寻一位能代替国舅接任禁军统领职务之人。"

"也就只有你，敢这样同本宫说话。"成煜眯眸投去一瞥，似乎对她故意卖关子甚为不满，一副懒得搭理的模样，"你若有想法，便直接说出来，不要耽误本宫喝酒。"

她福身拜了一拜，露出一截细白的颈子："王上卸了国舅的兵权，想来是早有此心。他忌惮国舅的势力，不愿大权旁落。此举刚好打消了他心中顾虑，也算是好事一件……"

话未完，已被太子冷声打断："你觉得这是好事？"

"国舅在朝中地位颇高，又掌有兵权。按理说他三个儿子理应世袭父亲的官位，哪怕不是官居要职，起码也应封个监军之类。但大儿子却得了个闲差，二儿子官位虽高些但是个文官，更别提三儿子如今仍旧没有封个一官半职。"她抬眸看向太子越发凝重的神色，又道，"王上如今既有招贤纳士之心，太子何不抓住机会，让三位公子姑且一试？"

成煜若有所思地瞧了她许久，才缓缓说道："就如你所言，若父王当真忌惮舅舅，又如何会再给他们官衔？"

她含笑摇头："王上不给，但殿下要争取。"不顾成煜不悦的目光，她抬手将杯中酒倒干净，又唤了侍女端上醒酒汤，"此番王上责罚殿下，责罚得突兀，日后细想，心中一定后悔非常。待禁足之日一过，殿下先进宫赔不是，待时机成熟，再向王上进谏，王上定会应允。"

殿外传来侍女小心翼翼的通报声，秦昭接过汤碗重新递到桌案前，待关门声响起后才说道："朝中选拔官员，向来是举荐制，各家自然争得头破血流，更何况私下还有多少见不得人的交易。王上不会不知道，只是无法杜绝，只能睁一只眼闭一只眼。殿下何不向王上提议——若择文臣，需比文采；若挑武将，需拼武艺。如此，才谈得上'公平'二字。"

她顿了顿，又道："殿下这样进谏，其一不会让王上疑心；其二若是国舅家的公子胜了，亦可堵住朝中悠悠众口，拿不住殿

051

下的分毫不是来。"

汤碗氤氲着热气，将成煜的脸拢得晦暗不明，他蜷起手指在桌沿叩响，一下一下，极富节奏："那依你之见，这三人之中，让谁参与选拔更为合适？"

"大公子一向忠厚老实，二公子素来奸诈狡猾，三公子为人正直又颇聪慧……"

他堪堪打断她："所以，本宫该举荐那个三表哥？"

她摇头道："不，殿下该举荐大公子。大公子素来与国舅不睦，满朝皆知。若是举荐他，王上必不会怀疑殿下是有私心。况且，以大公子的性格，若殿下给他这次机会，我相信他定会唯殿下马首是瞻。国舅素来野心勃勃，难以掌控，对殿下而言，大公子甚至是比国舅更好的选择。"说到此处，声音蓦然压得极低，在他耳边轻声道，"王后宫中有肃王的人，殿下日后入宫，定要小心。"

他端起醒酒汤一饮而尽，唇边勾起讽刺笑意："连同最亲近的人说话都要小心翼翼。"说到此处，他嗤笑一声，"本宫受够了这些争端。自古帝王无情，君心向来难测，可除过君主的身份，他可曾记得，自己还是一位父亲！难道皇位，真的比亲情还要重要？"

生在帝王家，讲感情其实是一件挺可笑的事，史书中弑兄弑父之事屡见不鲜，甚至还有更多连书里都不能记载的事，成煜不会不懂，只是真的发生在自己身上，不能接受罢了。她压下眸中同情神色，轻声宽慰他："殿下说得对，自古帝王皆无情。殿下定要抛下儿女私情，如此才能做一位好王上。"顿了顿，眸光渐渐失去焦距，之后的话，像是说给他，又像是说给自己，"我相信，殿下日后一定会是一位万人敬仰的好国君。"

屋外不知什么鸟落在繁茂枝头清脆鸣叫，他偏头想了一会儿，目光空茫，像是根本不需要她的答案。

许久，他骤然抬起眼，重新燃起希望似的："阿昭，前路凶险，你可会一直陪着我？"

这个称呼让她愣了愣，像一泓温暖泉水融化心头覆满的霜雪。他在她走投无路的时候对她施以援手，也许只是救下一只流浪宠物的心态，却足以让她用命去回报，更何况，她还有大仇不能不报。

她退开一步，将双手笼在袖中，依旧是谋士该有的平淡模样："殿下放心，我既入东宫，不论生前死后，定会跟随殿下左右，辅佐殿下登上帝位。"

他的目光紧紧跟随："为什么？"

"殿下对家父的恩情，秦昭永不敢忘，理应报恩。"她才要福身谢恩，手却被蓦地握住。她愕然抬眼，只看到一双氤着深意的眸子沉沉盯住她，让她忘记挣扎。

微一用力，他已将她拉至身前，抬手拂过她墨色鬓发，温热的气息就吐在她的耳际："只是报恩？"

这段回忆便定格在这最后一幕，据秦昭所言，镜子中循环往复的都是她生前最难忘的记忆，理应不受任何人控制，所以我们也很难知道秦昭到底会如何回应。只是眼看两人的感情像隔了层薄薄的纱帐，在旁人看来也许是种朦胧美，可我却清晰记得另一桩事——

项文帝之所以被后人传颂，除了着实是位明君之外，更因他一生钟情于王后董偲偲，在位时隆宠恩泽不断，甚至破例修葺了共同的陵寝，只为百年后与之同眠。

根据眼前所见，实在难以推测之后诸事，只是隐隐觉得事情并不如想象中的简单，唯有耐心看下去才能一解心中的困惑。

而后一切果真如秦昭所言，国君撤了驻在东宫的禁军，也没有再提废后的事。成煜便挑了个合适的时机到御前进言，国君当即应允。

然成煜此举，遭到太子党许多人反对，其中反对声音最高的是护国大将军的胞弟陈栾。从前他便是太子最得力的谋士，可秦昭的出现，动摇了他原本的地位。本来，国舅爷倒了，禁军大权终于旁落，任谁都想分一杯羹。正当大家都觉得机会来临时，没想到兵权转了一圈，竟然落在国舅爷儿子手中。在他们看来，这与交到国舅爷手中并没什么区别。

可成煜一意孤行，其他人也毫无办法，只能听之任之，却不知此举得罪了不少人，为日后埋下祸根。

宣德十四年，恰逢西北边界山贼作乱，官府多次围剿无果。不日后，有道密折递上来，竟说官匪勾结，且与朝中某位重臣脱不开关系。国君恐事情闹大打草惊蛇，不能将乱臣贼子一网打尽，特遣太子秘密前往边界处理此事。

成煜御下一向严格，本不过月余的工夫，料想府里不会出什么差错。可偏偏就有人趁着无人做主，寻了秦昭一个破绽，将她关入了地牢。

但凡皇亲贵胄之类的大户人家，多多少少会有些见不得人的秘密，太子府中的地牢便算是一件。秦昭蜷腿坐在草席上，缓缓将双手在眼前摊开。这双手送了多少叛徒奸细进来，哪曾想终有一日也轮到自己。

锁门的铁链被"啪嗒"一声打开，始作俑者弯腰钻进牢门，俨然一副胜利者的姿态，他将手里的东西拍在她面前："我在你房中搜出你与山贼头子秘密往来的书信。如今人证、物证俱在，太子不在府中，我便替他料理了你这个叛徒。秦昭，你是希望我把这些拿给太子，还是你自行认罪离开？"末了，俯身凑近她，"你是聪明人，自然知道该如何选择。"

她连看都未看那些信，双手撑着下巴，空空地望着桌角的油灯："原来我在你们心中，用这等拙劣的手段便能一举扳倒。你们还将我视为劲敌，真不知是贬低了谁。"

陈栾眼底陡现阴狠，猛地伸手死死掐住她的喉咙："拙劣与否不重要，重要的是这事若闹到御前，让王上心存疑虑，那太子殿下也救不了你。"

她雪白的脸霎时通红，却不挣扎，只是终于拿正眼看他，毫无血色的唇费力挤出几个字："你若现在杀了我，你觉得，太子还会再信你？"

这番话果然戳到陈栾的痛处。原本恨不得将她杀之而后快的陈栾骤然收手，他恶狠狠地看着她捂着脖颈不住咳嗽，反手将她重新扔回草席："我看你如今还能掀起什么风浪！"

陈栾出身武将世家，是陈家次子，自小练就一身好功夫，却因哥哥光芒太盛而始终没有用武之地。本以为投靠太子能有出头之日，前次国舅被削军权，于他而言简直是天赐良机。他将太子党诸人评判一番，觉得轮也该轮到他，可哪承想，秦昭几句话便将已到他嘴边的鸭子放飞了。他不是没有求过成煜，可任凭他说破嘴皮，成煜仍然一意孤行。再加之从前秦昭取而代之，他便对她怀恨在心。

身为谋士，谋的是什么，一半是事，一半是情。若真是一个合格的谋士，早就该看出成煜与秦昭早已不是上下级关系那样简单，那秦昭便动不得。就算要动，也该找个正大光明的理由，让成煜亲自将她舍弃。

更何况平心而论，冤有头债有主，要恨也该恨成煜，这事怎么怪也怪不到秦昭头上。真不知他是怎么想的。

地牢森寒，目之所及皆是灰暗，像有什么无形鬼魅藏在暗处，只待将人无情吞噬。秦昭家里虽不算富裕，好歹从小衣食无忧。后来入了太子府，成煜奉她是上上之宾，没有一天亏待过她，又哪里受过这些罪。一只青灰色的大老鼠从墙缝里钻出来，沿着墙角窜出牢门。她裹紧单薄外衫往角落里缩了缩，一双手死死笼在袖中，仍觉得凉意渗骨。

原本照陈栾的打算，太子奉命远行，来回最快也要一月，只要将秦昭捆了送到国君面前先行处置，待太子回来后早已无力回天。

可谁知原本该在西北调查官匪勾结案的太子，却在第五日深夜匆匆出现在地牢。狱卒诚惶诚恐地将牢门打开时，秦昭正蜷在草席上闭目养神，听到动静，她连眼睛都未睁："闹到王上那里对谁都没有好处。我若是你，就先把我放了，这件事情就当从来没有发生过，如何？"

"怎么能当作没有发生？让你白白受这些委屈？"

她骤然睁眼。

玉佩轻响，一抹绯色从阴影中走出来，云靴踏过遍地腐烂的茅草，俯身蹲在她身前，声音压得低低的，像是怕吓到她："本宫已将陈栾幽禁在后院，待本宫亲自审问后，定会还你一个清白。"

他的突然出现已足够让她惊讶，如今这番话更是让她来不及问清前因后果，已出言劝道："殿下此举实不妥，陈栾虽无实权，到底也是陈氏族人，若无圣旨草率关押……"

"你是不是又要劝我，凡事当以大局为重，切忌意气用事？"成煜眸中温柔顷刻间消失，转而换上难掩的愤怒，"你告诉我，做国君是为了什么？"

她勉强撑起身子，在听到这话时，愣了愣："什么？"

"若本宫连想做的事都不能做，做国君又是为了什么？"不知何时刮起冷风，透过半大的牢窗，吹得桌上烛台火光恍惚，年轻的太子抬手扶住她肩头，在她困惑的目光中，面色沉得骇人，"今次，你可有错？你与山贼勾结了？那些信是你写的？刺客当真躲到了你的房中？"还不等她回答，他已冷声说，"既是如此，本宫这样做有何不妥？"

陈栾吩咐狱卒断了她的饮食，这几日她粒米未进，只饮些清水，早已连说话都没什么力气，若不是靠一口气撑着，也许早就昏过去。她也不知道自己在等什么，常言道当局者迷，就如她从前所言，她机关算尽，只始终因置身事外，才能保持清醒。但凡动了私心，便不能一心为主子谋事。

这是大忌。

而她被关在地牢，第一件事想的不是如何自保，不是大仇还未得报，不是平生所愿还未实现，而是此事若真闹到御前，会不会牵连他，以及……

他又会如何待她。

心中思绪万千，却都不是她此刻最关心的事。她怔怔地看着来人，一贯含笑的眼底似有水雾弥漫："殿下为何信我？"

他仔细打量她半响，用指尖细细擦掉她鬓边的污渍："你说自古帝王皆是无情，本宫却要做一个有情有义的帝王。本宫信你，绝不会背叛我。"

苍白的唇动了动，向来巧言善辩的她头一次不知道该说些什么。

彼此呼吸可闻的距离，她听到他的声音就响在她耳畔，一字一字，问得认真："阿昭，你想不想同本宫一起，坐看这如画江山？"

浮在她眸中的层层云障顷刻间散尽，下一瞬，已被拥在一个温暖怀抱中。温暖到让她忘记杀父之仇，忘记毕生所愿。牢中烛灯如豆，映出两人相拥的影。

"本宫一定会娶你，不会让你再受半分委屈，阿昭。"

宣德十五年，先帝病逝，成煜于同年登基，改国号承运，封号项文帝。

因朝中异己已除，剩余残党见大局已定，纷纷倒戈。在秦昭的辅佐下，成煜的帝王路，走得不可谓不顺利。新帝继位，待国丧一过，宫中已是一派喜气洋洋，内廷按照祖宗礼制准备登基大典，宫人具是行色匆匆，忙得脚不沾地。

就在这一派繁忙中，仍在太子府等候诏令的秦昭被急急传至御书房。

婢女打起明黄锦帘便恭敬撤退，偌大的殿内只闻细微的呼吸声。她没有拜见帝王的繁复宫装，只穿了平日里最常穿的素色长裙，发间难得戴了支白玉簪子，一步步行过见方的地砖，跪在金丝楠木的方几后。银骨炭在铜丝罩上烧得正旺，高位上的男人尊贵且疏离，似乎不用刻意学习，举手投足间就流露出帝王的气息，这是她希望他成为的样子。

她眸中浮起潋滟水光，因压得极低，很难被看到："民女参见王上。"

"阿昭。"依旧是平日的温柔模样，却不再是那个年轻的太子。成煜不再穿绯红衣袍，玄色冕服衬得眉目如水墨，紫金冠高高束起，是全然陌生的模样。青玉长案摆了五六道摊开的折子，他执笔蹙眉在上面写着什么，在看到她时，眉眼间终于映出一点喜色，复又低下头，"阿昭，你快来看看，孤该怎么办？"

秦昭慢慢走到书案前，像是他又遇到拿不定主意的事，想同她一起商议，与往常没有半分不同。只是奏折难得是统一的内容，上奏者无论官位高低，均是举荐各家女子入宫。"立后选妃"四个字刺得她双目通红。

她身子晃了晃，不动声色地扶上身后桌案才勉强站稳脚步，转头看向只专心研读奏章的帝王，用惯常的轻柔语调问他："王上叫我来，就是为了这桩事？"

他终于抬起眼，仿佛觉察出什么，微微蹙起眉："你可是怪孤这些日子都没有召见你？孤才入主齐宫，烦琐小事一件接着一件，今日方才得空……"

琉璃宫灯溢出斑斓光影，她在这光影中退开一步，双手笼在广袖中，视线自他空荡荡的腰间移开，微垂了眼，看似一切如常，但若仔细分辨，便能看到绲了银边的袖口在微不可察地颤抖着："王上说得对，王上才登帝位，为了稳固朝纲，自当立董将军之女为后。"

这样的答案像是让他很满意，他倾身贴近她几分，修长手指抚上她尚未恢复温度的脸，指腹在她颊边轻轻摩挲，眼底漾出真心笑意："你与孤想的一样。阿昭，孤已同母后商量过，孤能登基，你功不可没。从此之后，你当是孤最爱的贵妃，最懂孤的贵妃。"

她却像被烫到似的偏头躲开，平静无波的脸终于被什么打碎，一点一点剥落满地，只剩无尽的空茫。身为谋士，最忌讳的便是喜怒形于色，让人看出心事。秦昭一直做得很好，哪怕身在地牢，也许下一刻就要殒命，依旧静得像戴了面具，永远不知喜怒哀乐为何物。

可今次，她再也无法伪装。

他的手僵在原处，半晌，眸中闪过不悦："阿昭。"

回声响彻殿内时，她一步步从他身边退开，缓缓跪在丈宽的书案前，声音铿锵，方才的惊慌失措像是错觉一般："秦昭愿入朝为仕，为王上鞠躬尽瘁，保大齐一世安宁。"

年轻的帝王神色难辨，许久，拂袖离开："随你。"

她笔直地站在空无一人的殿前，窗外冷风呼啸，她忽然觉得很冷，哪怕寒冬腊月父亲出殡时，哪怕孤身一人身在地牢时，她也从未觉得这样冷，冷到牙齿打战。她缓缓蹲下身，将自己用力环住，却执意不肯低头，透亮的烛光照进她的眼底，沉得似无月的夜。

他终于变成她期望的样子。

也终于，为了皇权负了她。

成煜果然让秦昭入朝。

秦昭的确是天生的政治家。朝堂一向是男人们角逐的名利场，她想在其中谋得一席之位，难度可想而知，可她竟然心甘情愿。相比起来，做贵妃既享尽荣宠，又不用主理六宫，反而乐得清闲。成煜其实不算食言，说不定还多方考量觉得此乃上上之策，将它当作礼物精心捧到秦昭面前，秦昭却拒绝得毫不留情。

我将这桩想法说与祁颜，却得到不同看法。

祁颜说："他们要的东西不一样罢了。她只是想做他独一无二的妻子，无法与别人平分他的爱。"顿了顿，语声别有深意，"若不是唯一，不如不要。"

我想了想，觉得这话也颇有道理，只是没想到一向清心寡欲的祁颜竟然如此懂女人。

他站在我身旁，微微侧目看我："不是我懂女人。而是若真心喜欢一个人，天下间所有人应当都是同一种模样。九辞，是你不懂喜欢罢了。"

我怔怔抬头，正对上他晦暗不明的眼，想了想，斟酌道："或许，是她知道若入后宫，就不能再辅佐他了呢？"

总之，经过在太子府几年的历练，秦昭出落得越发沉稳，尤其是庙堂辩论时，不输男子分毫。朝中暗涌，须得步步为营，她本就生得极漂亮，如今一身暗色朝服，倒像是冬日清冷的弦月，看似柔和，实则拼了命也无法接近。不少人都存了同她联姻的心思，但大多最终作罢。

其一，是忌惮秦昭在朝中的地位，王公贵族都很难与她比肩，若真的成亲说不定还要倒插门，男人的自尊心不允许他们这样做。

其二，便是秦昭与当今天子捉摸不透的关系。试问，有谁敢打国君女人的主意？

不得不说，成煜也许不是值得托付终身的良人，却着实是位好国君。他日日批复奏章到深夜，有空还带着大臣微服出宫，探察民情。只是自立后大典后，秦昭甚少同成煜见面，不知是她有意避开还是如何。除过上朝，但凡他私下召见，秦昭不是称病，就是挑些冠冕堂皇的借口拒绝，实在避不开时，必定有大臣前来禀告更为重要之事，逼得成煜不得不让她先行告退。

可事实证明，当一个人打定主意想见你时，一定能被他找到机会，更何况这人还是手握天下的国君。

一日下朝后，成煜屏退众人，独留了秦昭一人商量要事。金銮殿难得如此空荡，连国君身边的贴身内监都不知去向，只余年轻的帝王低头专注批阅奏章。秦昭盯着宝瓶中一束开得正好的白梅发怔，待回神时，一套玄色长袍已扔到她脚边。

"换上，随孤出宫。"

她正要拒绝："臣……"

"啪"的一声，奏章掷在青玉案上，响在空旷殿内格外慑人。她默不作声地抬起眼，看向数尺外的龙椅上，隐在冕旒后愠怒的脸："如今秦丞相一人之下万人之上，连孤都使唤不动你了。"

她俯身捡起衣袍，不紧不慢地跪倒："臣惶恐。"却没有半点惶恐的样子。

他沉沉看她一会儿，高声唤来侍女："伺候秦丞相更衣。"

因是微服出巡，成煜只点了几个暗卫远远随行，二人缓步向集市踱去，几步之内便由静转嚣，犹如一幅铺陈开的画卷序章。

万家灯火迷离，秦昭望向身边从出宫起就一副淡然神色的

人，终于忍不住开口："……爷今日特意出来，不会只是想逛逛集市吧。"

他瞥她一眼："你说对了，我就是出来散心的。"

但显然，日理万机的帝王微服出宫，又怎么会只是为了散心，看似漫无目的转了几条街之后，他直接把她带进一间茶肆。

大厅内宽阔明亮，成煜脚步不停直往二楼而去，寻了个临窗的座位坐下，秦昭亦跟着坐下。待到坐定，方得闲好好将这室内打量了一番。此时两人身处二楼，梨木方桌绕着雕花围栏围成月牙状的弧形。一楼大厅宽阔，四周零零散散摆着几个木桌，最为显眼的，还是柜台旁摆着的几株傲人的早菊，以及菊后几幅铁画银钩的墨宝。

茶肆中向来风雅，所以诸如此类的陈设并不奇怪。她淡淡然收回目光，只望着窗外的人影幢幢。她的想法很简单，既来之则安之，既然无论如何都要有此一行，不如彻底享受。

成煜吩咐小二上一些瓜果蜜饯之类。小二吆喝着下楼去准备了。不多时，方才还空空如也的桌上早已摆上数个精致的小碟与莹白的酒盏。

茶肆中客人不少，但仍有几桌空余。

秦昭的心起初始终都放在这梅花酒上，也就没有留意周遭的环境。此时方才看到，本是客人稀疏的店中不知何时已经挤满了人，而这些人又全都围在一楼厅中的几幅墨宝之前。人声嘈杂，她亦是颇有兴致地偏头望去，只见厅中一角似乎有人伏案疾书。但因人头攒动挡住了视线，并无法看清。

不多时，只见人群中爆发出一阵喝彩声。

"好！"

"不愧是穆先生！"

人没看清，但"穆先生"这三个字却听得真切。

一幅墨宝已经完成，人群渐渐四散开来，露出其中一片纯白的衣角。犹如众星捧月，待到此时那模糊的人影方才全部显现。半束的墨发垂至肩侧，举手投足之间宛如锦缎一般滑落。只是一个背影，就叫人无法移开视线。

待他转过头来之时，秦昭竟有一瞬间的恍惚。虽然是全然不同的脸，但那温软的神色，却像极了那年蛮山上的俊朗少年。明晃的灯火将他镀上一层柔软的光晕，给原本冷峻的面容带来些微暖意。微扬的下颌与颈项勾画出好看的弧度，外袍却是最为普通的粗布衣衫。

只见那人伸出手臂，抖开一白绢，上书几个大字：明德至善。墨迹尚未干透，笔画的转折处映出墨色的幽光。行云流水间有锋芒微露，却又懂得恰到好处，刚柔相济。

霎时，又有人拍手叫好。

从前太子府中倒是收藏了不少字画，秦昭虽没什么兴趣，却也陪成煜赏鉴过不少。若以墨宝论高低，在她所识之人中，当属成煜能拔得头筹。而这白衣男子的功底，显然不逊色于他半分。

她偏头去看成煜，后者却没什么反应，依然淡定喝茶。她心中飘过难辨情绪，才想说什么，忽闻一声长长的嗤笑，衬在这阵阵喝彩声中显得尤为突兀。

人群中踱出几个锦袍宽袖的男子，台上的白衣男子伸手揖了一揖，低敛的眉眼谦逊但不卑微："穆某自知雕虫小技上不得台面，不知几位兄台可有见教？"

其中一人上前一步冷笑道："穆先生好兴致，日日在这里……"眼光转在四周的墨宝之上，"难道是学欣月阁里的姑娘卖艺不成？"

一语毕，其余几人哄笑。

见白衣男子并未言语，对面那人更加猖狂，又向前一步逼近他，一把推开挡路的小二："穆先生所写所言均是治国之道，可又日日去做锦瑟姑娘的入幕之宾，不知穆先生是真的胸怀天下，还是打着明德至善的名号其实是贪恋美色呢？"

此言一出，众人哗然。而就在这三言两语之中，众人也明白了为何这些人会来寻那穆先生的麻烦。许是这油头满面的富家公子也看上了那位锦瑟姑娘，但那姑娘却一心系在这位穆先生身上。那富家公子看不过眼，便找了这样一桩缘由，当众让他下不了台。

看那墙上挂着的墨迹陈旧的字，这穆先生应是在这茶肆里写字很久了，被富家公子这么一闹，之后哪还有脸再来献艺？

看热闹的百姓很惊讶，我也很惊讶。据我所知，项文帝执政时，史书中有且只有一位穆姓官员，算算时间，若我没有猜错，这位白衣公子多半便是穆漓川。

穆漓川，原是个……卖字的？

诚然，我对卖字没有任何偏见，只是史书中记载穆漓川身份显赫，才入朝就封为太尉，官位仅次于秦昭。不仅如此，他更是在秦昭身故后取代她坐上丞相之位。若说秦昭能算尽人心，那穆漓川比她还更胜一筹。我原以为他出身官宦世家，再不济也是书香门第，总之不该是市井中人。

我下意识地就朝祁颜看去。许是猜出我心中所想，祁颜悠悠倚在二楼的雕栏处，点头表示赞同："这是穆漓川。他不光卖字，还是个茶农。"

我："……"

好好的赏字大会变成一场闹剧，众人皆是敢怒不敢言。层层人群中，穆漓川将碰倒的板凳扶起来，旁若无人地整理起桌案上的墨宝："为何做锦瑟姑娘的入幕之宾，穆某自有道理。"

我在一旁抚了抚额，这又是一个爱逛青楼的人。曾经祁颜就同我说，他去青楼是论道来着。那眼前的穆漓川，他总不能也是去论道吧？

但显然是我太没有见识，原来去青楼除了看姑娘和讲道法，还能做许多事情。

他面上的不适早已消退，取而代之的，又是那副波澜不惊如铜镜一般无法打破的神色："孙公子只知其一不知其二。这明德至善之后，更是有一句修身、养性、齐家、治国、平天下。穆某自问清心寡欲，在公子看来出入青楼便是贪恋美色，但在穆某看来，那便是最好的修身养性之法。"眼见那孙姓公子张了张嘴却无法辩驳的模样，他唇边的冷笑更甚，"正所谓出淤泥而不染，若是穆某连这点自持之力都没有，那与那些登徒浪子有何不同？"

一番话，众人心中如明镜一般。一阵寂静之后，便是掌声雷动。

孙姓公子面上青一阵白一阵，在久经不歇的掌声中硬是无法说出一个字，身后的侍从一个个都面露愤恨，想冲上前去教训教训这不知天高地厚的人，但在大庭广众之下仗势欺人难免会遭人诟病。孙姓公子心虽百般不甘，也只能狠狠瞪他一眼，恨道："别再让我见到你！"言毕带着几个侍从悻悻而去。

这时，店小二方才敢从柜台后出来，将客人好生安抚回去继续吃茶，但经过才方一闹，谁还有心思继续品茶，都怕那孙公子去而复返再惹出什么事端，大多匆匆结账告辞。热闹喧嚣的大堂顷刻间冷清下来，穆漓川将才写的字细细收好，面无表情地从掌柜手中接过一个荷包，用手掂了掂，便收在腰中转身走了。

我瞠目结舌地看着他离开的背影——这人还当真是来"卖艺"的！

此时的茶肆中已只剩寥寥数人，三楼的灯火早已熄灭，二楼也只剩秦昭一桌。小二打着哈欠站在他们身后，也不敢上前催促。静寂之中，似乎听闻成煜低低叹息一声，许久，他偏头问身旁始终默默无言的人："回去吗？"

秦昭眸光扫过对街早已暗淡下来的窗棂，点了点头。

一切看起来都像是一场意外，成煜心血来潮带秦昭去民间体察民情，刚巧遇到纨绔公子欺压良民，碍于身份实在特殊不能出手相帮，只能各怀心思看完一场热闹。然第二日，成煜就宣秦昭觐见，道王后甚是爱茶，听闻齐都中有位先生种茶种得颇好，想亲自尝一尝。只可惜他种的茶只自给自足，从不对外出售，哪怕天家也不例外。虽然孤可以下圣旨强迫他，可孤是明君，明君不能强人所难。秦爱卿素来能为孤排忧解难，今日就特遣你去替王后寻些好茶。

立在下首处的秦昭容色淡淡："不知这位先生姓甚名谁？"

宝座上的帝王悠悠吐出三个字——穆漓川。

她微愣了愣，俯身叩拜："臣遵旨。"

穆漓川在茶肆卖字不是什么秘闻，只要稍作打听，就能知道每逢初一、十五，他一定会带了笔墨去市集的那间茶楼写几幅墨宝。

三日后，天官赐福，张灯结彩，恰逢上元节。秦昭下朝后换了身男子常服，没有立即回丞相府，而是独自一人沿官道去往市集。人群喧嚣，比之她前几日来时更为热闹，她逆流走在其中，倒真像是来赏景看灯，甚至还在街边买了扇丹青面具。当她把面具摘下来时，我试图从她淡然眉眼间找出一分难过的痕迹。

可是没有，一点都没有。

其实是这么个道理，看似秦昭早已对成煜死心，只一心为国君谋事，才能安然在朝中为人臣子。他是君她是臣，他吩咐什么她便做什么，即便是替他讨他妻子的欢心，这是君臣之道。她若有半分私心，便不能成为一个合格的臣子。可话又说回来，成煜对秦昭若即若离，看起来也并非真正对她无情，更何况朝中能人异士何其多，何必非要让她去做这件事。我隐隐察觉眼前所见皆是事情表面，一时又不能窥探真相，只好带着忐忑继续观摩这段回忆。

还是那间茶肆，原本的高堂满座变得冷冷清清，客人们都挤在门槛处看焰火。穆漓川依旧一身粗布衣裳倚在二楼临街的轩窗旁，隔着木质的雕栏探出半个身子，星眸迷离无光，能映出绚烂焰火，却毫无焦距。直至有脚步声渐近，他才懒懒回头。

两步开外，墨发高束的秦昭同样倚在雕栏上，在他回眸望向她时，冲他微微一笑。

那一笑如冰天雪地中绽开的一朵绯艳傲梅，同时升上半空的茜色焰火将他半边侧脸映出妖冶红光，虽只是极其随意的客气微笑，却分毫不逊色于此刻夺目的焰火。他眸中浮起迷茫神色，这时小二从楼梯口急急上来，对秦昭一再拱手："这位公子实在对不住，穆先生今日……"

后续的话却被穆漓川挥手打断，他示意小二离开，唇边勾起清淡浅笑，嗓音却疏离："姑娘是想买幅墨宝？"晃晃手中酒壶，"只是今夜天官赐福，穆某既饮酒便不碰笔墨。姑娘还请下月再来吧。"

她撑腮远眺天幕，神色淡然得没有半分被识破女儿身的不适："我确然要向先生买一样东西，却不是墨宝。"从袖中摸出一块丝帕在掌心摊开，帕中是一捧碧色茶叶，"这是年前天竺上供的新鲜香林，听闻先生深谙茶道，想请先生鉴赏鉴赏。"她将帕子轻轻放在横栏上，又从近旁矮几端起一杯热茶。

他的目光从帕边绣着的淡色木芙蓉上掠过，嗓音寡淡："不错。"

夜风送来清冷茶香，她执杯的手在唇边停了停："比先生种的如何？"

他抬起眼："你懂茶？"

"不懂。"她坦然摇头，"可我懂人。先生爱茶如命，若肯割爱于我，即便开出天价也无可厚非。"

他将丝帕叠好，递回给她："你既通人情，那更应该知道我为种茶付出的心血，所以从不授人。"

她垂眼接过来，嗓音里有柔柔笑意："先生若真的爱茶，又怎么舍得独享它？"

本来买卖这回事，须得两厢情愿才能达成共识。可如今一个愿买，一个不愿卖，再说下去只能是浪费时间。一时两两无话，远处烟火声渐远，夜渐深。在逐渐低迷的气氛中，一楼蓦然传来呼声。放眼望去，摆满桌椅的主堂正中，几个戴面具的姑娘围在柜台旁，每人手中都攥着各色的纸笺："老板，这灯谜也忒难了些，猜了半个时辰才猜出两个来。"

掌柜不紧不慢地从匣屉摸出绣祥云的锦囊递过去："两个已是不易，去年穆先生出的灯谜，没有一个人猜出来哪！"

其中一个戴白狐面具的姑娘笑起来："这样说来，是我们比较厉害了？"

掌柜挠挠头，憨笑道："是我同穆先生说，今年出的谜题一定要简单些啊。"

"是常来卖字的那位穆先生？这人当真有趣……"姑娘们嬉闹着走出茶肆，天边一声声遥遥巨响，如墨色的夜空中绽开一朵朵明丽烟花，似铺开万千华彩，又在顷刻间凋零。

始终无话的穆漓川灌了口冷酒，若有所思地打量身边的人半晌："姑娘既这般聪慧，不如穆某再出一个灯谜，让姑娘猜上一猜。若猜中，穆某定当会将最好的茶双手奉上。"

起初我还心惊胆战地觉得，连国君都对穆漓川束手无策，秦昭又能有什么更好的办法。如今终于放下心来，别说是灯谜，就算是千古未解的谜题，秦昭也能面不改色地接下来。可能穆漓川的确不知道面前的女人究竟是谁，不然一定会后悔死方才说过的话。

果然，原本垂眸品茶的秦昭抬起眼帘，微抿的唇绽开一点笑意："先生想让我猜什么？"

他将视线落于虚无，轻轻摇晃手中酒壶："那便猜一猜，接下来三月内，穆某哪一日会上茶山采茶。"

这哪里是灯谜，说是要赖也不为过，摆明了是故意为难秦昭。宽阔街道灯影幢幢，映出她微微敛起的眉，一双极漂亮的眸中像浮了层层云障，是竭力沉思的模样。

像是猜出她心中所想，他低笑一声："你不用急着回答，待到了那日，上山来找我即可。"

她回神，思索片刻，唇边牵出温婉笑意："若我猜到，先生须得忍痛割爱将茶卖给我。"像是已经猜出这看似无解的谜题。

他嗓音淡淡："你就如此笃定自己一定会赢？"

她却笑起来："成败与否，到时便知。"

月影浮动，轩窗外花灯如星雨。良久，他看着她："一言为定。"

我不懂茶，也不知该从哪里推算穆漓川上山的日子。幸好需要回答这个问题的不是我，而是奇谋深算的秦昭。她若真有看透人心的本事，这个赌对她而言，或许比饮茶还要简单。只是穆漓川亦非等闲之辈，这场赌局谁胜谁负，还很难说。

成煜没有再问过秦昭买茶之事进展如何，秦昭没有回禀，也没有再去过茶肆，一切平常得仿佛无事发生。不知不觉三月已过，草长莺飞，齐都一派春意融融。城外蜿蜒的茶山积雪散尽，枯败了一冬的茶树吐出新芽，终于迎来收获时节。

这一日，消失了许久的穆漓川毫无征兆地出现在南郊墨旸山。不是往常的粗布衣裳，而是穿了件绡纱的罩衫，颜色是难得一见的鸦青,如洒了夜色的古树,行在渺渺新绿中。他身后还跟着十多位茶农,个个背着各式工具,不过片刻已极具规律地四散开来,显然对此项颇为熟稔。

接连刮了几日东北风,所有人都在担心无端风雨会毁了雨前茶,唯有穆漓川不紧不慢挑了个日头正好的天上来茶山。茶农采茶,他便就近在树下架起茶台,用带来的炭火烹煮茶汤,甚至还带了一本茶经,在等水烧开的间隙握书读上几句。

因这是秦昭的记忆,说明她一定就在附近。可从骄阳肆虐等到日暮西斜,等到十多位茶农都扛着竹篓下山而去,也没有等到秦昭的身影。墨旸山与齐都尚有一段距离,就算听到消息即刻动身,半日之内也无法赶到,她现在仍没有出现,想来是即将输掉这场赌局。我不由得怀疑这段景象是否出了什么差错,也许秦昭没有亲身参与只是幻想出这段记忆也说不定。

云边绯红逐渐隐在蔚蓝天幕,喝了不知几壶茶的穆漓川终于懒懒起身,借着暗淡日光查看近旁最后一束碧茶,末了直起身将手指搭在眉弓打量天色,像在等待什么。末了,他摇头笑了笑,俯身捡起树荫下沾了些草灰的书,才要收拾茶具,眼前蓦然现出一片素白裙裾。

鸦青衣袖停在半空,他将视线一点一点移上去,移到纤纤十指交叠的袖口,移到鬓间一支细白玉簪,最终停在那双似笑非笑的眼上。可这视线只停了一瞬,他已淡淡垂眼,弯腰要倒掉杯中茶水:"原本给你泡的茶,已经凉了。"像是早就猜到她会出现。

倒了一半却被拦下来,白皙手指拿过茶杯,是一套上好的砗磲羽觞。她声音响起:"方才上山的路上瞧见一株古茶树,看得久了些,忘了时间。"

他松开手,任凭她就着冷风饮下凉茶:"你能认出古茶树?"

她将羽觞捧在手心，仍是笑吟吟："那日见过先生后，倒也读了些茶经。"说罢伸手一指，袖口在空中扬起来，似一只纷飞白蝶，"喏，就在小路尽头。墨旸山是先生的地盘，一定知道我说的是哪一株。"又替他拾起熏得泛黄的茶焙，借着稀薄日光好奇打量，"先生果真是爱茶如命。我一向不喜欢夺人所爱，到时也只好少买些茶，让先生少肉痛几分。"

他仍在收拾茶具，语声淡然："我怎知你今日上山，是否只是偶然。"

"先生是准备赖账？"她绕过他，捏起刚才他查看过的茶叶，扯下一片在手心摊开，似羊脂玉中镶上一块翠绿宝石，"这茶春雨前采了最好，但近几日连刮东北风，水缸又有泛潮，说明春雨将至，今日该是放晴的最后一日。所以我猜，你一定会来。"

有理有据的一番话，穆漓川即使再不愿意卖给她茶也无法辩驳，哪怕他曾立下规矩说，他种的茶从不外售。更何况规矩这回事，本来就是用来被打破的。说不定他一直在等，等一个能让他废掉规矩的人。日光渐歇，他垂眸拍掉书页上的草灰："你处处算计，却不知有一样东西，偏偏不能算计。"

"哦？"她漫不经心笑了笑，"是什么？"

他缓缓吐出两个字："人心。"

她微微阖眼，手指揉上眉心："可我算的，就是人心。"

他语气淡漠得仿佛只是随意客套寒暄："那你可有算到，我今日为何会上山？"

她笑得眉眼弯起来，就像朝堂上的对手越是危险，她越是笑靥嫣然："先生莫不是在取笑我。方才讲的种种，先生全然没有听到吗？"

茶山脚下种了许多紫藤，微风拂过，荡起紫色的浪。始终一副浑不在意模样的男人终于起身看向她，极俊逸的脸，袖间盈满缥缈茶香："因你在，所以我会来。"

她不解地抬眼，正对上他深如古井般的眸。

"我为姑娘破此一例，姑娘当如何谢我？"

她像是听到什么好笑的事，柔柔笑出声来："破例？明明是我赢了先生，却被先生说成是……"

清冽嗓音打断她："是我甘愿输。"

她愣了愣，过了好一会儿，却说起不相干的话："先生这本茶经，能否借给我看看？"

……

穆漓川果真言而有信，当下便将书给她，顺便拿出一包才做好的新茶，当然，也很可能是早就准备好的。总之，成煜交代的任务没有任何难度，秦昭回宫之后免不了被嘉奖一番，王后甚至亲自登门言谢。

从前我总觉得，能被国君一生宠幸，要么绝艳无双，要么才华横溢，再不济也该是家世显赫。看到董偲偲后方才明白，成煜能宠她一世，或许只是因为她深居后宫多年仍然能保存完好的那份天真，那份在秦昭身上从来都不曾看到的天真。

丞相府前立着两只巍峨雄狮，衬着楠木的鎏金匾额越发慑人。素衣白裳的秦昭垂手在府门相迎，一篷蓝帐金丝顶盖缓缓停在近旁，车停，从车厢里跳出一个鹅黄衣衫的俏丽姑娘。

虽贵为王后，董偲偲却常爱穿清丽的颜色，像只金丝笼里的百灵鸟，让人不能不怜爱呵护。秦昭抬眼打量一瞬，双手笼在袖中，依旧是恭顺模样："王后当心。"

这时勉强跟在马车后的小宫女才匆忙跑来，不顾额头上的汗水先替董偲偲打扇："娘娘您慢点儿，万一伤着了奴婢可怎么向王上交代啊！"

董偲偲扁嘴向一旁战战兢兢服侍的宫女道："内廷说无要事不得出入臣子府邸，那我不进去，就在外面同秦丞相说说话，总是可以的吧？"

　　宫女噎了噎，焦急地向秦昭投来求助的目光。后者微微颔首，再福身做礼："臣不敢怠慢王后。"

　　湿热的风吹起她鬓边几丝墨发，娇俏的王后笑靥明丽："这有什么，又不在宫里，谈不上怠慢。"

　　带来的宫女侍卫都被董偲偲打发去街道尽头巡视，小厮很快双手奉上油纸包好的新茶。董偲偲像看到什么新奇宝贝，欢喜地打开茶包，捧在鼻尖轻轻一嗅，转身对马车里喊道："阿煜，阿煜，阿……"叫了两声，恍然想起什么，咬唇改口，"王上，王上您来看看呀。"

　　秦昭这才看清马车里还坐着一个人，大约为了隐蔽行踪，才迟迟没有下车。幸好附近再无他人，不然董偲偲喊的这几声不知要招来多少麻烦。

　　绯色身影掀帘而出，云纹软靴踏过青石板路，年轻帝王停在七级石阶尽头，抬手示意秦昭平身，目光在她紧绷的后背停留片刻，扫向董偲偲手中的褐色茶包："穆先生种的茶果然名不虚传。"

　　"臣妾花了几年的工夫都没有弄到这茶，还是秦丞相足智多谋。王上须得为秦丞相寻得一位如意郎君，才好表达臣妾的谢意。"说罢，她攀住绯色身影的衣袖，是惯常的亲密模样，"王上，您说是不是？"

　　他拂掉她肩上一片落叶，眉目里俱是温柔："都依你。"

　　原本温和谦谨的秦昭倏然面色惨白。

　　帝后二人相携离开，她看向冬青下缓缓驶离的马车，风过，吹起明黄的轿帘，现出半张俊逸的侧脸。叠了层层雾霭的眸中闪过难辨神色，再抬眼时，已全然换成温和笑意。

　　我原先觉得自微服出宫那日起，一切皆有阴谋。然而着实是我想错，所谓阴谋不过是帝后的伉俪情深。前朝与后宫一脉相连，既在朝中为官就难免能听到后宫风雨，但听说是一回事，看到又是另一回事。秦昭能仍然面不改色地经历这些事，若不是已经彻底将成煜放下，那便是隐藏得太好，连她自己都骗过。

纵观成煜在位三十六年，内政修明，励精图治，将大齐的江山治理得很漂亮。可世间一向没有"完美"二字，哪怕国君尽其所能，也挡不住天灾人祸。奉天二年夏至，发生了一件大事，一场突如其来的大火烧光了墨旸山头。这场火足足烧了七天七夜，万亩茶山顷刻间毁于一旦，多少无辜性命葬身于火海。守城侍卫夜夜望着漫天火光，连空气都变得炙热。

派去探查的官员回禀，这火烧了墨旸山的根基，山上十年之内寸草不生，遑论茶树。周遭三千村民皆以种茶为生，项文帝成煜虽特赦免了三年赋税，却如杯水车薪基本没什么作用。无奈之下，当地官员提议让村民迁居，可百姓皆言墨旸山上有他们信奉的茶神，这滔天大火一定是惹怒了神明，若不能平息神明怒火，迁居也是枉然，一定会再遭祸事。

流言一传十十传百，连齐都都人心惶惶。成煜连夜召集大臣商议对策，不眠不休几个日夜，终于不堪劳累病倒，饶是这样，依然强撑着上朝。明德殿匾额高悬，群臣百官一派肃穆，为首的官员情绪激昂地回禀诸多事宜，间或夹杂着帝王一两声咳嗽。十步开外，相熟的大臣附耳对秦昭说了什么，她仍是寡淡的一张脸，只是稳稳拿在手中的护板不知怎么就摔在地上。

退朝后，秦昭无声走在群臣之末，行过一段汉白玉石阶，前面引路的侍女惊呼一声："王后！"

原本不应该出现在前朝的董偲偲从树影间匆匆走来，一把握住秦昭的衣袖，语声急切："墨旸山一事，大人可有法子？"

夏风微扬吹拂过葱郁枝头的香樟，大片艳阳被裁剪成淡薄光影，她在树荫下袖手行礼，起身时不动声色地避开王后的手：

"娘娘这样来找我，恐怕不合规矩。"

紧握她衣袖的手颓然垂下，平日爱笑的一双眼瞪得通红，仍然固执地一眨不眨："秦大人，我知道后宫不能干政，可实在不忍心看王上如此操劳……"

她微微垂眼，嗓音淡然，仿佛一切与她无关："是微臣无能，不能替王上分忧。"

"秦大人，还烦请你多劝劝王上，政事再如何重要，还是要保重龙体。"董偲偲绞着花纹繁复的裙裾，欲言又止，"王上他……一向听你的。"

两只小雀叽叽喳喳落在枝头，秦昭不知怎么就想起朝堂上那位同僚的话："近日有些大不敬之言，说墨旸山的那场大火看似是意外，实则是天怒，是上天降罪于王上的天怒。大人，可曾听说？"

御书房前殿的侍从高声唱和，成片的蜀葵织成火红花海，原本准备离宫的秦昭去而复返，兀然出现在御前。两年来，她头一次谒见他。看他称帝是她此生的心愿，无论他待她如何，她终是不忍心看到她亲手扶上帝位的人被这么荒谬的事击垮。

成堆的奏折堆在书案，一室袅袅药香。年轻的帝王仍是病时恹恹模样，黢黑眸中却隐隐透出光彩："你倒是……"又嗤笑一声，"愿意见我了？"

她像是全然听不懂他的话，抬步行至桌侧，神色凝重："王上可是在为灾情烦心？当务之急，须要寻得一位德高望重之人规劝村民，让他们相信那场火只是意外，与天意毫无关系。"

光彩倏然消失，成煜默了一瞬，再开口时嗓音已与平日无分毫不同："那你觉得，穆漓川如何？"

陌生又熟悉的名字让她怔了片刻，眼前似乎浮现出大片新绿，是墨旸山漫山遍野的新茶。她偏过头，嘴角不自觉露出舒然笑意："这人是有些才情……"言罢蹙起眉，"可他天性洒脱，让他侍奉权贵，不是那么容易。再者说，穆漓川不过一介布衣，将他轻易招入朝中，恐怕难以服众。"

"中隐隐于市，大隐隐于朝，他那样的人不会不懂。至于他的身份，"后续的话被几声咳嗽打断，成煜掩唇顺气，许久，才道，"若说他是你的旧识，由你引荐，定不会有人再有非议。"

前尘过往如皮影戏一幕幕闪过，戏台后那只看不见的手渐渐探出来，有什么呼之欲出。她眸中浮现了然神色，心底却觉得冷："原来王上早就想好了，什么微服出巡，什么买茶，都是假的吧。"

天边漫过乌云，原本透亮的殿内霎时变得昏暗，成煜慢吞吞将朱笔搁在一旁，以手撑腮若有所思地望着她："他喜欢你。"

她神色渐冷，又倏然展颜，像一夜大雪后盛开的白梅凛然："微臣竟忘了，王上还是太子时就有暗卫百人，暗中跟踪朝廷重臣乃是常事。我还以为……"却没有继续说下去，而是轻声笑起来，笑声响在高堂上，带了些寂寥冷意，"喜欢又如何，不喜欢又如何，总归在王上心中，为了权力，没有什么是不能舍弃的。"

他皱眉看她："孤记得你同孤说过，只有抛弃儿女私情舍弃小爱心怀大爱，才能成为一个好国君。阿昭，这难道不是你希望的？"

她抬手揉了揉紧蹙的眉心，像是累极，嗓音却清冽："是，如今的王上，是一位称职的国君。"将手放下拢在袖中，"穆先生在当地颇有威望，确然是安抚灾民的不二选择。"

他露出满意神色，修长手指从绣了龙纹的锦袍伸出来，大约是想如往常一般握住她的手。可她已缓步退开。这里离他太近，地台下才是她该站的位置。他蹙眉盯着半空中的手，半晌，沉声说道："招穆漓川入朝为仕，为孤分忧。"

世人总是选择相信自己愿意相信的，而摒弃自己不愿相信的。心中生出不好的预感，也许是从前秦昭太懂成煜，能字字说到他的心坎上，他才会如此依赖她。常言道伴君如伴虎，若有一天她再猜不透他的心思，只怕后果无法估量。

当夜，一道折子递到御前。奏折中称秦丞相突发急症，无奈之下只好告假，项文帝当即应允，并送了好些药膳补品。我想，成煜一定觉得她是去找穆漓川，才会欣然准假。可眼前所见，却是秦昭整日在丞相府饮茶看书，连府门都没有踏出半步。

从前他让她做什么，她便做什么，如今却找不到再依顺他的意义。他明知穆漓川对她的心思，仍然执意将穆漓川收入朝中。也许，这才是最令她伤心的事。

五月十五夜，恰是秦昭告假的第三天。有客人来访时，秦昭正望着摊开的茶经兀自出神。想必经常细读，纸章已有些泛黄，几页书角卷起来，注着瘦劲清峻的小字。护院小心翼翼地递上名帖，才说到有位公子求见，已被她突兀打断："不见。"

自从她做了丞相，登门找她攀亲戚的人着实不少。虽然她为人谦谨，且成煜帮她改了身份，可在齐都难免碰到从前的熟人。那年父亲亡故时，周遭亲朋避之不及，如今想来锦上添花，哪里有这样好的事情。

彼时才下过雨，空气微潮，内院云山雾罩像蒙了雾，扰得她片刻不得清静，才让侍女捧上香炉撒了把安神香。匆匆去门口回话的护院去而复返，垂首立在秦昭身侧，一副欲言又止的模样。

她索性将手叠在石桌，下巴搁上去，嗓音懒懒："又有什么事？"

护院硬着头皮道："那位公子问，大人借的书，何时归还。"

因我已知事情因果，穆漓川能在朝中官居要职，定有不同寻常之处。所以他能猜出秦昭的身份，我并不觉得奇怪。而值得奇怪的是，秦昭也并不觉得奇怪。

小道尽头现出青色绢衣，踏着夜色缓步走来。几缕青烟从鎏金香炉缓缓燃起，石桌旁搁了盏琉璃风灯，大约是嫌灯火不盛，她执起银针拨弄灯中烛火，神情认真且专注："先生深夜造访，是有什么急事？"

他在她身前站定，目光自摊开的书页上扫过，嗓音听不出情绪："自然是来拿书。"

她手中微顿，偏过头好奇地问他："茶都没了，还看茶经做什么？"目光望向南方墨黑的天幕，"一场大火烧光了茶山，先生不觉得可惜？"

"可惜？"他神色渐冷，许久，嘲讽似的笑了一声，"只觉得可惜，那些古茶树就能回来吗？"

"有时得便是失，失便是得。"她语声含笑，"先生不能种茶，可有想过做些别的？"言罢愣了一会儿，垂眸将银针搁在一旁。

他居高临下看她："譬如？"

"入朝为官。"风灯溢出的昏黄光影将她笼得莫名温柔，她拿起茶经随意翻了几页，"看先生在茶肆中写的字，倒不像是毫无志向之人，如何甘愿屈尊在茶肆中卖字，在山间种茶？"

他在她身边坐下，若有所思："若这样说，你不懂茶却执意要买茶，是何故？"

翻书的手指停下，她垂眸盯着上面批注的小字，许久，说道："先生为人一向随性洒脱，是否遇到过不想为却不得不为之事？"

冷淡嗓音自她身侧响起："从前没有，如今却有了。"

她蓦然抬眼。

他缓声道："你可知道，这些年想要招抚我的人有多少，开出怎样的条件，我又拒绝过多少？"

她轻声笑了笑："先生不是世俗之人，我果然没有看错。"

他摇头道："你错了。我没有答应，只是没有遇到能让我心动的条件。你方才问我，有没有不想为却不得不为之事，殊不知我不愿意做，却不得不做，一定是因为这件事而得到的东西，于我而言极其重要。"

习惯朝堂上的尔虞我诈，蓦然听到这样直白的话，倒让她一时无从回答。墨云压了半轮圆月，眼见又是一场骤雨。她认真想了一会儿，问道："那先生想从我这里得到什么？"

他看着她："若你再同我打一个赌，我明日便随你一同入朝。"

她微微倾身靠近他，似乎很有兴致："哦？"

他一字一顿道："我赌一年之内，你的丞相之位会拱手让人。"

她怔了怔，柔柔笑出声来，仿佛听到了天大的笑话："若先生输了……"

他唇边掠起笑意，可眼底却认真得半分笑意也无："若我输了，此生种的茶，只予你一人。若你输了，便嫁给我。"

夏夜风起，隔着半张石桌的距离，袖间有清淡茶香萦绕。她的笑意自眼底一分一分褪尽，大约是千算万算，也没算到他会说出这样的赌约："你一向如此，喜欢拿自己的姻缘当赌注？"

"你不敢应下……"不过眨眼瞬间，他又是那副漫不经心的模样，"是怕输？"

她垂眸浅笑："激将法对我没什么用处。何况这些年，我还从没有输过。"

本该是狂妄自大的话，被她浅浅淡淡说出来，仿佛炎热夏夜的冷冷冷雨。他不置可否地看她一会儿："得失心这样重，不是什么好事。"顿了顿，"在你看来这只是一个赌，可在我看来，这却是终身大事。"

夜风凛然，将树影吹得飘摇。她侧身将风灯挡在身前，如她第一次同他打赌时胸有成竹的模样："好，若能让先生为大齐所用，开出怎样的条件，我都会接受。"言罢站起身来，"既然如此，还请先生言而有信，明日与我一同入朝面见王上。"

我始终觉得，一见钟情这种事，不过是为垂涎美色而创造的美好说辞，可眼前两人着实让我不能断定，谁知他们是不是早已看透彼此的内心，深知对方心中所想，言语间不过是刀光剑影般的试探罢了。而秦昭看似冲动地答应他，大约只是相信这个赌她一定不会输。她习惯将圣旨当作行事准则，哪怕并不是心中所愿，依然会下意识地说出那些话。

之后一切果然如史书中所载，项文帝遣穆漓川安抚失去了生计的三千茶农，不仅效果颇丰，甚至还为他们在其他山头种植新茶，并且许下诺言，待墨旸山能重新种茶之时，定会带领他们回归家园。灾民齐呼穆漓川果真天神下凡，是他们的神明，是墨旸山的神明。

被唤作神明的穆漓川在明德殿被封赏的那一日，文武百官恭谨列在左右两侧，内监高声宣读圣旨，他淡然立在石阶下领旨谢恩。上方龙椅高悬，成煜撑腮斜倚着扶臂，冕旒下的脸看不清表情，唯有嗓音低沉冷冽："听闻爱卿年纪二十有五，仍未娶妻。"冕旒微动，珠玉碰撞发出细微轻响，"前些日子番邦送来不少歌姬，爱卿若喜欢，待下朝后孤遣人送几个到你府上。"

自古国君封赏大臣，除过加官进爵赐金赏银，送女人倒也是常事。本该是莫大的殊荣，只是连晋封时都面容寡淡的穆漓川，面对赏赐神色也看不出半分欣喜。他接过内监奉上的明黄圣旨，从容作揖："谢王上恩赐。只是臣已有心仪之人，恐怕，不能接受王上的好意。"

殿内一时静极，几个世袭爵位的臣子相互对视一眼，不解其意。番邦女子一向貌美，多少人求都求不来的美梦，如今国君赏到眼前，竟然会有人拒绝。

玄衣帝王轻笑一声："不过是几个歌姬，孤又没有替你觅一位夫人。"

像是想起什么，穆漓川眼底闪过笑意，又极快消失："微臣心思浅薄，只一人已足够让臣用尽心血，实在无暇顾及他人。还请王上，收回成命。"言毕，他看似无意回头，视线却直直落在垂眸立在左侧上首的一抹玄色身影上。

说是无意，可殿堂上暗处藏着多少双眼睛，哪怕风吹草动，都能被极快察觉，更何况这明目张胆的一眼。众人顿时各怀心思，唯有当事人浑然不知，及腰长发被压在纱帽下，玄色朝服衬得她越发冷丽，看似与寻常没有半分不同。只是在那人归位行过身旁时，握在手心的护板极轻地颤了颤。

成煜又听了两句回禀，便提早退了朝。秦昭缓步走在百官之后，眼风掠过人群中簇拥着的鸦青官袍，忽闻身后一声："恭喜秦大人。"

她顿住脚步，转过身柔柔笑道："徐大人是认错了人？今日被封赏的可不是我。"

徐大人年过半百，一双眼睛却透出精明，拱手将腰弯得更低："两位大人好事将近，到时一定让老朽来讨杯喜酒喝。"

她颊边登时染上红晕，徐大人了然笑了笑，再拱了拱手稳步离开。天幕高远，滚过大片流云。她回头望向身后朱红宫檐，偶有风过，袖间似有清冷茶香。

朝臣们很开心，毕竟同朝为官的两个人结成夫妻，这是从前从没有过的事，私下里都兴致勃勃地讨论这两人若真的成婚，朝中局势会有怎样的变化，而后秦昭要是跑去生孩子，那丞相之位是不是又可以觊觎一番……寻常人遇到这样的事，多少也会避避嫌。可穆漓川却像是浑不在意，经常去找秦昭讨论政事便罢，甚至在秦昭提出什么改革新政后，总会慢悠悠说上一声"臣附议"，平淡得就像那个赌约根本就不存在一般。

春来秋往，浮云万千，那些时日，明德殿数仗高的通天石阶，总能看到两人相伴而出的身影。

大齐史上第一男相和女相有不可言说的一段情，这着实让我惊异。可归根结底惊异的只有我一人，自从进入秦昭的记忆，祁颜几乎一言未发，只在我与他讨论时敷衍似的回答一声，唯一的表情变化便是偶尔会微微蹙眉，不知在沉思些什么。

似乎察觉到我的视线，祁颜转过头，似笑非笑地看我一会儿："你在看什么？"

我不自在地别开眼："我看秦昭……"

他微微侧目，神情玩味："如何？"

我由衷地感叹："可真好看啊。"

"……"

自此之后，秦昭的记忆繁杂且模糊，像快速翻过的书页，只留下无数看不清的墨迹。不断变幻的景象无声地诉说朝堂之上的尔虞我诈，而她踏着仗高的浪潮，一步步蹚进权力的漩涡。那里风景独好，可一步走错，便会坠入万丈深渊。

我虽不懂权术，却也看懂成煜的父亲生性多疑，因而才会扶植肃王与成煜分庭抗礼，以此来制衡朝中关系，绝不允许太子势力独大。可如今，成煜称帝不久，除过王后，也只纳了几位妃嫔，膝下还无子嗣。聪明的臣子都在观望，观望着观望着，自然而然就望到了秦昭。

彼时秦昭虽无心树立党羽，可愿意与之交好的大臣比比皆是，自成一派是早晚的事。权力这回事，一旦拥有，就像密林深处的鲜艳蘑菇，吃下会看到无数绚丽美梦，尝过个中滋味便再也无法轻易舍弃。不知哪里传出的流言，说王上其实有意纳秦昭为妃，却被她断然拒绝。大家都觉得她不愿入后宫，选择在前朝谋事是狼子野心。可我知道，她做的那些事，没有一件是为自己。

偶有几次朝堂论辩，两人意见相左时，也会像从前那般辩得不可开交。只是如今，再不是她独自一人。明德殿门堂高阔，她率着身后文武百官遥遥跪拜，朗声劝王上明鉴。五步开外的云阶上，成煜撑腮望着一众跪倒的大臣，若有所思。

成煜若是昏君，一定会将领头的秦昭训斥一顿，不顾众臣所言一意孤行。可他是个明君，明君不能令臣子寒心。第二日，他果然将事情交于秦昭谨办。只是自此之后，他再也不曾单独召见过她。

日落月升，转眼已是暮雪寒冬。秦昭与御史商议要事，回府途中下起大雪。侍女撑伞将她送至书房，里面早就候着的小官赶忙袖手行礼："大人，下官有事禀告。"

银炭烧得噼啪作响，她握了握冻僵的手指，语声淡淡："什么事？"

小官欲言又止："下官无意间得知，墨旸山那场大火，并不是意外，而是有人故意放火，烧了整片山林……"

她正拍着狐裘大氅上落雪的手一顿，一贯含笑的眸子半分笑意也无："你说什么？"

小官恭敬递上信笺，左右观望一会儿，才压低声音道："此事事关重大，下官不敢轻易做主，还请大人提点一二。"

原来那日在茶肆的孙公子是护国大将军董将军的寄子孙成洲，平日狐假虎威惯了，被穆漓川在茶肆奚落一番，始终咽不下这口气。不知从哪里打听到穆漓川在墨旸山上种茶，于是，他趁夜黑风高，带了几个小厮摸黑上了山，想放把小火教训教训穆漓川。可那夜天干风急，小火吹着吹着吹成了燎原之势，几人吓得仓皇逃跑，躲到将军府寻求庇护。

董将军爱子心切，亲自找到奉旨彻查的官员，将此事压下，伪装成意外，却不想被秦昭的幕僚查到。

小官打量秦昭神色，斟酌许久才道："那大人的意思……"

复杂视线自信笺上的名字移上来，她转头望向窗外纷扬大雪："去将穆太尉请来。"

雪仍在下。侍女奉上新茶，是上好的雨前龙井。穆漓川浮着碧色茶盏，若有所思听秦昭讲述前因后果，听到某处时，皱眉打断她的话："你要弹劾孙成洲？"顿了顿，"你可知道他是护国大将军、当今国仗的寄子？"

她将双手搭在暖炉上方，停了一会儿，手心翻上来："自然知道。"

"砰"的一声响，茶盏被重重搁下。她漫不经心地望着桌角的暗沉水泽，听到低沉嗓音自耳畔响起，带着沉沉的怒意："世人都说你聪慧无双，可我倒觉得，你简直愚蠢无比。董绰在朝中势力如何，王上又对王后如何，谁不是心知肚明，你却要去招惹他们？"

"招惹？"她蓦然笑了一声，"天子犯法尚与庶民同罪，孙成洲既是王后外戚，更要谨言慎行。只为一时痛快，就可以放火烧山，天下还有何规矩所言？三千百姓流离失所，百年茶山毁于一旦，又有多少人惨死于大火之中，那般惨状是你亲眼所见，如今却来替他说情？"冻得发白的唇渐渐染上血色，手指撑住额角，是累极的模样，"你入宫后，可有再回那间茶肆看看，可有再看看你写过的'明德至善'？"

她每说一句，他的面色就沉一分，黢黑眸子携着冷意，声音似从喉咙挤出来："在你眼中，我就是这样的人？趋炎附势，畏惧强权？"

她抬眼看着他，一双极漂亮的眸中浮起层层云障，像是追忆什么前尘过往。

"从小父亲便告诉我，世间之大，唯有庸庸碌碌独善其身，方能求得一生安稳。可他就死于庸庸碌碌，死于独善其身，被污蔑被冤告，曾经的同僚没有一个人替他求情，心安理得看着他死去。"她眼底掠过复杂神色，许久，才轻声道，"那时有人告诉我，他要做一个好王上，要成为一代明君，这是我与他共同所愿。我为他一步一步披荆斩棘，走到今天。董绰生性狂妄自大，这回果真弹劾了他的寄子，一定会对我怀恨在心。可我要保证那人山河稳固，不容出半点差错。因此，纵火者绝不能姑息。"

冷风拍打窗棂，偶尔灌进一丝风，吹得烛火恍惚，将他俊朗容颜映得晦暗不明："你为他谋下江山万里，谋下帝位安稳，为什么从不为自己谋些什么？如果这件事的代价，是你的官位，甚至是你的性命，你还愿意这样做？我竟不知你这样无私。"讥诮笑了一声，"有时我希望你有些情绪，有时又希望你冷血无情。你事事算计，又可曾真正看透过自己的心。"

"我不坐这丞相之位，不正是你希望的吗？"她偏头看他，像是满腹疑惑，"这赌输了，我不就可以名正言顺嫁给你了？"

他皱眉深深地看她，像是要望进被她埋在心底的那些不可言说的愿望："我是希望你不做丞相，远离仕途凶险，希望你嫁给我，可我更希望你平安无事，好好活着。"语毕起身离开，却在门槛处停住，"这件事，不要再提。"

开合的门飘进几片细雪，手指不知怎么碰到烧得通红的暖炉，她疼得轻呼一声，怔怔看着泛红的皮肉。

没有人问过她是否会累，能看透世间诸事又如何，那些事总归都与她无关，她在世间唯一在意的人，早已身故，另一个，已另娶他人。事实上，没有谁不希望被细心呵护，有时看似坚强，不是不想软弱，而是不能。

弹劾国仗之子这桩事，穆漓川不愿做，却有人愿意做。董绰在朝中树敌众多，可大多因为忌惮他的地位敢怒不敢言。即便有敢怒者，也都被他明里暗里排挤出宫。秦昭只需稍稍透露口风，已有几个相熟的同僚秘密求见，表示愿意与她一同收集孙成洲的罪证。

丞相府彻夜灯火通明。

枯枝覆上新雪，转眼已是腊月初六。秦昭恭谨列在百官之首，行过大礼，攥紧收在袖口的厚厚奏折，才迈出步子，身后一道声音已将她堪堪打断："臣有本奏。"

她倏然顿在原地，怔怔看着鸦青衣摆擦着她的衣袖缓步而过。入朝半年从来不曾上奏的穆漓川闲闲立在殿前，姿态一派自在从容，将一摞奏折递给内监，上面桩桩件件细数孙成洲的罪证，洋洋洒洒十余桩，比她不眠不休几夜拟出的还要详细。

十步外，高座上成煜神色晦暗不明："依爱卿看，此事该如何办？"

穆漓川慢悠悠地拱了拱手："臣建议，杖杀。"

右侧响起一声怒喝："大胆！"

穆漓川偏了偏头，唇边扬起若有似无的笑："王上尚未说什么，董将军可是先有话想说？"

"你——"董绰怒目圆睁，终是没有再说什么，转向大殿之上，"王上，臣那犬子平时虽顽皮了些，可断不会做这些伤天害理之事，还请王上明察。"

殿内一时静极，众臣心思迥异，像极了暴风雨来临前平静的前夕。许久，响起成煜略带疲乏的嗓音："容孤想想，此事容后再议。"

殿外几株寒梅蓦然绽放，落下簌簌细雪。她在他出宫的必经之路将他拦下，一贯含笑的嗓音有些发抖："为什么？"

冷风拂过枯枝，他理了理袖间落下的簌簌细雪，容色淡然："他烧光了我的树，我在王上面前参他一本，这样很公平。"

她眸中现出难得一见的恼意，几步将他逼至宫墙一角："这些话，我一个字都不信。你也知道这是桩讨不到便宜的事，王上如今已经忌惮于我，你又何必自毁前途，将自己也搭进去。"

残阳渗出稀薄冷光，他抬眼望向半遮的天幕："你不是很恨孙成洲吗？你若真的想要他的命，不如由我来替你完成。"语声平淡，仿佛不是在说人命关天的事。

她面色倏然惨白。

他微垂了头，若有所思地凝视她压在官帽下的白玉簪，声音只在呼吸之间："我知道，当年是他为肃王献计，才让你父亲枉死。你藏在心里的那些事，我全都知道。你忘了自己的心，我代你记着。"

她说不出话来，半晌，喃喃："可你也不该……"

他摊摊手，青色袖摆轻动，带起细碎微风："我平生所愿，不过是做个茶农，日出而作日落而息，闲云野鹤般的生活。既无显赫家世，又无实权，两手空空，竟不知你为何盼着我仕途长久。还是说，"蓦然倾身靠近她，咫尺可依的距离，问得严肃认真，"其实，你是想让我留在朝中，陪着你？"

她仓皇退开半步，脚下踩到什么，身子猛地晃了晃，被他伸手扶住。素雪地上踩出几个清晰的脚印，她一把推开他，靠在一旁光秃秃的参天古树上，垂头整理衣冠，模糊应了一声："大约只是想，多读大人几本书罢了。"

经此一事，原本看似安逸的朝堂霎时掀起轩然大波，各家党羽明争暗斗多年，终于可以一争高下。亦有不少朝臣纷纷表态置

身事外，不愿蹚这浑水。

秦昭作为三公之首，连同太尉、御史大夫一同被国君召见。在询问意见时，她袖手直言："王上可曾听过一句话，野火烧不尽，春风吹又生？穆太尉所做，不过为了保大齐江山安稳。"

御史大夫向来中庸，打着太极将这事推托，简短的谒见没有半分结果，成煜挥手屏退众人，只是在秦昭告退时，突兀说道："你不该如此狠辣。"

她缓缓转身，视线自书案前新置的笔砚扫过，神色从容，无半分不适："依王上的意思，臣该无视如山铁证，劝王上饶罪人一命？"

他看她良久，单手撑额，似是叹息一声："阿昭，孤是国君，理应得到所有想要的一切。可为什么觉得，离你越来越远了？"

她眸中闪过难辨情绪，泛白的唇微微抿起来，仍是一贯淡然疏离的笑意："王上高位独坐，只手掌握生杀大权，又怎可与旁人比肩？"

转眼寒冬已逝，冰消雪融，阴森恐怖的天牢迎来新客，少府孙成洲因纵火罪被收押，证据确凿，等候发落。听闻王后知道此事，披发脱簪到御前狠狠哭了一场。朝中一时议论纷纷，孙成洲罪行坐实，董绰的包庇罪也逃不了。有人猜测董家是否要因此失势，大厦将倾，非一木可支。

所谓伴君如伴虎，谁也猜不透国君的心思，除过平时的几位关系密切之人，再无人敢替孙成洲求情，生怕一怒之下被无辜牵连。这一日，畅春园百花齐放，秦昭自明德殿出来，绕过月门，陡现一片巍峨园景。她这才恍觉走错了路，刚想回头，近旁的假山后忽然传来一阵窃窃私语："你当心些，这花可比你的命金贵。"

另一个道："又是王后喜欢的花呀，前些天还有人嚼舌头说王后会失宠，可如今，你看看，王后喜欢什么，王上便依什么，哪里有半分失宠的样子。"

"听说前日，王上在御书房才贬黜的男人，曾经爱慕过王后呢。"

侍女羡慕道："王上真的很疼爱王后啊……"

流云高远，积雪方才消融，遍地新草铺遍。近旁落了几枝未清理的枯枝，秦昭沉默地看了一会儿，撩起衣摆一步踏上去。

两个小宫女转身看到秦昭，霎时如坠冰窖，仓皇地跪在地上，筛糠似的抖："丞……丞相大人……"

嶙峋假山旁三色堇开得正艳，听宫人说，这花是西域进贡的珍贵贡品，王后很喜欢。紫黄色的花不配这水墨画般的园景，却配得上董偲偲的明丽笑容。

秦昭摘下一朵，放在摊开的掌心，细白指尖摩挲娇艳欲滴的花瓣，含笑问道："你们方才说被王上罢黜的男人，叫什么？"

手下的人很快查到，被罢黜的不是什么大官，只不过是年前秦昭的幕僚举荐上来，她随口在成煜面前提过罢了，后来被封了郎中令。至于是否真的与董偲偲有什么关联，她不得而知。她问监御史要来卷宗，白纸黑字的认罪书，只颇为可疑地写了"玩忽职守"四字。倘若真的有罪，也罪不至此。

有些人糊涂一辈子，却比谁都开心。有些人太聪明，却因看透太多而无法开心。可她即便不开心，也不愿学朝中那些庸臣，糊里糊涂安生保命过一辈子。秦昭就是这样一个人，所以当她推开御书房厚重的木门，看到相依相偎的两个身影，也仅仅是顿了顿足，下一瞬，已肃然跨过门槛。

顾长青玉案几上一左一右摆着两盏八宝琉璃灯，中间摊开一幅水墨画卷，其后是成煜绯衣高坐，若有所思地把玩手中酒盏。他身旁的女子盈盈而立，肤若凝脂，唇红齿白，点染曲眉。烛火

透过浮光琉璃将她与成煜的面上映出柔和华彩，全然没有朝中传言的凄苦模样。

"父亲从来只会些舞枪弄棒的粗鄙之事，听闻阿煜喜欢水墨丹青，在民间几番搜罗才重金搜到这样一幅，年前就兴冲冲地让我呈上面圣。"说到这里，百灵鸟般的嗓音蓦然低沉，抽噎了几声，"却……是一幅赝品。"

正聚精会神观摩刻印的成煜闻言抬头，目光有醉后的三分迷离："既是国仗心意，也不必再同他说这些，收下便是。"

满脸愁容霎时烟消云散，董偲偲欣喜地攀上他的手臂，像个孩子似的左右摇晃："我就知道阿煜不会生气的，阿煜一向对我最好啦……秦丞相？"上挑的尾音在看到秦昭时尽数咽下，消失在窗外茫茫夜色中。

殿前烛火透亮，秦昭像是根本瞧不见两人的情深意重，规规矩矩行过礼，却没起身，眼底闪过困惑神色，像是真的有费解的难题："微臣有一事不明，想请教王上。"

成煜看她一会儿，挥手屏退众人，眼尾跟随董偲偲的繁复裙裾直至消失，才缓缓将视线转到她没什么表情的脸上，似是笑了一声："从前孤想见你一面，你百般推诿，近些日子为了穆太尉状告孙成洲的事，肯见孤的时候倒多了。"凑近杯口，抿下琼浆玉液，"说吧，何事？"

她却没有看他，眸光像浮了层层水雾，落在虚无："臣想问王上，王上曾经说过的那些话，如今还记得多少，心中又剩下多少？"

他执杯的手顿住，语声微寒："你到底想说什么？"

从没有人质问过他，也从没有人敢问他。从太子之位一步步走到今天，得到多少又失去多少，终于换来至高无上令人胆寒的权力，绝不容许他人质疑。

她像是听不出他话里的森寒，脊背挺得笔直，自进门起就从未看他一眼的眸子终于直直望向他，眼底有难掩的失望："先帝生前最恨外戚干政，王上可是忘了？前些时候劝诫臣施德政，如今那郎中令又是犯了什么大错，要被终生流放黔州？"

他面颊被酒气熏得泛红，嗓音却很冷，倚在浮雕龙纹椅居高临下看她："是孤这些年太纵容你了，连孤的家务事也敢插手。"

寻常人听到这些话，早就三跪九叩求国君恕罪，她却浑不在意，连眼皮都没有动一下："于王上而言，国既是家，王上的家事亦是国事。既是国事，微臣就不能袖手旁观。"

寂静室内陡然一声闷响，金盏掷在黑玉石板上，骨碌碌地滚在她膝边。她若有所思地凝视半步外的一摊酒渍，听到怒极的嗓音自头顶传来，像是恨不得一把掐死她："孤最恨的便是你这副冷血面孔！你不愿与孤谈情谊，又为何原先事事依孤，现在却为了穆漓川，不惜冒犯孤？"

她愣了愣，像是听到极好笑的事，牵起嘴角笑了一声："招穆漓川入朝是王上所愿，微臣不过是替王上完成心愿，如今，王上是在怪我？"

"是孤的心愿？"他冷冷笑起来，"你知道孤为什么让你去请穆漓川？你以为，孤没有派其他人去请过他？你知道回禀的人说什么？他不要金山不要银山，不要珍宝不要加官进爵，他只要你。他要孤一道旨意，将你赐婚于他！"

她猛地怔住，雪白颊边漫上微微桃花色。隔了半室，他却没有看到，略带醉意的眸子倏然清明："你日日在太子府陪着孤，孤竟不知，你何时与他相识，又何时与他有了私情！"又浮起迷离神色，"若孤允了他……阿昭，你呢，你可恨孤？"

她笼在袖中的双手紧紧攥住，面上仍没有半分动容："微臣不敢。"

"你可记得你当初答应孤，会一直陪着孤。若有一日……"

他握着扶臂的手骤然攥紧，"若有一日，阿昭背叛了孤……"

她仍纹丝不动跪着。当伪装变成习惯，就不再是戴在脸上的面具，而是融入骨血，变成活生生的自己。她习惯同他冷淡疏离，习惯同他只是君臣关系，习惯听到他疼爱王后的那些事仍然能面带笑意。日子久了，似乎真的将从前全然忘记，忘记太子府的散漫时光，忘记他说过要娶她的话。

他双眸赤红，死死盯着她，像要把她身上戳出两个血淋淋的窟窿。许久，他猛地将书案上的书本奏章一应扫落："没有人能背叛孤！没有人！"

她颊边血色霎时褪尽，视线自衣摆一点一点移上去，像是从来不曾认识他。他终究还是变了，那把龙椅能把人变得冷血无情，甚至连他都改变了。是她亲手把他推上这个位置，终于变成她希望他成为的好国君，只是，不再是她心心念念的意中人。

记忆恍然回到蛮山上的傍晚，那时她以为失去一切，茫茫天地间只剩她一人。那个白衣少年逆光而站，仿佛跌至井底后的一握暖阳，她拼尽全力也想抓住他。她想，她已不能奢求什么，但这个给了她希望的男人，他要什么，她便替他守护。她以为自古帝王皆无情，其实她错了，帝王也有深情，只是那情，不是对她罢了。

畅春园三色堇开败的时候，火烧墨旸山之事终于盖棺定论。因此事闹得极大，就算国君真想包庇都毫无办法。

孙成洲行刑那一日，齐都街边站满了人，有曾被他欺辱打压过的，有无意间得罪过他被他狠狠报复的，更多的是墨旸山的茶农百姓，囚车所过之处，无一不是唾弃谩骂。

茶肆中也围了不少看热闹的人，熙熙攘攘挤成一片。小二蹲在门前嗑瓜子，囚车经过时，他猛地将一把瓜子皮抛向已被砸得蓬头垢面的囚犯："呸！衣冠禽兽，罪有应得……"话未完，惊呼一声，"穆先生？穆先生可是很久没来过咱们这儿……"又压低声音凑近穆漓川，"听闻近些日子国君新封的太尉大人也姓穆，可是您的本家？"

穆漓川不置可否地瞥向墙壁上的陈旧墨宝："我家若有这样的本事，这几幅字你可要好好收着。"

小二赔笑道："这个自然，这个自然。"

人群分至两侧，穆漓川从容地迈过门槛，忽闻上方响起一道熟悉嗓音："先生写的字我很喜欢。能否，也赏我一幅？"语声一如初见时浅淡温柔。

才要抬起的脚步猛地顿住，他伸手搭上楼梯扶栏，缓缓抬起眼。素色裙裾似铺开的白茶花，从二楼雕栏的空隙伸展出来，而花的主人，正倚在木质横栏旁，漂亮的眸子弯起来，望着他笑。

在这里不期而遇，很难说是无意还是故意。他在她对面坐下，不动声色地打量她半晌："堂堂丞相，家中多少古玩字画，大庭广众之下求字，也不怕被人笑话。"

白衣白裙的秦昭撑腮望向窗外逐渐散开的人群，浑不在意的模样："穆大人的墨宝万金难求，真能收到一幅，后半生不是能衣食无忧？"又想起什么，转过来含笑问他，"一年之期已近，如今看来，这丞相之位，我尚且坐得安稳。只可惜，墨旸山的茶再没有了。"

他端起手边茶杯，凝神研究一阵，像是对杯中茶很有兴趣："朝中格局已变，董绰绝不会就此罢休，王上态度尚且不明，你为百官之首，真当自己能高枕无忧？"碧色茶梗打着转浮在杯口，他闭了闭眼，"如今，急流勇退才是上上之策。"

"全身而退，谈何容易。"她远目东方琉璃飞檐，"从前我险些家破人亡，是他保我父亲死后体面，予我身份又将我收留。知遇之恩难以回报，那时我便立下誓言，此生为他所用。"

他抬起眼，深深望进她眼底："可他如今，还是你想要守护

的明君吗？"

"是与不是，又能怎样。人总有不想为却不得不为之事，我凭一己之力难改世间不平，却也不能眼睁睁看着奸佞当道，只能尽我所能试一试……"话未完已被突兀打断，几片香樟叶从半开的轩窗随风落在她袖间，他抬手替她拂掉落叶，嗓音淡然，却莫名认真："我替你保他江山太平。"

她恍然回头，像是没有听清："什么？"

远处蓦然响起一片欢呼，大约是恶人已除，行人纷纷叫好。又有几片树叶飘落，香樟味浓郁，隐隐带了几丝清冽茶香。他倾身靠近她，唇边携了笑意："我替你完成你未完的心愿。你替我，圆一个家。"

每个人都有所谓执念，有些执念度你成佛，有些却将你推入地狱。秦昭毕生所愿便是辅佐成煜成为一代明君，留名青史。纵观大齐过往数百年，她果然是史册中浓墨重彩的一笔，可其中付出多少代价，没人说得清。

转眼已是初夏，董绰因孙成洲的事备受冷落，上朝时声音都低了几分。除过国君又立了几位新妃，竟无更大的事发生。眼看一年之约近在眼前，实在不可能出现什么意外让秦昭丢掉官衔。我不由得替穆漓川着急，两个人彼此有意，倘若这样错过，实在可惜。此后不久，丞相府收到太尉送来的信笺，薄薄的洒金笺上只有短短四字，笔锋却不如茶肆中那些题字一气呵成，甚至在末尾多勾出一笔，可以想象青色身影端坐在书案前，借着昏黄灯火提笔写下这些话，又皱眉将纸揉成一团，再写再揉，即使平日能言善辩，也只能写成如今秦昭手中简单得不能再简单的——

何时嫁我？

她垂眸握着信笺边缘，神情看起来与往常没什么不同，只是纤长的睫毛微微颤抖，半晌，提笔在后面写上一句话，又漫不经心地将信笺叠好收进匣屉。

七月初六，大齐发生了一件普天同庆的大事——王后董偲偲诊出喜脉。下朝时，秦昭约莫问了一句，不知要送什么贺礼。穆漓川淡淡回她，我这尚有从前种下的茶饼，普天之下，独此一份。她讶然回头，有笑意自眼底漫上来，一寸一寸染至嘴角，欣然回应："多谢。"

大臣纷纷进献贺礼，国君龙颜大悦，在畅春园夜宴三日，邀文武百官共同庆贺。可第三日宴罢，董偲偲回到寝殿，当夜下腹剧痛流血不止，太医竭力施救却毫无办法，眼睁睁看着三个月的胎儿夭折腹中。国君悲痛不已，头一回缺席朝会，下令彻查。——排查过后，最终查到秦昭送的茶饼曾浸过麝香。

百官哗然，一时间流言四起，有的说秦昭深深爱慕国君而不能自持，怨恨王后才下此毒手。有的说秦昭原本意欲谋反，眼看国君诞下子嗣有损大计，才给王后下毒。总之，害王后滑胎已成定局，她亦没有辩解。她被侍卫推搡着跪在明德殿外，只着了粗麻衣裙，像是送葬的丧服。琉璃瓦遮住半轮惨白的朝阳，她微合上眼，想，父亲当年被陷害时，是否像她此时的心境，还是，更加绝望？

内监在高处朗声诵读，丞相秦昭，在朝中拉帮结派，只手遮天，更是意欲谋害皇子，心如蛇蝎，罪不可恕。

她苍白的唇动了动，喉咙间艰难挤出几个字："欲加之罪，何患无辞。"叠了层层云障的眸子直直望着殿中某处，许久，笑了一声。

帝座高悬，成煜一身龙纹玄袍，待内监唱喏完毕，手中御笔生生断成两截，碎裂的木屑深深刺入掌心也浑然不觉。冕旒一阵窸窣，手心温润淌下鲜红血液，如绽开的大朵蔷薇。他慢慢撑开手，许久，冷声道："押入天牢，等候发落。"

天牢守卫森严，固若金汤。她被关在最末一间，铁链咣当落锁时，恍然想起从前，同样的计谋，同样的人，只是这次，他再也不信她。

夏意融融，几回日落月升。蝉鸣透过巴掌大的铁窗响得恼人，她左右睡不着，起身执起油灯。寂静了几日的走廊陡然传来沉稳的脚步声，打盹的狱卒赶忙站直身体，垂首恭敬行礼："穆丞相。"

油灯一歪，滚烫的灯油滴在她指尖，她猛地收回手，一言不发地望着昏暗走廊。

有道身影从阴影下转出来，原本俊逸的脸庞毫无血色，眼底隐有乌青。衣袍却穿得风雅，鸦青朝服果然与原先略有不同，是丞相特有的服制。

一切真相如嫩蕊破土而出。

见方的室内一时静极，是她先开口打破难挨的沉默："我一直在想，你是不是有什么难言之隐，想了这些天，想得头疼。原来，这就是难言之隐。"视线移向他腰间祥云暗纹，撑着额头笑了笑，"这样的小把戏，他怎么会相信。"

他眸中浮起怒意，几步走至她身前，自上而下打量她半晌，直至怒火平息："因他愿意相信，因你不愿相信。"看似神色如常，却一把握住她手指，指尖一片红痕滚烫，手掌却冰凉。他皱眉端详一会儿，嗓音冷得瘆人，"到如今你还想着他会如何，你就这样喜欢他？"

她一点一点掰开他的手，一言不发。

他望着空空如也的手心，像是自言自语："一年之内若丞相之位易主，你便嫁我，那时我以为，你也喜欢我。"

油灯如豆，昏黄光晕罩在周身，笼得人莫名温柔。她像往常那样笑起来，眉梢眼尾都挑高了一些："我答应你，不过是王上盼你入朝为他所用。我利用你讨王上欢心，你利用我坐上丞相之位，你与我，不过是相互利用罢了，又何来喜欢？"偏头想了想，她皱起眉，"还是你想继续骗我说，你做的这些，不是为了权力，只是为了逼我嫁给你？"

他眼底闪过痛苦神色，双手紧握成拳，想攥住什么，可那双手握得太紧，就什么都无法抓住："你是这样想的？你觉得我对你，只是利用，只是欺骗？"

她垂眸望向身上粗布囚服，漫不经心地整理凌乱衣摆："如今坐在丞相之位的人是你，阶下囚是我，除了利用，难道还有别的理由，丞相大人？"最后几个字咬得极重，嗓音却柔柔的，仿佛在说什么缠绵情话。

"这样也好，再不用费尽心思揣度身边人谁是真心谁是假意，谁会帮我谁会害我，不用再做那些违心的事。"她仰起头转向铁窗外，像是极眷恋那方天幕，"我终于不用再算计了。"

她算尽世事无常，算着算着，却将自己的心忘了。好不容易将它找回来，小心翼翼埋在墨旸山漫山遍野的茶树下，那样珍贵的东西，却随着一场大火付之一炬。

"你就甘愿这样放弃自己，做不了丞相，不能谋事，就连命都不想要了？"一旁若有所思的穆漓川突兀开口，一贯散漫的眼底深如黑井，"是爱能让你继续活下去，还是恨？"

"事到如今，我还有选择的权利？"她笑了笑，眼神却很冷，"成王败寇，我一招不慎，输给你，是我太不小心。"

灯油将尽，暖色火苗慢吞吞暗了几分。她从袖中摸出一张洒金信笺，用手细细铺平，举在灯前凝神望了一会儿。他如死水般沉寂的眸中隐隐现出波澜，可下一瞬，那些希望的光又消失殆尽。火舌瞬间将信笺舔舐，火光映着她无悲无喜的一双眼，映出苍劲有力的笔迹下一行娟秀小字——依君所言，如君所愿。

离开前，她含笑嗓音响在他身后，如绕梁的魔音，铿锵又决绝："今日一别，永勿相见。"

他笔挺的背影顿了顿，终于一步不停地踏出牢门。

毒害皇子这桩事可大可小，虽有不少大臣为秦昭求情，可国仗董绰愤慨激昂，扬言害了他外孙的人定要血债血偿。成煜也仿佛下定决心，当众告诫诸臣此事不要再提，一并给求情的大臣也扣上罪名。自此，再无人敢多言，每个人都屏息静气，各怀心思等待一道裁决的圣旨。

眼看行刑之日近在眼前，似乎毫无回转的余地，我正在担心秦昭的安危，平地却陡然掀起狂风，漫天黄沙遮住天日，眼前所见皆是昏暗。

祁颜将我拉至宫殿一角，侧身将我牢牢护在怀中。我极力低下头，恐怕沙尘迷眼，头顶却撞到什么东西。我抬头一看，这位置好巧不巧正靠在他的胸口。我本想挣脱，又觉得眼下情况危急着实不是矫情的时候，只好暂且靠一靠。我想了想，开口问道："前朝的地理志我也读过，怎么不记得项文帝在位时遇到过这样大的沙尘？"声音很快淹没在滚滚黄沙中。

他眯起眼转身望向远处天幕，皱眉思索片刻，道："恐怕这沙尘不是天降，而是来自秦昭的记忆。"

进入秦昭的记忆前，我始终忐忑难安，生怕出现什么意外。可记忆画面始终安静且平缓，让我渐渐放下心来。如今变故突生，一时不知如何应对。风沙扑面而来，远处像是藏着什么凶猛巨兽，龇着獠牙发出巨吼。我勉力捂住耳朵，才定了定心，蓦然觉得神思像琴弦被谁轻轻一拨。恍然间秦昭变成了我，而我就是秦昭。她近乎透明的身影在我的身体里时进时出，心口传来一阵剧痛，我攥紧衣领，咬紧牙平复许久才勉强出声："秦昭她……好像很痛苦。"

祁颜皱眉看我一眼，握着我肩膀的手收紧了几分，半晌，凝重道："先出去再说。"

从前尘镜中抽离，我揉着额角靠在床头，身体多少有些不适。那份痛感太明显，似乎自我出生起从没有这样痛过，神思仍然有些恍惚。镜中数年，尘世不过几个时辰，一来一回才是傍晚。放眼望去，室内一如入镜前平静无波，唯独少了祁颜的踪影。四扇开合的屏风画了春夏秋冬四景，桑俞从冷雪飘摇的冬景边偷偷张望，见我醒了，赶忙过来扶起我："主子，你怎么样？"

我摆摆手推开她，将瓷枕下的铜镜摸出来，轻轻喊了两声，没有回应。思索一阵儿，我问她，"二哥呢？"

桑俞递了一杯茶给我润嗓子："二世子说，还有些事情要处理，让主子好好休息。"

我心里"啧"了一声，果真是修习秘术学艺颇精，醒得都比我快一些。

我下床活动筋骨，顺便回忆镜中所见，还没想出是非因果，搁在几案的铜镜忽然传来细微响声。

秦昭不会无缘无故让我看尽她的一生，如此大费周章，想必是有事相求。我端坐在镜前，若有所思地望着铜镜。秦昭被关在这里面，无形无相，像是一缕沉香燃起的青烟，看似与尘世有千丝万缕的关联，实则一阵风都能让她消失不见。我不能为她做些什么，思索一阵儿，还是问："你还有什么未了的心愿，我能替你了一了的？"

室内沉默片刻，她的声音才缓缓响起来："我只想，再回墨旸山上看一看。"

这倒是桩简单的事。自那场大火后，墨旸山便成了荒山，而后几经整改，如今却叫慕昭山。我隐约觉得这名字有几分深意，却一时无法分辨个中缘由。世人常说有得必有失，秦昭在政事上叱咤风云，反而遇到情事便无法自如，果然多少英雄儿女都折在

"情"字这一项。想来想去，我又想起来另一回事："你被囚在死牢……后来，又是怎么被关到镜子里面的？"

她停了好一会儿，淡淡道："说来话长。"

这桩听起来很复杂的故事，说起来却很简单。行刑前一日，狱卒送来丰盛的饭菜。这是死牢立下的规矩，但凡行刑者，必定要吃顿饱饭，吃饱了才好上路。秦昭不疑有他，慢吞吞吃下精致菜肴，而后却喷出一口血，昏死过去。再醒来时，人已在墨旸山深山密林中的一处山洞。身旁站着个总角小童，见她醒来，他惊喜地凑过来："姑娘总算醒了！"

她愣了片刻，挣扎着要起身，却被小童拦下来。小童焦急道："姑娘，姑娘，你伤势未愈，穆先生吩咐过，需要将养几日才可下床啊！"

这个名字成功地让她停下动作。日光漫过蜿蜒的藤蔓，在洞口投下模糊光影。她环顾覆着常青藤的四壁，许久，喑哑的嗓音没什么情绪："他人呢？"

小童垂下头，嗫嚅道："穆先生说，他知道姑娘不想看到他，便不来惹姑娘心烦。"

山洞隐秘，连山上居民都知之甚少，倒是一处藏身的绝佳之所。她从小童口中得知，那晚，是穆漓川买通狱卒，在饭菜里投下毒药。这毒能让她无半分呼吸，却不足以致死。当狱卒诚惶诚恐地通报秦大人服毒自尽时，穆漓川再用一具容貌相似的女尸偷天换日，将秦昭从天牢秘密救出来。

中毒而死，七窍流血，面色青黑，仵作不疑有他。至此，世间再无女相秦昭。

接下来的几日，她便安心养伤。小童每日上山一次，带来可口饭菜与煎好的汤药。她不闻不问，只是将药汁一滴不剩地喝尽，苍白面容渐渐染上血色，是将好的模样。

我不禁猜测后续发展，穆漓川不见她，大约不是不愿，而是不敢。那日她说的话太伤人，即使他救她出来，可也是他害她入狱。他怕她恨他。但瞧秦昭如今的模样，倒像是甘愿放弃原有一切，解脱了一般。若二人能一同辞官，隐居山林，做一对平凡夫妻，倒也是一桩人间佳话。

只是世事，向来无常。

透过空无一物的铜镜，我像是看到落日斜阳，时光擦着山涧洞口一寸一寸流淌，正是两人约定的那一日。一年之期已至，原来她一直都在等着这一天，等他的一句君无戏言，等着披上大红喜服，嫁给他。

靴底踏过枯枝，脚步声渐近。她握在手中的草梗毫无征兆地坠地，指尖有些抖，又被牢牢攥紧。她抬手拂过束起的玉簪，慢吞吞地转过身。藤蔓似掀开轻纱帷帐，如血夕阳倾泻而下，她抬手挡住眼睛，待看清时，眼底的期盼一点一点褪尽。来人是平日照顾她起居的小童，彼时肩上扛了两个厚重的包袱，脸上沾满土灰，眼角泛红，他上来便拉着她向外跑去："姑娘，大事不妙，快与我一同离开。"

她被扯得踉跄两步，一把握住他的衣袖，嗓音不禁有些颤抖："穆先生他……"

小童紧紧咬住下唇，咬了半晌，终于"哇"的一声哭出来："肃王余孽不知何时潜入皇宫大肆杀戮，死了好多人，穆先生他……不知所终！"

"……后来我便趁夜下山，本想去宫中寻他，奈何齐都封城。我没有办法，只得先离开墨旸山。"也许从未同人讲过心事，她说到此处，声音停了停，半晌，"而后谋乱平息，世间却再无他的消息。连玉迭都替他立了衣冠冢……但怎么可能，他的谋略远胜于我，又怎么会轻易死掉。后来我遇到一位高人，他问我，还想不想再见到他，代价便是舍弃自由，封在这面铜镜中，永生永世，不死不休。"

"玉迭"是小童的名字。我听完后不置可否："这代价，值得吗？"

"好问题。"她轻轻笑了一声，似乎在仰面叹息，"我一生不问本心，最后却想为自己活一次。有些话，我要亲口问问他。"

我抬眼看向镜中："你想知道，他为什么会害你？"

这话却像投入深井的石子，许久不见涟漪，在我以为她不想回答的时候，忽闻轻飘飘的一声："他又怎么会害我。"

我有些不能理解，再追问下去，她已不再说什么。

次日晨课，我破天荒地起了个大早，正襟危坐在书桌后面，将正抬步迈过门槛的博士狠狠吓了一跳，一双细眼瞪得老大。可看清我桌前摆的东西，他气得吹起胡须："整理仪容是阁中所为，学堂是严肃之地，帝姬带一面镜子来听课，是为对先祖不敬。"说罢，他双眼紧闭朝堂正中的先祖画像拱了拱手，像是看到了什么污秽之物。

我默默道了句抱歉，把镜子收进袖中。

原本想趁课前同祁颜说几句话，可一向早早就来大学的他却一反常态，直到开课前才姗姗来迟，雪白衣冠端庄正经，面上却有几分风尘仆仆，像是一夜未睡的形容。因他课业好，即使来晚了博士也会替他找好千万种理由，譬如近来政事繁忙，抑或修行太过辛苦云云，真是令人既羡慕又嫉妒。

同博士拱手行礼，他行过来，不紧不慢在我身旁坐下。趁博士转身的空当，我戳戳他的手肘，微微启唇："二哥，你昨夜，又去青楼论道了？"

果不其然，他掩了掩唇，低声道："我去了趟静水崖。"

我抚了抚额："连夜赶回来的？"

听闻静水崖坐落在齐都郊外，却时隐时现很难找寻，除非邀请，否则不得进入，是白衣真人修行之地。真人一向喜静，不愿被尘世打扰，有几次我好奇向祁颜打听他都闭口不提，只约莫听他说过一句，陡峭山崖间悬了一座偌大的藏书阁，藏尽世间奇文怪志。

他从垒得整整齐齐的书底抽出一幅画卷，搁在我面前："是连夜回来的。不过，还带回了这个。"

因课桌太小，不能将画卷全部摊开，只好一点一点拂开观摩。古朴画轴微微泛黄，像是闲置已久，字迹倒还算清晰，详细画着七件器物，我一一看过去，险些叫出声来："前尘镜？"画卷上描着的精致图画，果然与囚着秦昭的铜镜如出一辙。

神器自然各有用处，听祁颜说，若合成一体，甚至能起死回生。除过前尘镜，剩余六件亦是形态各异精美非常，翻到最后一件，才发现内里竟然携着夹层。我将夹层中的小画抽出来，不由得皱了皱眉："美人心？"

祁颜眼风瞥过来，微蹙起眉，没说什么。

心中蓦然一阵空落，我望着几乎失了色彩的卷轴，自言自语道："人心是神器，还是神器是人心？"

我才要细看，小画却被人抽走。我懵懂抬头，恰好对上气得几欲昏厥的博士："帝姬在老朽的课上作画消遣，可是觉得老朽讲学太过无趣？"

周围一阵闷笑，唯有祁颜坐姿端正，八风不动，像没看见我似的。我动了动嘴唇，嗫嚅道："博士当真，太高看我了。"若我真能作出这样的画，只怕也能担个"才女"之名。

小画被博士没收，我也并不着急，想来祁颜有办法拿回来。总之，神器是否有起死回生之效，还有待商榷，何况我也不需要复活什么人，于我而言并无多大意义。只是若落入歹人手中，难免作威作福，倒是十分危险。不过转念一想，就如祁颜所说，得到神器也不知该如何使用，又略略放下心来。

放学后，我同祁颜说起秦昭的心愿，他听完后没什么表示，大约同我想的一样，愿意带她去墨旸山上走一遭。行过太学转角，一阵微风扑面而来。我豁然想起镜中的邪风，便去问秦昭。她解释道："前尘镜探到外人的气息，便会努力排除异己。风沙已是极小的动荡，大一些，能将镜子毁灭也未可知。"

我愣了愣："那你……"

她笑了笑，语调悠然："毁了便毁了，反正这几百年，我也不清楚自己为什么还要活着。"

我回忆起昨晚她说过的话，她说："我入镜后便沉沉睡去，醒来时已过百年，恰逢齐国衰败，我亲眼看着亲手守护的江山被毁，方才明白，人这一生，功名利禄都是过眼云烟，载入史册又如何，名垂千古又如何，不如这一生过得好。只是如今再后悔，已不能改变什么。"半晌，轻笑一声，"而后我时而清醒时而昏睡，镜外的人看不到我，我却能将镜外看得一清二楚，有时看到他们因一件小事便记恨终生，实在觉得可笑……铜镜几经易主，最终落在帝姬手中，也是缘分使然。"

我想了想，问："那位高人呢？"

沉默片刻，她回答："再无踪迹。"

依她所言，百年之后，墨旸山上哪里还会有穆漓川的影子，早已尘归尘土归土，即使再长寿，也该驾鹤西去了。可这是她的执念，她在镜中百余年，全凭执念支撑。也许她仍然期待，他像她如今一般活着呢？

彼时正值初夏，墨旸山遍植嫩蕊新茶，阳光照处，映出明暗相间的两面。翻过山头，依稀可见荒凉山洞。没有半分藤蔓的影子，只剩光秃秃的壁洞，渗出土腥腐霉的味道。有个词说物是人非，还不足以形容此刻心情，只能说物非人亦非。所幸，秦昭看不到。

有风过，碧浪滔滔，紫藤花欲开，鼻尖茶香袅袅。我自问不是风雅之人，可此情此景实在太适合作诗一首，或者作画一幅。作诗我是不行的，作画……恍然想起前些时日博士留下的课业，我惊得一拍脑门："画学博士要画的那幅满园夏景，是不是明天交来着？"

在前面带路的祁颜转头看我一眼："博士家中有事，画学停课一次，你忘记了？"大约是看我神色茫然，一副教训我的口吻，"又开小差。"

我顿时略感心安，仔细想想，的确不记得这桩事，可又不甘心被祁颜教训。我才要辩解，收在袖中的铜镜忽然发出响动："帝姬可时常忘记自己从前发生过的事？"

我蓦然想起生辰那日被我遗忘的记忆片段，含糊应了一声。

秦昭沉默了一会儿："帝姬这样，恐是中了失魂。"

我停下脚步，讶然望向袖口的凸起："失魂？"

她语声难得认真："是。传说东土有一秘术，能叫人忘记喜怒哀乐，爱恨情仇。瞧帝姬这样，大约还中术未深，平日尚能活泼如常。只是经年日久，秘术渗入骨血，到那时，仙丹灵药也是枉然。"

我怔住，问道："到那时，会怎样？"

"无悲无喜，行尸走肉。"她微微停顿，"如同泥塑木雕，药石枉然。"

我回头却见祁颜眉头紧皱，他听不到秦昭的话，自然也不知道她说了什么。故事看得太久，我竟忘了入镜一遭，是为了寻找我失忆的缘由。我虽偶尔顽皮一些，不按规矩行事，可自问没有得罪过谁，过去十余年也从没出过齐都方圆百里，又怎么会有人给我下咒。

我一时心情复杂，又难以验证她话的真伪，只好先办眼下的事。所到之处，与寻常山洞没什么不同，不知哪里刮来阴凉冷风。我将前尘镜摸出来摆在空地上，听到秦昭的声音幽幽响在空旷洞穴，像是累极的模样："我从镜中苏醒后就在这山洞，没想到如今竟变得这样荒凉……"话未完猛地收住。

我不解地抬眼，刚巧看到祁颜站在空无一物的石壁处仔细观摩。我踱过去，他看我一眼，修长手指摸上壁洞，最终停在一块凸起的岩石上，轻轻一按。

四壁响起轰隆隆的锁链声，石屑无声跳动。祁颜眼疾手快地揽住我的肩膀，侧身挡住溅起的飞石，直至响声平息才将手松开。待我看清眼前所见，豁然瞪大了眼睛。

山洞中竟然有机括，想来尘封已久，簌簌灰尘兜头落下来，我挥袖挡开，内里竟是一间密室。一桌，一椅，一张石榻，半面墙的书架摆满书籍信笺，几套古朴茶具，除此之外再无他物。

秦昭始终一言未发，大约也并不知道日日住着的地方竟然别有洞天。谁会在深山老林里修建一间密室？其实，很容易猜得到。为了验证心中所想，我伸手去拿已经风化的残书，却被祁颜拦下来。他从袖中摸出一块锦帕，垫在手里，随意抽出一本看不清封皮的古籍，信手翻了两页，果然是一本茶经。

我与祁颜对视一眼，心照不宣地各自散开。穆漓川曾是个茶农，会在山间建这样一间密室，很难不让人生疑。照理说，密室存着的东西，定然是不想让人看到又极其珍贵之物。好奇心从心底冒出来，我又不好翻看他人隐私，只好佯装不在意地四下看看。目光陡然被什么吸引，我惊呼一声："二哥，你快来看！"

原来书柜后的一整面墙上，密密麻麻刻了许多小字，字迹相近却不相同，远一些的清隽有力，近些的张狂潦草，像是情急所致。经年日久，字迹不甚清晰，却足够辨认。我将铜镜拿得近了一些，确保秦昭能看清壁上所刻。

抬眼望去，第一行只有短短几字——宣德十一年，辛卯。

算起来，这是秦父去世的前一年。

——媒婆提着两饼陈年旧茶上门说亲，御史秦老的独女才貌卓然，与我很是般配，是否有意结一门亲事。秦老名声不错，可其女再怎么出挑，也不过是官宦人家的大小姐，又与寻常的大家闺秀有什么区别。穆某自问不是世俗之人，怎会娶一个俗人。

——她的《治国论》我看过，似乎也不是那么俗。

这是写于甲子的。

——秦老亲自上门致歉，说小女还不懂事，婚姻大事暂且先搁置一旁，于我万分抱歉。没有什么抱歉，他主动退亲，刚好了却我一桩心事。

——今日在茶肆中见到她，听掌柜说，她日日在那里听人讨论国事，兴起时还会说上几句，常常三言两语将人堵得面红耳赤。突然觉得，要娶她，好像也不错。

——秦老亡故，为了避嫌，我入夜才去祭奠。秦家已被查封，她一个小姑娘，哪里会有什么积蓄，只好去棺材铺老板那里替她结清赊过的账款，尽些微薄之力。

——先祖在社稷上颇有建树，可终是因国君多疑而不得善终。自此，祖上便立下规矩，穆家人终生不得入朝为官，看她这样难过，我却什么都做不了。我不过一介布衣……头一次恨自己是一介布衣。

——国君派人找到我，许下金山银山，邀我为他所用。我早就该举家迁移，可终是不忍将她独自一人留在齐都。她无依无靠，万一遇到什么不测，又该如何自保。

——与她定下一年之期，眼见他为他披荆斩棘，任他伤得她遍体鳞伤。也许，那时我答应秦老的婚事，一切还可重新来过。

——何时嫁我？

——宫里的线人传来消息，麝香是王后自己所为。王后早已嫉恨于她，只是我千算万算，也未算到有人会残害亲生骨肉……

你奉他为毕生信仰，倘若信仰轰然倒塌，不知你是否还愿继续活下去。不如将计就计，让你恨着我，也许，还有希望。

最后一行字刻在石门边，笔触生硬且刻痕甚浅，像是执刀之人已没什么力气。这是写于癸未年，算起来，恰是项文帝驾崩那一年。

——国君将行，大约不会留我太久。我一生本只愿做个闲散茶农，粗衣清茶了此一生，倒也算看破世俗，可老天偏偏让我遇到你。而后唯一所求，不过是一个你罢了。若能娶你，定将许你终生。若我不能——

若我不能，好歹也护你一世周全。

只是唯一所憾，是再也见不到你了。

阿昭。

他说不出的话，全都一字一字刻在石壁上，难以想象用了怎样的心力。他从没有为了权力害过她，到死都没有，她说此生永勿相见，他便如她所愿，将痕迹从世间彻底抹去，让她再也寻不到分毫。

周遭落针可闻，许久后，空寂密室响起压抑的哭声。

我第一次见到秦昭哭，她似乎天生习惯戴着面具，不肯将情绪轻易示人，因喜怒哀乐大多会变成软肋。如今这样，大约是实在不能忍耐。她等了他这样久，只为求一个答案，却没想过，真相往往残忍到不能接受。山洞透出稀薄光影，投在密室一步之遥，再也无法深入半分。

"我又怎么会不知道，怎么会不知道，不是你害我……只是不愿你出手救我，连累自己罢了……"她的嗓音颤抖，像是痛极的模样，"说好的一年为期，说好的君无戏言，可你，为什么没有来找我……"

我长长叹一口气，走出密室，周身立即被暖意包裹。祁颜不知何时站在我身旁，没什么情绪地摊开手掌，掌心一段透亮簇新的琴弦，全然不像是已经存放了百年的东西："在里面找到的。"

这是……招引琴弦。

招引琴与前尘镜相同，皆是古籍中所载的神器。传说招引能以曲忘情，将人的记忆生生剥离，凝成一截琴弦。若以琴弦奏乐，便能看到主人的记忆。只是，招引琴怎么会出现在这里，又是谁为穆漓川拂过琴？

洞中终于再无声响，秦昭大约再次昏睡。我带着铜镜匆匆下山，回到宫中头一件事，便是去礼乐司要来一张古琴。劳烦琴姬换好琴弦，我望着其中光影流动，苦恼地揉了揉额角。

琴是有了，可这曲子，该怎么弹？

桑俞在寝殿后院置了两方软垫，我盘膝坐上去，将琴抱起又放下，仿佛面前是一盘美味又滚烫的清蒸鲈鱼，想一口吃个干净，又无从下手。

树荫繁茂，祁颜双手抱肩倚着硕大的冬青树，凉凉地看我："跑这样快，我以为你想到了法子。"

我干咳一声，手指拨弄琴弦，铿锵两声："要不然……我随便弹试试？"

"……"

祁颜当然不会让我随便弹琴，依他所言，神器皆有灵性，断不可随意乱来。可若不尝试，琴弦也不会自己奏乐，想来想去，只好让他以身试险。好在祁颜对风雅之事向来颇有天赋，抚个琴自然也不在话下，不过信手拨弄了几下，竟然听出些韵味来。

琴声悠然，我撑腮凝望漫天繁星，才想闭目养个神，脑中豁然现出一幅画面，仿佛渐次铺开的水墨画卷。果然是穆漓川的记忆。本以为能看到什么不为人知的秘辛，可除过朝堂政事，竟然再无其他。隐约猜到于他而言最珍贵的记忆仍被他留在心中小心呵护，也不好叫祁颜就此停手，只好强打起精神看下去。

弹过一段平缓旋律，琴声陡然高亢。我猛地坐直身体，在仲夏夜晚感到秋风萧瑟。百花遍开的畅春园一派枯黄，嶙峋假山下横着一张玛瑙棋桌，两个青年端坐两侧，皆是风姿卓然。棋盘上白子步步为营，最终杀得对方片甲不留。

左侧的穆漓川看似颓然搁下棋子，语声却坦然："是臣输了。"

成煜漫不经心地捏起被围堵的黑子，一粒一粒地握在手心："你将她藏在哪里了？"

穆漓川垂眸，语声淡淡："微臣不懂王上在说什么。"

"哗啦"一声，黑子被尽数倒进棋盒。成煜抬起眼，若有所思地看着他："孤信你的本事，若不想让孤找到她，就算孤杀了你，你也不会告诉孤。"顿了顿，讥诮一笑，"爱卿身怀绝谋，只是在情爱这桩事上，看得不大明白。秦丞相她什么都好，只是太喜权力，终于迷失了自己。"

穆漓川收棋的手一顿，皱眉重复："太喜权力？迷失自己？"眼底翻起暗涌，又归于平静，"王上可是喜欢阿昭？"

年轻的帝王把玩着白玉棋子，不置可否。

穆漓川微微偏头，像是真的困惑："王上既喜欢她，又如何忍心让她看王上日日与王后恩爱？"

成煜眸中现出森然冷意。

他却浑然不觉，仍自顾自地道："王上又哪里是喜欢她，只是想占有她罢了。王上眼中只有那把龙椅，至于她为王上做出多少事，王上全都看不到。"

一只孤雁掠过天边，他凝神想了一会儿，起身在帝王身前行跪拜礼："疑人不用，用人不疑，王上既已对微臣生疑，臣愿辞去太尉之职，此生不入齐都。"

"放你离开，你好与她相守终身吗？"成煜居高临下地看他，冷哼一声，"孤知你无心仕途，可也不容你随意来去。你可以离开，只是需将你终生软禁。孤与你君臣一场，可以不将你囚在天牢，至于囚在何处，只要在天子脚下，你可以随意选择。"

穆漓川神色如常，像是早已料到今日结果："既是如此，还请王上开恩，将臣囚在墨旸山。臣生在那里，也愿死在那里。"

成煜看了穆漓川一会儿，许久，才道："你可知，孤的旨意一旦颁下，你与她，终生不能相见。"

冷风卷起几片枯叶，惯常散漫的双眼浮起笑意。半晌，穆漓川摇了摇头，像是要抛开什么不该有的杂念："只要她活着，就好。"

至此，画卷如脱了色的水墨画，从边缘一点点被黑暗蚕食，似雾霾渐渐消散。祁颜若有所思地拨弄琴弦，再也奏不出半点声音。弦内封着的回忆看尽，原来，这才是穆漓川失踪的真正原因。

墨旸山汤汤碧涛，两人初始于斯，也双双命绝于斯。史书中只记载着他们风光的一生，却不知背后如此坎坷。她在镜中沉睡的那段时日，他与她，只有一墙之隔。登基后杀功臣的事，自古有颇多先例。项文帝许是不愿背负忘恩负义的骂名，才将秦昭真正的死因从史书中抹去。这也许才是后宫不能干政的原因，人永远无法想象自己的贪欲会有多强大，强大到足以吞噬枕边人的美梦。

远处几盏宫灯迷离，似飘浮在夜空，我睁开眼，望了一会儿惨淡月色："你说，成煜和穆漓川，到底谁更爱她？"等了半天等不到回答，想来祁颜对情爱这回事并没什么深刻远见，问这个有些太难为他。想了想，又道，"也许，是秦昭为成煜付出了太多，为他做了太多，穆漓川觉得心疼，才想要为她做些什么，为她留下些什么。"

可是两人在一起，为什么一定要经历什么，才能证明情深意重。事实上，平平安安了此一生，不正是世人心中所希望的吗？

之后连续数日，前尘镜再无半分动静，不知秦昭是否又昏睡过去，想问问是谁剥离了穆漓川的记忆都是不能。祁颜索性将镜子拿去静水崖研究，一连数日早课都不见踪影。我百无聊赖地在书卷上信笔涂鸦，没有祁颜同我拌嘴的日子，倒是有些许无趣。

这天，我正在做博士留下的课业，桑俞匆匆忙忙跑来，说国君召见我。换了身妥帖的宫装，我随内侍一路穿林拂叶来到御书房，国君屏退左右，将我叫至身侧，和蔼可亲地问我："九儿，你二哥最近在忙什么？"

祁颜忙什么，忙着调戏我？

当然，这话我不能同国君说，倒不是考虑他的形象问题，而是说了越发会将我同他的婚事坐实。我才要说些冠冕堂皇的客套话糊弄过去，国君已继续说道："你二哥若有什么不寻常的举动，可随时来同寡人说。"

我愕然抬眼，在国君满目的温和中又缓缓低下头，应了一声。

国君语重心长："九儿，无论如何，你一定是大齐未来的王后。寡人说的话，你可懂了？"

待我从他饱含期许的目光中退出殿外，将这句话细细思索，又想到他平日总是一派和善的面容，惊出一身冷汗。

起初宫中风言风语皆传祁颜会是下一任国君，连我都在思考到底要怎么才能万无一失地拒了同祁颜的婚事，可今日国君同我说的一席话，我怎么想怎么觉得，他是让我监视祁颜，并且通传给他的意思。

我从前以为，我的一生都活在谎言和虚幻中，真是太可悲了。但纵观整个皇宫，也许世子和国君受的骗比我还要多。人得到一些就注定要失去一些，更何况他们自出生起便锦衣玉食，比寻常百姓要好太多，也就失去一些市井中的质朴纯真。站得越高，地方就越狭小，稍有不慎，便会坠入悬崖摔得粉身碎骨。

鹅卵石铺成的宫道旁栽满绣球，一簇簇粉蓝色的花煞是好看。因怀了心事，脚下便有些虚浮，一不留神，我就撞进一个人怀中。

"又在想什么，走路这样不小心。"

含笑嗓音自我头顶响起来，我仰起下巴，入眼的是一片如月色般清冷的衣襟，心道果然是做贼心虚，背后不能轻易议论他人。

不知祁颜是否也是应召入宫，大约瞧我魂不守舍的模样，身边又没带着侍从，放心不下似的要送我回寝殿。我拗不过他，只好悻悻跟在他身后，行过一段开阔花圃，周围看不见半点人烟。盘旋在心头的疑惑像烧开的沸水，汩汩冒上来。我再也按捺不住，一把握住祁颜的锦袍衣袖，又不知该问些什么。

祁颜转过身，也不催促，只静静看我。犹豫很久，我才踟蹰道："二哥，王上……是个怎样的人？"

他上下打量我一会儿，眸色越深："父亲同你说了什么？"

我颓然松开手，后退一步："没什么，只是很多时候我不知该将他看成是救命恩人，还是父亲。"

正午日头正盛，刺目阳光晃得我一阵头昏，不大清明的脑海更是乱成一片，而午膳究竟用什么与国君是否想让祁颜继位两个难题依次浮现，我终于还是挑了个更要紧的问道："二哥，你想当国君吗？"

他似笑非笑地反问我："你很想让我当国君？"

其实谁做国君于我而言没有多少区别，只是寻常人都会希望他们的国君贤德持重，是一代明君，就如秦昭毕生所愿。无论如何，祁颜会是一位好国君。

113

我才要回答，蓦然瞥见他眼底的笑意，这才回想起国君曾经的许诺。我若说希望他当国君，那不就是在告诉他，我想同他成亲？

　　我狠狠剜他一眼，想了想，仍是郑重道："若单指这一桩事，我想，二哥会是一位好国君。"

　　他眼底隐有笑意，微微俯身靠过来，低沉嗓音响在耳畔，带了几分认真的意味："世间险恶，九辞，你只需相信我，就够了。"

第三卷
流光剑

我愿化出你想要的一切，只求你一心欢喜

秦昭说我中了失魂，可秘术一向无迹可寻，是否确有此事实在难以判断。若我拿着前尘镜去找御医，只怕没有病也会诊出病来，无奈之下，我只好寻来许多古籍，盼望能有一星半点的收获。可我着实想得太过简单，秘术之所以称之为秘术，又怎么会轻易载入书籍。

祁颜来我宫里时，刚好看到我蹲在比人还高的书堆后面，兴致勃勃地翻看一本古书。有阴影兜头罩下来，挡住窗棂投进来的日光。他调笑道："这是哪门课业要堂测，把你吓成这样？"

我抬起头。祁颜穿一袭月白长袍，不如平日在太学时端庄雅正，反而多了几分儒雅的意味。晨光照进他的眼眸，映出浅浅的褐色。私心觉得祁颜去修道简直是暴殄天物，可惜大齐没什么能供人远观欣赏的职业，否则一定会被万千闺阁少女竞相追捧。

见我愣神，祁颜卷了册书卷在我的头顶轻拍一下，语声调侃："又不专心。"

我装作痛苦地捂住额头，略略犹豫，还是将秦昭所言尽数说予他。与我相熟的人中，祁颜算是见多识广的第一人，听宫里的老人说，祁颜自幼便在静水崖修行，闲暇时日就泡在藏书阁看书，长大些又去游历四方，俨然一副清心寡欲不食人间烟火的模样，权力、金钱、美人于他就像过眼云烟。所以当我听闻皇子们挨个去找国君求亲，十分怀疑祁颜只是为了融入尘世，不显得特立独行，才勉强随众人一起做这些俗事。

听我讲完事情因果，祁颜皱眉思索半晌，不置可否道："若真是如此，倒也说得通。人总有七情六欲，你的感情被封印，便不会感知到喜悦或悲伤。"

我想了想，说道："其实这样不也很好吗？"人生在世多年，喜怒哀乐瞬间，多少烦恼痛苦皆因情而起，没有情，就不会有烦恼，看起来倒像是桩因祸得福的好事。

他将我从地上拽起来，目不转睛地看我一会儿，皱眉道："你只看到事情的反面，殊不知感情也有开心、欣喜、欢愉、快意，你只为了一点可能会发生的不快便放弃开始的可能。放弃那些开心快乐的事，不觉得得不偿失吗？"

我怔住。

他又道："何况，你知道行尸走肉是什么样子？"

经他这么一提醒，倒让我想起一桩事来。我偏爱读杂记话本，因与祁颜同坐，趁他不在偷偷翻过他读的那些道典法籍，其中一章便是讲走尸。书中所言，走尸乃是未腐之死人所化，形容丑陋，毫无意识，六亲不认。我想象一下自己如走尸一般活着，便忍不住一阵恶寒。

像是猜到我心中所想，祁颜轻飘飘看我一眼，挑眉道："你以为仅仅是这样？尸化严重一些的，大多满身恶臭，肉身只腐烂一半却毫无办法……"

我痛苦地一手捂住耳朵，一手去堵他的嘴。他被我遮住半张脸，只留了一双琉璃似的眼睛，高深莫测地看着我。确保他不会

116

再讲什么恐怖的形容，我讪讪松开手，低垂下头："那你说，现在该怎么办？"

然，还没有想出办法，祁颜已被国君紧急召去，而后趁夜送来一封书信，让我今夜子时去皇宫东门等他。我不明所以，偷偷讨来一块令牌溜出宫。

冷月似清光雾霭，茂密树林随夜风沙沙作响。我茫然四顾，没有看到祁颜的半片影子，却在一株枝繁叶茂的参天老树下看到一辆朴素马车。我回头遥遥望了望数丈高墙上站姿笔直平视前方的侍卫，小心翼翼地踱步过去。常言道事出反常必有妖，早该料到此时此地停着的马车定然不同寻常，可也没有想到不同寻常到如此地步。

行到马车边上，我才轻轻喊出一声"二哥"，已被人捂着嘴强虏进车中。

心似乎要从胸口跳出来，脑中一时感慨万千，许多念头飘过皆不可知，唯一所念是下周的课业还没有交。我登时双眼紧闭口中念念有词，甚至挤出几滴眼泪："这位好汉，我上有八十岁的老母，下有未足月的孩子，你可千万不要杀我啊！"

"你什么时候有的孩子，我怎么不知道？"声音竟然颇为熟悉。

我将眼皮撑开一条缝隙，湖蓝色锦帘透出几缕月光，狭小的车厢软榻上，祁颜倚在另一侧双手抱肩，正似笑非笑地望着我。

这样的把戏，在孩童眼里是恶作剧，但在我眼里，简直是恐怖故事。我深深吸一口气，满腔怒火才要喷发，马车忽然颠簸起来，将我已经到嘴里的话全部压下。

我："……"

大约是见我一副欲语还休的模样，祁颜掀开轿帘略瞥一眼，确认车夫已在赶路，转过头，从软榻下面摸出条薄毯盖在我身上："睡会儿吧，到下一个驿站还需一夜车程。"顿了顿，补充，"你随我去一趟庐陵，有些要紧事要办。"

他若不是祁颜，我当真以为这是将我绑架了。我朝车外望了望，除过浓黑夜色，也望不出别的什么，只是分辨出走的的确是出城的路。难以想象有什么要紧事需要带我同行，我不拖累他已是万幸，实在想不出能帮上忙的地方。

他却道："庐陵顾家你可知道？"

我点点头表示知晓。

庐陵顾家，大齐最大的铸剑世家。听闻自前朝以来，始祖王上励志革新，将齐国的版图一扩再扩，扩到最后，军需供给严重不足。无奈之下，只得下令让民间铁匠也来铸剑，供军队使用。庐陵顾家便是发迹于此，几代传下来，已是极大的家业。家主举家迁移，将门户落在庐陵的淮湖畔，建归一山庄，自此安心铸剑。

而顾家之所以能成为世间最强，不是因为代代相传的铸剑秘术，大半要归功于归一山庄后山的禁地——剑冢。有传言说，剑冢安放了百柄百炼而成的剑，柄柄皆有灵性。只是顾家家规上书，历任家主一生只能在继任时开启一次剑冢，而后再不得进入，越显诡异神秘。许多江湖人士屡屡上门拜访，也只是为了远远一睹剑冢的风采。

江湖势力与朝廷看似井水不犯河水，实则有千丝万缕的联系。据我所知，就有不少势力皆是朝廷暗中扶植，犹如秤砣两端，以此牵制两方平衡。可顾家历代家主，虽与当地官府交情甚笃，却只是表面关系。传言先帝在世时，有外使来访。这位外使是个剑痴，十分喜欢宝剑，顾家铸剑的声誉响彻大齐，他便想借一把宝剑来观赏。拜帖都递到了归一山庄，竟然被家主婉言拒绝。

而我们此行的目的，不是神秘的剑冢，是顾家的第八十一代家主，顾绍桓。据祁颜说，顾绍桓身患某种隐疾，重金相请天下的秘术师前来问诊。隐疾是否得以根治不得而知，只是这些看过病症的秘术师，接连惨死在所住的客栈，无一生还。结果直接导致，全庐陵的客栈门前都竖起一块木牌——秘术师恕不接待。

以顾家的本事，原本不用求助于官府，大约是实在惹得人心惶惶，当地官府想瞒都瞒不住，一纸奏章呈上御前，国君当即调拨三百兵力驻扎庐陵，彻夜在城中巡逻，顺道遣了祁颜为御史彻查此事，不得有半分怠慢。看似体恤民心，我却觉得，国君只是为了结交顾家罢了。

祁颜三言两语讲完事情因果，我的关注点却停留在顾绍桓的隐疾上。很久之前，西域倒是流传过此类传说，说的是一位女子，只要看到她的眼睛就会变成石像什么的，至于看到这个人就会丧命，着实是头一遭听说……

当然，这些都是我的臆想，最可能的是丧心病狂的杀人狂魔报复社会也未可知，可为什么杀的人都是秘术师，难道是与秘术师有什么不解之缘？我转头看向祁颜，问道："顾家是不是允了国君什么好处？"否则怎么会这样尽心尽力。

祁颜微微颔首："不错。顾绍桓应允，此事若是顺利解决，每年会上供十柄百炼的宝剑。"

寻常剑器浇铸不过五道工序，而顾家的剑却多了一道千锤百炼，剑铸成后，需等十年用凉山的生铁再次浇铸，以保剑身锋利。只白白浪费的这段时间，多少以铸剑为生的家族就等待不起，试想，十年间能铸多少柄剑，没有殷实家业，早就生生耗死了。

我一边感叹顾家家主出手真是阔绰，一边想到另一桩事——前些时日，偶然听到祁颜遣季末去打探神器的消息，隐约听到一两句庐陵、东土什么的。也许，这才是祁颜带着我的真正原因。

将薄毯拉至下巴盖好，我默了默，道："那你为什么要把我强掳进车中？难道，还另有什么难以言喻的隐情？"

车厢另一侧，祁颜略诧异地挑起眉："你不是一向不喜欢循规蹈矩？我还以为，你喜欢这样的方式。"

"……"

耳畔皆是马蹄踏过路面的声响，祁颜的嗓音若有似无飘过来，听不大真切："我已禀告父亲，也同博士告过假，说你旧疾未愈，要去静水崖修养数日。"

国君早就想同顾家结交，这回无疑是交善的大好机会，可他同意让我跟着，是想让我……监视祁颜吗？我想了一会儿，踌躇道："那博士……"

"自然是同意了。"他轻飘飘瞥我一眼，嗓音带了些戏谑，"有我带着你，博士很放心。"

我却觉得不尽然，也许是我不用去太学，博士松了口气呢？

而后一路东行，待到白日，祁颜下车另骑了马，季末领着两队暗卫隐在官道两旁的密林，与我们同行。行过繁茂山林，行过零落村庄，终于到达淮湖畔。顾绍桓以最高礼制亲自出城迎接，祁颜施施然受了礼，只说是国君特意派遣的御史，却一句未提自己的身份，只是在提及我时，漫不经心解释道："这位是宫中御用的秘术师，九辞。"

我脚下一绊，险些从马车上摔下来。

之后一路无话，我从轿帘的缝隙偷偷打量这位传说中的顾家家主。顾绍桓两捋鬓发雪白，其余全黑，分毫不显老态，大约是长年习武，依稀可辨年轻时的风姿卓然，霜色长袍一尘不染，脚踏一双暗纹白底云靴，腰间佩一枚流云玉佩，施施然跨坐在马上，风姿竟与祁颜不相上下。若是再年轻一些，我想，贺家大齐第一美男的称号，怕是要保不住了。

转念想想，为顾绍桓诊过病的秘术师接连惨死，我的性命岂不是同样堪忧，要真是这样，那我做鬼也不会放过祁颜。还好，我不是秘术师，更不需要为他问诊。

眼下，又有一桩更要紧的问题。季末被祁颜遣去庐陵城中打探消息，而国君为祁颜安排的身份是御史，协助当地官府查案，理应安排好一应食宿，可祁颜已经先一步说我是从宫中来的秘术师，想来这个消息不日就会传遍庐陵。所有客栈又都立了不接待秘术师的告示，难不成，我们要露宿街头？

我将心中疑惑说与祁颜，他听完沉默片刻，神情高深莫测："有一个地方，可保万无一失。"

"你是说，就住在归一山庄？"我偏头想了想，道，"那里倒是不错，只是……"

他看向我的目光多了一分赞许："你是觉得住在这里不妥，我们应当避嫌才好？"

我摇摇头，郑重道："只是山庄临水而建，入夜后蚊子太多。"

祁颜："……"

归一山庄三面抱山，一面环水，水自然是淮湖的水，乘小舟登岸，随家仆行至正厅，热茶、蜜饯早已安置妥帖，顾绍桓掀袍正坐在上首，大略说了几句譬如舟车劳顿诸位辛苦之类的客套话，祁颜一一恭谨应对，风度翩翩的模样宛如只修文史的世家公子。厅内静寂一瞬，顾绍桓握拳抵在唇边咳了咳，正色道："听王大人说，御史大人此番前来，是为了……"

我赶忙坐直身体，侧耳倾听。可还没听出个所以然，有家仆自门外匆匆跑进来，附在顾绍桓耳边轻声说了什么。

我又重新快快靠回椅背。

顾绍桓听了片刻，抬手打断他："他人现在何处？"

听这个意思，多半是又有访客前来归一山庄。我瞥向身侧，祁颜与我四目相对，旋即了然点头，将茶水搁在方几上："既是

121

如此，那我等……"

顾绍桓却摆了摆手："大人不必回避，没什么要紧事，只是从前的友人来探望顾某罢了。"

须臾，家仆将来人带进前厅，是一位与顾绍桓年纪相仿的江湖人士。推断他来自江湖，是因他腰间佩了把雕花长剑，而脚下生风，对我们略略拱手施礼，便自顾自站在堂前，一副没什么话说的模样。

上座的顾绍桓似乎早已见怪不怪，只施施然靠在黄花梨的椅背上，如松石般八风不动："召隐兄，此番前来，可是有什么指教？"

被称作召隐的男子负手而立，神色冷淡疏离，不像是顾绍桓口中的友人，反而像是有什么旧仇。他微挑起眉，凌厉目光不紧不慢地望过去，冷道："昨日上了一趟白水山，路过归一山庄，特意来看看顾庄主。"在厅堂四下打量片刻，忽而低笑一声，"顾庄主自诩对我师姐一片深情，可厅里却挂着别人的画像，就不怕师姐夜夜入梦，索你的命吗？"

身旁小仆愤然上前："你乱说什么，庄主他……"却被顾绍桓挥手打断，他垂眸细细整理衣摆，半响，缓缓道："你多少年没有见过你师姐，还记得她究竟长什么样子？"

召隐形容古怪："容貌也许会变，可习惯不会。我记得，我师姐至死都不会使剑。"

顾绍桓清冷容色骤然惨白，却没说什么，只是冷冷吩咐家仆送客。

没听到秘闻，却看了一出好戏。我暗自琢磨这三人到底有什么非同寻常的关系，祁颜在一旁端着茶盏漫不经心地浅酌，眼风淡淡瞥过来，像是随口一问一般："方才那位是？"

"他是内子的师兄召隐，与内子自幼亲厚，在内子身故后……便将内子之死怪在我头上。"顾绍桓清冷眸中浮起回忆神色，许久，自嘲道，"其实，何须他人责怪，她故去的这些年，我又何尝不怪自己。"

日夜赶路，此时才觉得腹中空空，我拈了块点心丢进嘴里，是在宫里最爱吃的白果豆沙。坐在身侧的祁颜微微斜我一眼，一副拿我没办法的表情，隔着檀木小几替我抹掉唇边碎屑，转身若无其事地与顾绍桓继续攀谈。

被他触过的肌肤像燎了火星的木炭，氲出点点余温。我不知所措地捏着半块点心，在吃光与放弃之间纠结半天，目光却被身后的画像吸引。尺余长的手卷上画的皆是同一位女子，或读书或习剑，或是一抹窈窕背影，亭亭立在一湖睡莲旁，淡薄得似花间影。画像形容各异，唯有一处相同——

我愣了愣，一句话脱口而出："为什么，这些画像上都没有脸？"说完才发觉问题太过唐突，只好假装喝口茶掩饰内心尴尬。

室内一时静极，几步外，顾绍桓目光淡淡扫过来，却没有看我，而是落在虚无。许久，他唇边泛出凉薄笑意："这便是我广邀秘术师的原因。自从内子去世后，我再也想不起她的面容。"

日光从窗格子外投进来，正照在他晦暗不明的脸上。我这才看清，原来在阳光下，顾绍桓的眼睛一只如幽暗夜色，一只却浅淡如琥珀，竟是一双异瞳。

异瞳甚是少见，自古也有诸多说法，有的说是绝世奇才的象征，有的则说是天降不祥，皆无法论证。我尚且在震惊中回不过神来，祁颜却依旧神色如常，继续闲话家常般地问："尊夫人，去世多久了？"

顾绍桓抬眼望向远处拂过的流云，半晌，淡淡道："算起来，距今已足足二十三年。"

二十三年，八千余天，他惦了她这样久。

祁颜若有所思地转着手中茶盏，终于摆出一副讨论正事的模样："当地官府上奏御前，说庐陵的秘术师接连被杀，且每一位都曾替庄主诊过病。顾庄主……可有什么世仇？"

"世仇？"他玩味重复，复又低笑一声，"想杀我的人，恐怕整个归一山庄都装不下。"

之后祁颜再三询问，也没得到什么有用的消息，眼看夕阳西下，大约是提到什么不能回忆的前尘往事，顾绍桓冷淡眉眼现出疲惫，便借口身体不适先行回屋，留下家仆将我们带去休息。

一路穿林拂叶，水榭漫长，这些年的归一山庄犹如蛰伏在庐陵的卧龙，一并庄里也僻静清幽。我闲来无事向家仆打听八卦，家仆倒是热心肠，分毫不避讳地同我说起庄主顾绍桓的旧事。

据他说，这位顾庄主，早年父母在一场家族纷争中双双过世，徒留一个十六七岁的少年。彼时顾氏各家皆对家主之位虎视眈眈，都觉得一个乳臭未干的少年，没有前任家主为他铺路，又能成什么气候。可正是这样一个乳臭未干的少年，在他二十岁那一年的品剑大会上大放异彩，造出一柄万人称赞的宝剑。听闻当时有幸一睹此剑风采的人，皆言这是把绝世之剑，尤其是拔剑时，剑尖会泛出如幽蓝火焰，仿佛有生命一般。

可最让江湖人津津乐道的，不是他铸成的绝世宝剑，却是他的一段情史。家仆说，顾绍桓年轻时风流不羁，是多少貌美女子的春闺梦里人。只是这梦中情郎，忽然在某一日收了性子，爱上了一位女子，且一生只娶了这一位夫人，且夫人逝世后并未续弦，膝下只有一位过继的独子顾不忘。不孝有三，无后为大。顾家是武林中最大的世家，族长们自然希望人丁越旺越好，花了不少心思将族中旁系的貌美姑娘引荐给他，却被他一一婉拒。长辈以死相逼都没办法，顾绍桓只会轻飘飘地说一句，那这家主之位换人来做吧。实际上，但凡有人能够胜任，我想各家长辈一定会把顾绍桓赶下台，可惜无论是武功、铸剑或是相剑，除过顾绍桓之外，再无人能替代。

看惯王孙贵族或是多疑，或是多情，能看到这样痴情的顾庄主实在难能可贵，仿佛腐朽泥沼中独自盛开的一枝孤冷素莲，绽放在冰天雪地。我抚平微皱的衣襟唏嘘一阵，转头却看到水廊沿途都挂着与前厅里相同的长轴画卷。

祁颜在其中一幅图景下略略驻足。家仆亦停下脚步，凑过去体贴介绍：“这位便是庄主夫人，我二十年前入庄时，夫人卧病在床，整日闭门不出，后来有幸得见一面，果然如天仙下凡。”末了摇头轻叹，“只可惜天妒红颜，那年深冬降了场大雪，夫人不日后就……到底没有熬过那年冬天。”

二十年？

我怔在原地。

可方才顾绍桓明明说，他妻子去世已有二十三年？

转头见祁颜亦露出疑惑神色，只一瞬又恢复如常，他微挑了眉问道：“哦？可我怎么听说，顾夫人去世已经二十多年了？”

家仆笃定道：“是二十年前，庚寅年，我是夏末入的府，绝不会记错的。”

不是家仆记错，难道是顾绍桓记错了？可他这样爱他的妻子，又怎么会记错？

一只夜鹭点水而过，惊起点点涟漪。我垂眸盯着鞋尖，想，这一遭庐陵之行，恐怕不如想象中的那样简单。

行过一段抄手游廊，迎面有三人信步走来，为首的着一身素色暗纹长袍，腰间也佩着流云玉佩，想来亦是顾家之人，而后面两位……

引路的家仆适时停下脚步，拱手行礼：“少庄主。”又向身后两人，“三公子，五公子。”

被称为少庄主的顾不忘倒是继承了顾绍桓的衣冠品行，虽不是嫡系血脉，却与顾绍桓的眉眼有三分相似，他先是颇有涵养地拱手拜一拜："想必二位便是父亲提过的御史大人与秘术师。"又侧身引荐，"这二位也是齐都中人，他乡遇故知，几位在归一山庄相会，也算是缘分。"

这何止是缘分，简直是孽缘。我瞠目结舌地看着悠然而立的两人，半天才吐出一句："三……三公子，五公子。"

祁颜倒是神态自若，仿佛与他们当真是头一遭相识。一一行过见面礼，顾不忘抬眸望一眼夕阳，神色蓦地变得匆匆："在下还有事要处理，二位，请自便。"说罢拱一拱手带着家仆疾步离去。

游廊一侧是淮湖水畔，偶有水鸟啼鸣，风声清冽。贺连倚摇着折扇，忽然哗啦一收在我头顶轻拍一下："九丫头，下月术数课要堂测，你还敢跑出宫来，不怕考砸了先生抽你手板？"

贺连倚此人，在他们老贺家排行第三，若说从前向国君提亲时贺连崇只是跟风，那贺连倚绝对是凑热闹的那一位。

折扇不偏不倚砸了个正着，我痛呼一声，揉了揉额头道："三哥的功课与我不相伯仲，不是也跑来这里逍遥。"

贺连倚卡了一下，若有所思地瞥向祁颜："日日跟着二哥，越发惯得你没有样子。"

祁颜但笑不语。

果真如顾不忘所说，他乡遇故知该是喜悦心情，我心中却忧虑。祁颜是奉旨查案，我虽然没有国君的直接旨意，好歹事先告过假，算半个御史。可贺连齐和贺连倚又为什么会在归一山庄？看顾不忘的形容，大约是不知道他们的真实身份，却与他们很是相熟。

问出心中疑惑，贺连倚款款扇着风，闻言略略瞟我一眼："过些时候是顾家的品剑大会，我跟小五来凑一凑热闹。九丫头你不是一向喜静？怎么，也对这些打打杀杀有兴趣？"

我含糊答了声是。诚然，这世子做得也比帝姬舒心。

126

贺连倚一派似笑非笑的风流模样，摇了会儿扇子，忽然凑近我，压低声音道："不过我可听说，庐陵近日不大太平。"复又直起身，一副高深莫测的形容，"你们，可要当心。"

　　在大齐的几位世子中，唯有贺连齐与贺连倚关系最好。虽然从没有人同我明说，可我依稀也能分辨出贺连齐与祁颜之间的暗涌，绝不是古人所云的兄友弟恭。想想也能明白，作为朝中呼声最高的两位继承人，又怎么可能和谐相处。贺连齐算不上热络，祁颜又一向是云淡风轻，也看不出什么别的情绪，三三两两寒暄过后，便各自告别。

　　回房前，我特意绕到后山上，那里除了浓浓密竹，半分剑冢的痕迹也看不到。观望了半天，忽觉如芒在背，猛然回头，只望到随风摇摆的竹林，依稀透出几缕淡薄日光，并无人迹。我摇头嘲笑自己近日怎么这样多疑，可也不敢在禁地边缘耽搁太久，跺跺脚便快步离开。

　　半个归一山庄都建在水上，一并庄内也有不少水塘，彼时正值夏末，各色睡莲袅袅开在水畔，像一幅精妙绝伦的水墨画卷。天幕如稀释了的墨，门厅皆掌起灯，我摸了摸空空如也的肚子，准备去厨房里讨点饭食，一回头，却险些撞到一个人身上。

　　在一派空寂禅意的夜景里，贺连齐正抱着剑，一眨不眨地望着我。灯火只照在脚边，再未近一寸，我被他看得毛骨悚然，暗忖这庄子奇怪就算了，怎么连住了几日的人都变得奇怪，刚要小心翼翼开口询问，他已先我一步开口，嗓音沉沉："他出来查案，也带着你？"

　　我想了半天，才想明白这个"他"是指谁。想来在贺连齐眼中，我只是闲来无事一道随行，对案子并没有什么有用之处，遂不忿地挺起胸膛："我也是请过旨来帮助查案的好不好。"

　　听我这样说，他嘴角微微勾起来，又极快垂下，眸色沉如古

127

井："二哥日日不在朝中，你知道他去了哪里？"

我叹了口气，又是一个好奇祁颜行踪的人，可他们为什么就笃定我会知道？我踢了踢脚下的石子，百无聊赖道："二哥成日四处游玩，连君上都拿他没什么办法……"忽然想到什么，凑近他几分，压低声音神秘道，"说起来，你近日也神出鬼没的，是不是看上了哪家的姑娘，偷偷幽会去了？"

本来只是打趣的话，可贺连齐却分毫不为所动，只是皱眉看着我，对我的问题恍若未闻。许久，他薄唇动了动，却是问了一句："你知不知道，二哥已同别国的帝姬有了婚约？"

"别国的帝姬？"我怔了怔，胸腔像鼓皮轻轻震动，生出的情绪不能分辨，凝眸想了一会儿，掰着指头细数，"若论国力相当又适龄貌美的，除过羌国的宣和帝姬和匈奴的灵枢帝姬，似乎再无他人，可若是这两人……"

我一时心中思绪繁杂，定了定心神，又问："是君上定下的亲事？怎么我……一点风声都没有听到？"

贺连齐欲言又止："是私下定的。"

"私定终身？"我不可置信地看着他，能做出这样的事，简直不是我认识的祁颜。再者说，贺家两位世子争国君之位争得风生水起，祁颜在这种关头私定终身，这是连帝位都不要了？

我表示不能理解，心中腾起疑惑，不自觉便问出来："她是个怎样的人，能让二哥这样奋不顾身？"

他愣了愣，大约没想到我会这样问，眼底浮起一点暖色，再去看时又消失得毫无踪迹，仿佛一切都是我的错觉。

"她同你年纪相仿，模样很好看，出身也尊贵。只是身子不大好，总是生病，受了很多苦。明明该是掌上明珠，却能睡草席风餐露宿，为了生计，学得一手好厨艺……"

脑海中慢慢浮现出一个模糊人影，却看不真切，我随口应了一句"原来如此"，不再说话。

贺连齐走近一步，距我不过半臂距离，高深莫测地看我半天："你就一点儿都不在乎？"

我被他盯得难受，低头摆弄衣角："我应该在乎吗？"

冰冷目光在我身上停驻良久，墨色天幕越发暗沉。我听到脚步离开的声音，伴着冷淡嗓音，一字不落地灌进耳中："看来，你比他更冷血无情。"

我懵懂抬眸，只来得及看到垂花门后消失的半片衣角。

已经不是头一回听到别人这样评价我——冷血无情。可我着实不知道，有情有义该是什么样子。更遑论，这正是我曾经希望的，所有世子挨个娶妻，自然再没我什么事情。但若不是嫁给祁颜，又会嫁给别的什么人，这样想来，似乎祁颜更好一些。

可是……

我跺了跺冷掉的双脚，没什么可是。无论嫁给谁，我都不能选择。

还好我从来不曾喜欢上谁，否则将来茶楼里的说书人又会多一则凄苦悲凉的戏文，供世人百般唏嘘。

是夜，月上中天，我填饱了肚子回房熄灯安睡。虽说没有认床的习惯，可忽然间换了地方，也没什么睡意，只瞪大眼睛望着头顶的淡色罗帐，心思茫茫。贺连崇是奉旨查案，那贺连齐和贺连倚为什么也来了归一山庄，是真如他们所说只是为了参加品剑大会，还是另有什么安排？

我想来想去，越发觉得奇怪，不禁回想起国君疏离笑意背后令人毛骨悚然的话，实在令人放心不下。其实谁继承帝位于我而言并无多大区别，况且我与世子们素来没什么仇怨，到时哪怕一定要成婚，也可以商议等登基之后让我做个有名无实的王后。

反正，他们也并不真正喜欢我。

偶有夜风拍打窗棂，沙沙作响。将睡未睡之际，忽闻房门极轻的"吧嗒"一声，衬在凄清的室内格外清晰。我整个人都清醒过来，后背渗出细细密密的冷汗，只来得及低低问一句是谁，床前纱幔却陡然飘起来。借着月光，我只来得及看清寒光一闪，来人已到近前，剑气带起的寒意贴着面颊刮过，恐惧自脚底攀爬而上，霎时捆住四肢百骸。

我害怕得惊叫一声，随手抓起什么挡在胸前，直到应声碎成几块，才恍然发觉是身下的瓷枕。眼看剑锋再次袭来，我蜷在墙角避无可避，脑海中飘过许多思绪皆未可知，唯一一桩清晰可辨别的是——祁颜我恨死你了！

我双目紧闭，却没有想象中的痛感，抬眼就见原本近在眼前的冷刃已退开数尺。榻前不知何时多出一个人挡在我身前，白衣墨发，背影挺拔，指尖捏了片符纸，顶端燃起一簇橙黄火焰。

是祁颜，我从没有想到见到他会这样高兴。紧绷的弦终于松开，我赶忙借助微光看向行刺我的人。与寻常刺客没有半分不同，穿了夜行服，又戴了半边面具，只余眼睛部分黑黢黢的两个洞，连个头发丝都没有露出半分。大约是见事情败露，他没再过多纠缠，转身急向窗边掠去。

似乎早已料到黑衣人的行动，祁颜迅速将符纸举在半空，低声默念几句，月白衣袖似流星在空中划过弧度，符纸被甩在窗前，猛地腾起半人高的业火，将黑衣人层层困住。

这业火像是识人一般，不烧家具窗棂，只往黑衣人身上扑去。祁颜连脚步都没有移动分毫，唇畔漾起一抹冷淡笑意："阁下动了我的人就想全身而退，是不是太看不起我贺某人了？"

黑衣人身形一僵，下一瞬已猛地朝门口冲去，似乎想强行冲破火焰包围。始终冷眼旁观的祁颜微微皱眉，手指探入袖中，还没来得及摸出什么，原本紧闭的门豁然敞开，墨色衣角一闪而过。贺连齐身上只穿了中衣，外袍搭在肩上，见到此情此景，只微微挑起眉，冷冷笑道："半夜不睡觉，在这里扰人清梦是做什么？"

最后一道生机也被堵死，黑衣人再不动弹，只低垂了头仿佛是放弃逃跑的希望。祁颜垂在身侧的手指蜷曲几下，灼人的火焰顿时消了大半，他回头望我一眼，又皱眉盯着一动不动的黑衣人，半晌，薄唇轻掀："卸了他的面具。"

因一时难以判断黑衣人是否还有同伙，祁颜边环顾窗外，边岿然不动护在床头。隔着稀薄火焰，贺连齐若有所思地望了我一会儿，像是嘲讽般轻嗤一声，手伸向腰间佩剑，又停在半空，微皱起眉。

我顺着他的目光看过去，顿时倒吸一口冷气。贺连齐看不到，我却看得一清二楚。后背紧紧贴着墙壁，恐惧如藤蔓缓慢攀爬，我颤抖地指向他身后："小五，你的剑……"

他倏然站定，打量着我的神情，面色越发铁青："怎么？"

我连话都说不清楚："在……在动……"

一切只发生在弹指间。

原本安安稳稳被贺连齐佩在腰间的剑像被磁石吸引一般极快地震动，接着骤然出鞘，剑尖坠地铿锵一声挡在黑衣人身前，竟像是保护的姿态。我们接连愣在当场，而黑衣人趁贺连齐愣神的间隙，夺窗而逃。想拦下已是不及，眼看黑色衣角擦过窗沿，一道黑影也接踵而至，是祁颜扔出的符纸。纸片似利刃刮过黑衣人的手臂，也只让他的身形慢了一分，下一瞬，便消失在茫茫夜色。

"叮"的一声，方才带着肃杀之气的剑刃应声倒地，仿佛生命消失殆尽。

屋内重归宁静。

地上的火焰不知何时已经熄灭，祁颜掌起灯，同贺连齐一道盯着青石砖上如死物的佩剑，若有所思。

我动了动僵硬的四肢，才恍然发觉衣衫被冷汗湿透，随手拿

过外衣穿得妥帖，按住颤抖的双腿一步一步走到内室中央。

比起为什么会有人行刺我，显然剑为什么会自己动更有吸引力。灯火幽微，那柄剑正静静躺在地面，仿如先前一切都未曾发生，它也未曾护在那黑衣人身前。目光自泛出幽蓝冷光的剑尖一路移至繁复雕花的剑柄，越看越觉得眼熟。脑中有幅画卷一闪而过，我陡然瞪大了眼睛。

原来贺连齐日日不离身的佩剑，竟是流光剑。

我抬头问道："小五，你这把剑叫什么名字？"

贺连齐露出疑惑神色，却仍是回答："无名。这把剑是顾庄主多年前相赠，听说，归一山庄建了多久，这把剑就在顾家存了多久。"

我诧异道："这么说，这剑还是传家之宝？那怎么会送给你？"

他皱眉看我："为什么不能送我？"顿了顿，"我与顾庄主是忘年交。"

我："……"

恍然间想起曾在祁颜的某本杂记上读过，铸剑家族中有一桩广为流传的说法，是说每柄剑皆有剑魂，只是大多剑魂永生都不曾被发觉，而极少数被唤醒的剑魂可以御剑而行。我虽对御剑没有多大兴趣，可一想到剑会自己动，从此之后都不再需要侍女，指挥剑就能端茶送水，瞬间又多出许多兴趣，于是兴致勃勃问祁颜，如何才能唤醒剑魂。

祁颜的回答只有短短五个字：以人身，血祭。

诚然，我从来没有见过以血祭剑，就像杂记之所以是杂记，多为乡野闲谈，当不得真。可如今真的见到自己会动的剑，却让我毛骨悚然，何况，它刚刚还保护了要杀我的人。

贺连齐俯身将流光剑一把捞起来，拿在手里掂量半天，指尖在剑锋轻轻摩挲，嘴角勾出个似笑非笑的弧度："在我身边服服帖帖这么多年，见了那黑衣人竟然会忍不住出手。你与他，到底有什么关系？"语声呢喃，倒像是在与人交谈，言毕又漫不经心挂回腰间，仿佛只是一场自言自语。我本想出声阻止，可见他浑然不在意的模样，到嘴边的话又咽了回去。

归一山庄的夜悠然寂寥，偶尔还能听到几声虫鸣。客房筑在淮湖水畔，与家眷的住所相距甚远，谁也不知道这里方才发生了一场怎样的刺杀。与祁颜再三确认四周暂且安全后，贺连齐踱回室内，微微眯眸，眼风瞥向我，嗓音冷淡："行刺你的人是谁，看清楚了？"

我摇摇头。裹成那副样子，要是还能看出他原本的模样，我还做什么帝姬，早就是齐都名捕了。想了想，我又问："是谁想要杀我？如果因为我祺福帝姬的身份，那在路上就该动手，等到现在，难道是……已经知道我是秘术师了？"

所有替顾绍桓诊过病的秘术师接连惨死，想来杀手是听到风声才来行刺，可我到庐陵不过一日，杀手已经得到了消息？还是说……

"秘术师？"纷乱思绪被贺连齐打断，他漫不经心瞥我一眼，又看向倚在门边始终默不作声的祁颜，嗓音辨不出情绪，"用她当诱饵？二哥，你可真是舍得。"

一次击杀不成，已经打草惊蛇，想来刺客不会再鲁莽行动。见我除了被吓得腿软，并没有什么太大问题，贺连齐便披上外袍踱步回房休息，徒留下站在烛火笼出的微光里皱眉沉思的祁颜，不知是在想些什么。我走到桌边坐下，抬手倒了杯冷茶稳定心神。其实我早就猜测祁颜说我是秘术师是别有深意，最大的可能是想借这个名号引出凶手。看来这一计用得很好，杀手果然上钩，若不是半路窜出个流光剑捣乱，现下那黑衣人已经被押到顾绍桓面前，这案子就算结了。

我不由得叹息一声，看来之后在庐陵的每一夜都要提心吊胆

度过了，还没叹完，从方才起就一言不发的祁颜忽然开口，让我把剩下半口气生生咽了回去。

"我没有想到，人会来得这样快。"他半张脸都隐在重重夜幕中，难得现出几分不同寻常的神色，"抱歉，我以为，我能护你周全。"

我"唔"了一声，算起来，这似乎是祁颜第二次同我道歉。前一次是诓我去青楼论道，这一次是害我险些殒命。在我的记忆中，再没有比祁颜更稳妥的人，凡事除非有十分把握，少一分也不会鲁莽行动。用他的话说，与其听天命，不如尽人事，将命掌握在自己手中，何必去赌老天会不会赏赐那一分运气。

出现意料之外的事，想必他也很难受，万一因此丢掉自信，从此之后在自我怀疑中度过余生……我蓦地生出些不忍，慢吞吞走到他身侧，拽了拽他的袖口，将声音压得低低的："唔，你看，其实不是你的错。如果我和你换一下身份，也会让你去假扮秘术师的。"我从不会安慰人，也不知这样说他心里会不会好受一些。

清冷月光下，祁颜转过头，眼底缠着疑惑："你不怪我？"

我比他更疑惑："我为什么要怪你？"

他深深看我一会儿："有时候我倒希望，你能哭着怪我，打我骂我。"

我噎了噎，想从他的神色中找出开玩笑的成分，可半分都没有。我禁不住抹了抹额角冷汗，没想到祁颜竟然有这种嗜好啊。

在宫中这么多年，别的没有学会，我独独学会了自保——哭只能在没人的地方，可但凡看到人，一定要笑。虽然，我从不会哭，也不会因何事而真正高兴。我偏头想了想，说："哭有什么用，事情该发生的已经发生，即将要发生的，哭出一片淮湖也阻止不了。"又踮脚在他身前转了个圈，素色裙裾像一朵盛开的花盏，扬起嘴角笑开，"何况，我现在不是好好地站在这儿嘛。"

他打量我半天，似笑非笑道：“你是很好。”说到这儿略顿了顿，若有所思地看着我，“可我希望，你拥有的，是世间最好。”

　　这话要让外人听到，只怕会狠狠揍他一顿。你想，堂堂大齐的帝姬，拥有的只能是世间最好，哪里还有更好的，简直就像在炫耀。祁颜说出这样的话，实在不知他到底是怎么想的。

　　我瞪着他：“世间最好，是什么？”

　　他定定看我，嘴角含笑：“是我。”

　　彼时浮光冷月，屋外竹香醉人，祁颜的嗓音带一点笑，慢悠悠飘进夜风中。

　　若在平时，我一定会说他简直太不要脸了，可如今却一句完整的话都说不出，只问出半句：“二哥你不是……”不是有婚约了吗？简简单单几个字我竟然如鲠在喉，始终说不出口。若果真如贺连齐所说，祁颜与某位帝姬私定终身，愿意担这样大的风险，看来他是真的很喜欢她。

　　我蓦然感到胸腔里空落落的，想来想去，大约是晚饭没有吃饱，间接导致胸闷气短。

　　祁颜望着我的神情专注，眼角微微上挑，墨眸映出烛火微光：“嗯？不是什么？”

　　我左右看看，含糊道：“你不是说要带我吃遍庐陵的珍馐美味，赏遍淮湖美景？”

　　他一副拿我没什么办法的表情，抬手揉了揉我的头发：“等抓到凶手，我一定带你去。”

　　湖风凛凛，夜愈深。闹了一宿，我再没什么睡意，索性将打着哈欠的贺连齐从隔壁拉出来，共同分析庐陵的这桩案情。

　　说是分析，其实只有我在喋喋不休，他们两人背身而坐，一副没什么话说的形容。当我问出譬如“你觉得凶手是谁”之类问题，基本没人回答，我只好自顾自推测："白日来的召隐也很可疑，他既然恨顾绍桓，那杀了替顾绍桓诊病的秘术师，让所有人都不敢替顾绍桓诊病，这算不算是作案动机？不过又有些大费周章，他为什么不直接杀了顾绍桓呢……"逻辑没有理顺，我捧着下巴，忽然想到什么，兴高采烈地瞪大眼睛，"也许是他打不过顾庄主，杀不了顾庄主，只能杀了秘术师断绝顾庄主一心求医的希望，真是杀人诛心啊杀人诛心……"

祁颜端着茶杯的手一抖，忍着笑道："既然你这样聪明，连前因后果都能想得透彻，不如先分析出个结果，放我们回去睡觉，其余的事明日再议？"

天边如鱼骨微微泛白，是即将黎明。我伸了伸僵硬的胳膊，三言两语将今夜之事总结完毕。似乎早已不耐烦的贺连齐豁然起身，又在门槛处停下，眼风瞥向我，话却是问祁颜的："若是杀手再来杀她呢？"

"今日侥幸被他逃脱，想必已知我们有所防范，短时间内必定不敢再来第二次。"祁颜漫不经心掀起衣摆，站起身，像是话中有话，嗓音却轻飘飘，"我的人，他动一次，已该万死。"

冷风吹开房门，我不禁打了个寒噤。贺连齐睐了睐眸，冷笑一声拂袖离去。回房前，祁颜留了张符纸给我，说遇到危险就将符纸撕碎，他会感应到，只是这符纸不多，不是危急关头，不可随意使用。

我捏着符纸想，有这样的宝贝，怎么不早点拿出来呢。

本以为会提心吊胆很多日，没想到只第二天，我便发现了凶手的端倪，只是这端倪更让我觉得心惊胆战。

听闻我是宫中御用的秘术师，顾绍桓再三邀请我去替他诊一诊病，自知推托不过，又不想身份败露，我只得依言前往顾绍桓的书房。祁颜与我一道而来，在我拿眼睛瞪了他足足三次后，他才云淡风轻地瞥我一眼，轻声道："放心，一切有我。"

我站住脚步，比画了个请的手势，又附耳低声道："要不就委屈二哥扮成我的样子，替顾庄主诊病？"

　　祁颜："……"

　　书房与山庄的清幽如出一辙，除过寻常的书卷古籍并无其他珍宝，只在梨花木案几的桌角摆了一朵通透的玉莲，再无多余摆设。顾绍桓穿戴整齐，玄色衣袍一尘不染，躺在窗边的矮榻，微阖着眼闭目养神。

　　近旁的三足香炉慢吞吞腾起青烟，我正襟危坐在他身前，将无波无澜躺在那儿宛如昏睡的男人自上而下打量一遍，拼命回忆往日秘术师究竟是怎么施术来着……咬了咬牙，将手贴在他面上三寸，感应了半天——什么都没感应出来。

　　隐约听闻身后极低的一声轻嗤，我不自在地咳了咳，收回手。顾绍桓睁开眼睛，坐起身半倚在窗棂下，揉着眉心问我："如何？"

　　还能如何？我摸着下巴，故作高深莫测："顾庄主的病，确实是疑难杂症，待我回去翻看秘术典籍，寻一寻有无方法可解。"

　　顾绍桓手中动作顿住，眼眸微暗，半晌，闭上眼轻声笑了笑："连宫中的秘术师都没有办法，看来，我是无药可医了。"

　　我才想宽慰他几句，在里间漫不经心打量室内陈设的祁颜忽然出声："若论秘术，天下间修为最高的秘术师是静水崖上的白衣真人。在下与他颇有些渊源，倒可以请他替顾庄主诊一诊病。"

　　白衣真人？祁颜的师父？不明白他为什么忽然提起这些，我屏住呼吸，静待下文。

　　日光溢进窗棂，映出顾绍桓一深一浅的异瞳，他撑了头，眸光散漫："当年内子病重，曾再三请过这位高人下山一看。可静水崖看门的门童说，真人闭关清修，不理凡尘俗事，已许多年不曾下山。"说到这儿，顿了一会儿，"我只能眼睁睁看着她死去却毫无办法，如今我忘记她，连她的容貌都记不起，大约对我，也是一种惩罚吧。"

我听得难受，不禁回头望一眼祁颜，见他没什么多余的表情，一想也是，祁颜那冰雕一样的人遇到什么事才能喜怒形于色呢。于是转过头，看回顾绍桓。忘记心爱之人的面容，想必是一件很痛苦的事，虽说只是萍水相逢一场，可到底是我让他彻底失去希望。我心中觉得不忍，挥手示意他躺下："不然我再试一试……"却不小心碰到他的手臂。

顾绍桓眉心紧皱，捂住右臂又极快松开，像是有些痛苦，仍然勉强笑道："从前请来的秘术师不乏高手，却都没什么办法。如此，就不劳烦九辞姑娘。"

我刚想说不麻烦，倏地有道清冷嗓音自头顶响起，是祁颜不知何时已站在我身后："顾宗主可是受伤了？"

顾绍桓眸色微讶，转而颔首："御史大人好眼力。我前夜同不忘练剑，无意间伤了手臂。"

祁颜探寻的目光自他看不出分毫痕迹的手臂上扫过："父子练剑受伤，顾庄主，也太大意了些。"

顾绍桓淡淡垂眸："刀剑无眼，误伤再寻常不过，何况只是小伤，不劳御史大人费心。"

话说得轻松，我却蓦然联想起昨夜被划伤了手臂的刺客，不可置信地瞪大了眼睛。我张了张嘴，却什么都没问出来，已被祁颜带出室外。

幽静庭院，秋阳融融，初见时赞叹过巧夺天工的园景，如今却觉得阴森恐怖，仿佛有无数双眼睛正隐在暗处，直勾勾地盯着我。一路随祁颜行至客房，院中有石阶凉亭，我寻了张干净的石凳坐下，总算松了口气。

若说世间有巧合之事，总不会这样巧。可秘术师替顾绍桓诊病，又为什么要杀了他们？难道觉得他们无能？那我岂不是，半条命已经丢了？又或者，诊病只是掩人耳目，毕竟谁都不会想到堂堂归一山庄庄主会是一个杀人狂魔。只是这背后，是否另有隐情？

疑惑一件接着一件，扰得我头昏眼花，祁颜亦是难得神色严肃，简单嘱咐我几句注意安全，在此处等他不要乱跑，已匆匆去寻季末商量事宜。

近岸的水畔浮着各色睡莲，远处湖光水色，接天莲叶，我却无心欣赏，只等着祁颜回来时会不会带些消息。等来等去，没等到祁颜，却等到赏剑归来的贺连齐。略略犹豫，我还是将今日之事全部告知于他。我是这样想的，贺连齐既然与顾绍桓颇有交情，或许能了解些内情也未可知。若是不了解，那心里好歹有个防范。

听我讲完事情因果，贺连齐皱眉思考一阵儿，神色越发凝重："你觉得他是凶手？你有几分把握？"

我想了想，道："单凭受伤的手臂，其实不能说明什么，更何况我也没看过他的伤势，的确不能妄断。可要说是巧合，会不会也太巧了些？"

周遭只闻湖水冷冷，我与贺连齐各怀心思，一时两两无话。眼看天边暮色渐沉，我揉揉肚子，刚想问他要不要去用晚膳，近前忽然响起一道女子声音，似平地乍起惊雷，惊得我愣在原地："杀人的不是他。"

胸口霎时如鼓擂，我几乎从石凳上跳起来，前后左右看了一圈，没看到半分人迹。我的目光不自觉移到贺连齐腰间的佩剑，饶是剑鞘严丝合缝，仍然能看到剑柄处溢出的几缕冷光。果然，这又是一件能说话的神器吗？

可能我这样的举动实在太像脑子有问题，贺连齐双手抱肩凉凉看我一会儿，问："你在找什么？"

诚然，这类事情再多个一两次，恐怕我真的会被吓出病来。料想解释起来是桩麻烦事，再者说贺连齐也未必信我，或许觉得我发癔症也未可知。我只好装傻："啊，没找什么啊。"

有秦昭的前因，再见到能同我交谈的神器，倒也不足为奇。况且，前夜她曾御剑而动，却不发一言，大概是对我们心存芥蒂。如今竟主动开口，倒是问明白的大好机会。不顾贺连齐探寻的目光，我略略措辞，才犹豫问道："这位……姑娘，若有什么隐情，可否如实相告？"

"你只需知道，杀人的不是他，就够了。"冷淡嗓音停顿片刻，隔着冰冷铁器，依稀听出几分疲惫，"我用了极大的精力才能御剑而动，想来我的残魂不足以支撑第二次。况且，我也绝无害人之心，你大可放心。"

一旁的贺连齐皱眉看我："姑娘？隐情？你在说什么？"

我继续佯装听不懂，仍是对流光剑说道："啊？什么？你再说一遍？"

此后，无论我再问什么，神器始终一言不发，不知是如秦昭一般昏睡过去还是其他什么。

贺连齐将我仔细打量一番，大约觉得我前夜被吓坏了，现在是身体抱恙在说胡话，强押着我回房休息。我双手扒在门框上，依依不舍地看着即将要离我远去的流光剑，像是戏文里垂泪为夫君送行的娘子。

已经走出垂花门的贺连齐不经意间回头一瞥，顿住脚步，去而复返，似笑非笑地问我："怎么，舍不得我？"

我转身将房门关上。

门外响起他低低的笑声。

140

是夜，祁颜才风尘仆仆归来，三言两语告知我，季末在城中询问半天，也没得到什么有用的消息，不过他会一直守在客居，以保证我的安全。我在心里叹了一叹，果真是一语成谶，临行前觉得自己只有添乱的份儿，现在竟然真的变成累赘。

见我垂头丧气的模样，祁颜伸手揉了揉我的头发，语声难得温柔："在想什么？嗯？"

心中升起复杂情绪，我垂下眼不去看他："二哥，你这样护着我，累不累？"

"你知道我在护着你？我以为，对你再好，你都不会放在心上。"明明该是责怪的话，他神色却平静，像是早就习惯了一般，自顾自地添了一杯茶水，"我既愿意护着你，那便是我自己的事，与你无关。况且，你是唯一能与神器交谈的人，能助我查案，又怎么会是累赘？"

胸腔里像有一簇小小的火苗慢吞吞燃起来，照亮始终黑暗的那一方天地。可能天生就对情话免疫，我能感知心里软绵绵的温暖，不知该如何回答，连课堂上答不出博士的问题都能泰然处之的我，蓦然变得慌张。手肘不小心碰到什么，摔在地上却没碎，骨碌碌地滚到脚边，我慌忙低下头，原来是将茶杯打翻在地，水渍将青石砖染成深色。耳边传来祁颜轻声叹息，他低低说了句什么，弯腰将茶杯捡起来。仔细听去，大约是说，幸好还有我陪你，若是哪日只剩你自己一人，才真是让人担心。

祁颜似乎从不需要我回应他，坦白心事后依然能若无其事地同我讨论案情。强行将小火苗浇熄，我稳定心神，回忆起午后与流光剑的对话。

我不知神器里封着的是谁，难以判断她所言是真是假，前思后想，觉得要想解开心中疑惑，流光剑或许是关键所在，可封在剑里的人不愿与我交谈，我也毫无办法。我脑中蓦地灵光一闪，流光剑是百鸟梦境所化，能破开所有幻术，或许，也能化出幻

141

术？画卷上说，七件神器各司所长，又心意相通。既然我们能进到前尘镜中，也应能进到流光剑中。

将想法说与祁颜，他表示我这桩想法甚好，可以一试。想了想，他又问我，最近可有觉得身体不适，是否还忘记了从前的什么事。

我诚实回答："博士相授的课业，好像大半都忘了。"

祁颜："……"

眼下，最要紧的问题是拿到流光剑。我日观天象，瞧着今日艳阳高照，晴空万里，是个借剑的好天气，于是兴冲冲地跑去敲贺连齐的门。敲了半天，宽大木门才"吱呀"一声打开，贺连齐一副才睡醒的形容，单手撑着门框，睡眼惺忪地看我一会儿，挑高了眉问："有事？"

我没说话，就直勾勾地盯着他的腰间，直盯到他皱紧眉后退一步，才试探道："小五，你的剑能不能借我一用？"

他警惕地看着我，不着痕迹地侧了侧身躲开我的视线："你用剑做什么？"

我咽了咽口水："顾庄主饮食太清淡，连山庄里的厨子都不会做肉食。我馋得厉害，想烤兔肉来吃，就是……差个劈柴的家伙。"

贺连齐："……"

虽然不相信我的话，可也知道我不会为非作歹，贺连齐没说什么，解下佩剑递到我手中，道只借一日逾期未还要拿命相抵。诚然，这个口口声声说要娶我的人，在他心中我还不如一柄剑重要。

我们一行来到山庄，已是三天过去，万幸的是无事发生。稍作打听，原来是品剑大会在即，顾家从主到仆一应忙得脚不沾地，连凶手都没空杀人。

今夜无月，我与祁颜约好子夜时分在客居的湖畔旁相见，这乍一听很像一桩幽会，只是我与他是为了查案，着实没什么风情。流光剑的剑鞘硌在我手心上，有些许凉意。封在剑里的姑娘再未说过话，我郑重其事地将剑捧给祁颜，仿佛捧着自己的性命一般。

祁颜不疾不徐地接过来，手指微动，剑豁然出鞘三分，银白铁器沁出幽蓝光影，仿佛深夜中疾行的鬼魅。我胸口蓦然一阵收紧，不知为何隐约觉得前路会凶险异常。

我咽了咽干涩的喉头，默默瞧着冰冷剑锋亮在眼前。

祁颜的手生得修长漂亮，我见过这双手捏着黑白棋子，握着长笔书画，却从没有见他拿过剑，原来他用剑也这样好看。他手臂轻掀，剑锋在空中舞出两个剑花，豁然用力掷在地面，青石砖裂开一条缝隙，陡然生出一道幻化之门，四边一寸一寸染上幽蓝火焰，照亮半片夜空。

只要走进去，便是流光剑的世界。我望了望祁颜，才想抓住他衣袖以免走散，手抬至半空却被他一把握住，掌心干燥温热。我挣了挣，没挣开。头顶响起略带不满的声音："别动，跟着我。"下一瞬，已一步跨进幻门。

斑斓光影如鬼魅从身畔急速掠过，不知哪里传来各式人声，却不能分辨，待能视物时，方才看清竟是月上中天，周遭静得只闻夏虫轻鸣，近旁一片幽暗竹林，隐隐现出半个巍峨石门。

这是……归一山庄的剑冢。

我自小便不喜欢按规矩做事，但凡禁止的事都想试上一试，自从听闻剑冢是顾家禁地，早就想一睹风采。毕竟在我看来，顾家花数百年修筑的剑冢又怎么会只藏了剑，说不定还能见到什么稀奇宝贝，如今竟在幻境里圆了这个梦。我不由自主就往竹林深处走去，然而，才动了动身形，肩膀已被死死攥住，回眸就见祁

143

颜在月色下愠怒的脸："平时散漫就算了，在这里也敢乱行乱逛，看来老三说得没错，是我太惯着你。"

我反手扯住他衣袖，殷切地看他："剑冢，禁地，二哥，你不想看一看？"

祁颜："……"

似乎被我说动，隐约觉得肩上的手劲略松，我兴致勃勃拽着他往前走去，忽闻一道声音如惊雷一般响在身前："大胆，谁让你们私闯禁地！"

我吓了一跳，条件反射般要躲到祁颜身后，已被他先一步挡在身前。剑刃泛出泠泠寒光，那人自竹林阴影缓步走出来，一袭白衣胜雪，腰间流云玉佩随风轻漾，一双狭长双眸却是同样的墨黑色。

是年轻时的顾家家主顾绍桓。原来他的异瞳，不是天生就有的？

流光剑化出的此方幻境只是过往记忆重现，照理说，这里的人都看不到我们。我心念一动，转过身，果然见身后有两个极年轻的女子，个子稍小的紧紧贴在高个子的女子身后，姿势与我和祁颜如出一辙，大约也是极害怕。

年纪大些的欠一欠身，露出一张极好看的脸，只是眉眼清冷，唇色因恐惧泛出不自然的苍白，嗓音却平稳："我与舍妹姓颜，今日随家主一道前来归一山庄做客，宴后一时不小心走错了路，误闯了禁地，实在抱歉。"

顾绍桓睐了睐眸，利剑再次逼近："我怎么知道……你们是不是细作，想借机偷我顾家的宝物，嗯？"手腕一翻，寒光闪过，剑不知为何化作一条漆黑的蛇，毒牙在月色下寒意逼人，正嘶嘶地吐着鲜红信子。

妹妹惊叫一声："姐姐，有蛇！"

高个儿女子没有躲开，只是拍拍妹妹的手示意她别怕，可那蛇却猛地探出头，朝着两人脸上飞快咬去。我紧紧捂住嘴巴，而这回，妹妹连叫都叫不出声，直直晕了过去。不过十五六岁的少女，又哪里禁得住这样的惊吓。

眼看猩红舌尖几乎要贴上少女的面颊，已经不可能避开。我连呼吸都不敢，心想若是一口咬上去，这姑娘的命怕是没了，忍不住紧紧闭上眼。等了片刻，却没听到想象中的尖叫声。我小心翼翼将眼皮撑开一条缝，看到颜家姐姐仍冷冷站在原地，手指却扣在胸前快速变换手势，犹如一只翩飞的白蝶。几个结印后，黑蛇霎时化作一缕青烟，慢吞吞消散在夜空。

佩剑应声落地，顾绍桓俯身捡起来，拍掉沾上的泥土："无趣。"语调也兴致缺缺，"得了，渝州颜家的幻术天下无人能敌，能看破我的幻术也不稀奇，我信你们是颜家的人。"

见已无危险，她才吃力地将倒地的妹妹扶起来，靠在近旁一株翠竹上，再三确认妹妹只是昏迷，才转过身冷声道："用幻术慑人，这便是少庄主的待客之道？"

顾绍桓眼底有仓皇一闪而过："你如何知道我是……"暮然逼近几步，将她拢在高大阴影下，俯身靠得极近，气势迫人，"今夜在这里见到我的事，不许说出去，知道吗？"

月影被竹林扯碎，斑驳落在深色草地。她被压得微微弯了脖颈，额角渗出冷汗，后背却挺得笔直，不躲不闪地回看他："看来，少庄主才是'贼'。"仔细听去，尾音有些颤抖。

他面上怒意更甚，根本无暇分辨面前的小姑娘其实早就害怕极了，只是在强装镇定。眼见威逼无用，他微垂了眼，像是在琢磨心事，忽然低声笑了笑，贴近她耳畔，嗓音柔得仿佛在同情人低语呢喃："听说你们颜家这次来归一山庄拜访，是想求借《千法书》。今晚的事你若不说出去，我就将《千法书》借你观摩，如何？"

她不动声色后退一步，抵在一枝翠竹旁，竹叶沙沙轻响。清冷似冻雪的眉眼抬起来，唇边却挑起嘲弄笑意："《千法书》，只怕少庄主也没有见过吧，又何谈借我？"

他不自在地干咳一声，将手指抵在唇上："本少爷是少庄主，庄里的东西什么没见过？"

她微微颔首："相传《千法书》是上古时候流传下来的秘籍，若按书中修行，可得天地间最强大的幻术，甚至能不老不死。家主也只是偶尔得到传言，说这书存在剑冢中，才来相寻。只是连顾庄主都没有见过的东西，少庄主又怎么会见到。"

佯装的温柔表象破碎，他眼底现出被道破心事的恼意，她却仿佛看不到一般，福了福身道："少庄主放心，今夜是我与舍妹走错了路，在淮湖湖畔遇到少庄主。少庄主心善，主动相请将我们带回客居。我先在此谢过。"言毕费力地扶起妹妹，一步一步挪出竹林，向远处灯火行去。

遍地竹叶被踩出深深的脚印，他若有所思望着她离开的方向，许久，忽然出声："颜家从来最讲礼尚往来，你都知道我的名字了，可我还不知道你的名字。"

竹林外的青砖小路覆了薄薄水雾，少女停住脚步，还扶着浑然没有知觉的人，可想行动艰难。饶是这样，她仍然欠身行了礼，清冷嗓音似天山冻雪，幽幽响在无边夜色中："颜安。"

夜幕浓稠，染上浅淡雾霭。他回头望了望竹林深处若隐若现的灰色墙砖，亦准备离开，脚下却踩到什么，他弯腰拾起来，赫然是一柄细长竹笛。音孔还有未清理的竹屑，显然是才做不久。

"原来，只是在做笛子吗。"远处白衣渐行渐远，他摩挲着腰间的玉佩，半晌，将竹笛收入袖中，"颜安，颜安，不知，可安我心否？"

随着话音落下，四周天幕，竹林，房檐，草地，皆燃起幽蓝火焰，从角落蔓延而来，直到烧掉最后一片砖瓦。我与祁颜站在虚空之中，相顾无言。若我没有记错，"颜安"这名字，似乎是

几十年前……一个名声响彻江湖的女魔头来着。

　　我虽然一向喜好八卦，可知晓的大多是宫中前朝的事，许是碍于身份特殊，对江湖上的闲谈知之甚少。能记得此人的名字，单纯是因为年幼时偶尔调皮，一次用弹弓射飞鸟时，不小心射中了贺连齐的头。彼时花园中只有我与他二人，不过七八岁的我登时怔在原地，不知所措地看着他血流如注的头，过了许久，我才抖着嗓子道："你……你没事吧？"

　　贺连齐狠狠瞪我一眼，撕下块衣料按在额角，声音冷冷："王上再这样放纵你，只怕世上会再出一个颜安。"

　　而后我才了解到，世上秘术师千百种，其中一种修幻术，称之为幻术师。颜安出身渝州幻术师世家，虽不是正室血脉，却因幻术修为极高，破例继承家主衣钵，在桃李年华，已无人能胜得过她。传说她生了一张极美丽的脸，却有一颗最歹毒的心。杀母弑父，又因嫉妒杀了她最亲的妹妹，而后叛出师门，从此再无踪迹。有人说她与心爱之人双宿双飞，有人说她作恶太多，遭了因果报应早已殒命，无论如何，这个姑娘在江湖留下的传说足以为世人传诵许久，毕竟世上能出一个有名有姓的女子实在难能可贵。

　　倘若我没有猜错，流光剑里封着的，应当正是颜安的魂。

　　手心不禁浸出冷汗，我在黑暗中向身侧摸索，窸窣之间抓住半片衣角，才略略放下心来。即使目不能视，可祁颜依旧猜到我心中所想，手臂微一用力将我揽进怀中："别怕，有我在。"顿了顿，"在幻境里，她伤不到我们。"

　　鼻息有淡淡的草木香气，已经顾不得害羞了，我仰起脸，低声问："颜安是被封印太久，转性了吗？那日御剑而动，没有一刀砍死我们，竟然会同我们讲道理。"

　　半晌，头顶响起沉沉嗓音："先看看再说。"

　　事关多起凶杀悬案，祁颜又是国君亲派的御史，想来不得

不谨言慎行。我点点头，刚想再说些什么，地底蓦然亮起一点微光，鲜艳色彩自脚底升起，琉璃砖瓦竖起亭台楼阁，淮湖湖畔一夜花开，眼前霎时又是鲜活景物。

我怔怔看着归一山庄的暮春之景，这幻境竟像是……听懂了我的话吗？脑中思绪似猩红火光转瞬即逝，快得难以抓住。我揉揉额角，因事情紧急，也没什么精力思考其余诸事，只好凝神观看这一幕幻境，期盼能找到什么线索。

眨眼间已是一月之后，颜家家主做客许久，本该告辞离开，可偏偏颜欢身体羸弱，被顾绍桓的幻术吓出了病，整日魂不守舍，不久便卧床不起。那一夜的阴错阳差到底没有瞒住，顾家家主听闻事情因果，当下便猜到是顾绍桓恶作剧，狠狠将他训斥一顿，又务必要留颜欢在顾家修养，并且让顾绍桓前去认错。

可反观后者，除过日日策马钓鱼茶楼听戏，偶尔对抛来媚眼的良家少女报以暧昧一笑之外，似乎并没有道歉的意思。

我原以为，颜欢这类养尊处优的大小姐，与我那小妹贺连慕也没什么不同，因从小身边人几乎百依百顺，偶尔遇到个不顺心的，多半也有人替她出手教训，并不会因此而难过很久。可招惹她的偏偏是顾绍桓，一脉单传的顾家少庄主，旁人打不得骂不得，她只能吃个哑巴亏。

颜欢是家主夫人的独女。颜安却是小妾所生，出生时便被万般嫌弃，家主甚至不许她学习幻术。她只好日日偷学，某一日被家主撞见她施的幻术颇有章法，才终于许她入颜家学堂。此次前来归一山庄，说好听点是颜家的长女，其实不过是颜欢的看护。

如今颜欢患病，家主自然要怪她看护不周，令她在颜欢的居所外忏悔，不足一个对时不许吃饭。像是习惯于此类责罚，颜安当日便跪在了客居外的门廊。隔了半堵白墙，屋内颜欢泣不成声，哭哭滴滴说是她害了姐姐。出入的医者家仆渐次而过，偶尔有欲言又止的，也被旁人匆匆拉走。

"管她做什么，一个庶女，为她得罪颜家家主，多划不来。"

"小姑娘家，怪可怜的……"

"可怜的人多了，走走走，别惹事。"

她连眼皮都未抬，像是早就习惯被责罚，手指却搭在袖间轻轻摩挲。细看去才发现是一管竹笛，不知是何时所做，上有浅浅刻痕。春来多雨，顷刻打湿落叶，她跪在廊下，衣襟被雨幕溅上深色水痕，却连半分避一避的意思都没有。暮色渐沉，园中静得再无人声，前方一块积水的洼地砸起水花，却在一个眨眼的间隙，蓦然不再落雨。水潭映出一柄竹伞，她的视线一点点移上去，雪白衣袍沾了泥泞，腰间流云玉佩泛出幽暗光泽，青竹伞下现出一张带着醉意的脸，此时他正迷离地看着她："跪着做什么，站起来。"

她就这么看了他一会儿，不着痕迹地将视线移开。

"站起来。"顾绍桓索性弃了伞，一把将她拽至身前，雨水将衣襟淋得透彻，他却不管不顾，小心翼翼地抬起衣袖护住她肩膀，"分明是我的错，为什么罚你？让你认错你便认，你不知道反抗吗？"

她甩开他的手，又跪下："反抗？有些人，连出生都是错，用什么反抗？"

他眸中震惊乍现，微微抬头，居高临下地看她一会儿，忽然撩起衣角在她身侧跪下："既然如此，我陪你罚跪。"

她略诧异地看他一眼，只将身子挪开两分，不置可否。

入夜，雨幕见歇。偶有打着哈欠起夜的家仆经过廊下，倏然被吓得再无困意，哆嗦着夺路而逃。顾绍桓却视而不见，拧了把衣袍，又在膝前铺开，手臂轻轻撞了撞身侧不知跪了多久的人："喂，你困不困？"

仍不见回答。

"我好困，借你的肩膀睡一会儿。"他像是困极，真就靠在她肩膀瞬息入睡。躲避已是不及，过了许久，她才僵硬地转过头。长睫在他俊逸侧脸投下半扇阴影，微阖的眼尾挑起，有淡薄笑意，竟是真的睡着了。

很久之前曾听人说过，习武之人在睡眠时很是敏感，有个风吹草动便很容易惊醒，是长久居于厮杀环境中培养出来的直觉。可顾绍桓竟然睡得这样安稳，真不知过去的这些年都活在怎样的精心保护中。

远处有春虫嘶鸣，屋檐漏出几缕水滴，裹着月色滴落。神器的世界真是神奇，连最强大的幻术师都化不出这样逼真的场景。我突发奇想，颜安记忆中的雨水，是怎样的温度？我抬起手去接，眼看水滴穿手而过，愣了愣，兴致勃勃地又去接第二次，第三次。直到祁颜微微侧目，我才收了手，想了想道："你说他俩在这儿跪一夜，归一山庄有那么多的大夫给他们瞧病不？"

他抬头瞥一眼天色，似笑非笑摇头道："未必。"

我不知道祁颜所言的未必是指什么，才想问个因果，却见颜安亦跟着看了眼天色，揉着膝盖站起身，一瘸一拐走回屋，徒留顾绍桓靠着墙壁睡得人事不知。

我："……"

第二日，顾家小少爷陪庶女受罚的流言飞满了归一山庄。顾绍桓甚至扬言，错是他一人所为，颜安跪多久，他便陪她跪多久。颜家家主不好说什么，只好撤了颜安的罚，又道身为家主日理万机，不便再多留，留下一双姐妹在归一山庄，便连夜赶回渝州。顾庄主顿觉颜面尽失，怒极之下亲自从酒楼将喝得微醺的顾绍桓提了出来，扬言他若未求得颜欢原谅，以后再也不会认他这个儿子。

于是第二日，穿戴整齐的顾绍桓陡然出现在客居，神色诚恳，俨然一副前来道歉的模样。只是无论他说破嘴皮，颜欢始终闭门不见。一连数日乘兴而来败兴而归，顾绍桓耐心用尽，才想破门而入时，丛丛花树后，白衣白裙的颜安缓步踱出："舍妹今日病情反复，高烧不退，如今吃了药正在休息，少庄主请明日再来吧。"一番话说得恭谨谦逊，可神态没有半分谦逊的意思，仿佛连看都不愿看他一眼。

琉璃瓦镀上落日金色，水色渐沉。方才还怒火冲天恨不得将客居活生生拆了的顾绍桓怒意渐收，细长眉眼染上浅淡笑意："颜姑娘？"顿了顿，"那日我行为有失，害你被牵连，当真抱歉。"

我摇头感叹，折子戏中一人分饰两角的伶人也做不到变脸变得这样快，瞧顾绍桓这副形容，简直不敢想象他究竟经历了什么，才会变成如今这副冷淡模样。

她在暗淡残阳下看他一会儿，半晌，唇畔笑意疏离："少庄主恐怕认错人了，如今躺在床上的小妹，才当得起少庄主一声抱歉。"大约是觉得同这样的人无须再多说什么，她轻哂一声转身离开。

他却不疾不徐地跟在她身侧，眉眼轻佻："你要去哪儿？"

她嗓音平淡："修行。"

他脚步渐急："夜深露重的，你一人我着实不放心，万一再迷路该怎么办，不如我送你吧——"

转过客居，她在垂花门前停下，睿向仍有暖色的天幕："不必。"连头也未回，"少庄主若真有心，还当请个靠谱些的大夫，早日医好小妹，我们也可早日回渝州。"言毕微微俯身穿过门廊，徒留下白衣公子愣在原地，望着空无一人的园景若有所思。

往后，顾绍桓依然日日前来客居，说是道歉，其实大多时

候都是去找侧厢房里读书的颜安，且以关怀客人为由，有时带几样点心小食，有时带几支玉簪珠钗，有时带几柄锋利宝剑，被她一一婉拒也不气馁，第二日依然寻来新奇玩意儿哄她开心，仿佛真如从前说过，只想要博她一笑罢了。

即使再是客，也是寄人篱下，颜安不好得罪主家，只能由他肆意妄为也毫无办法。其实换位思考，若是我恐怕早就疯了，被人疯狂追求一次是惊喜，日日疯狂追求只能变成惊恐，说不定会把顾绍桓暴打一顿也未可知。可颜安到底是颜安，除过最初几次微微有些不耐烦，而后便能无动于衷，依旧修习幻术，晨起读书，深夜还在屋顶吹一会儿笛子。要说唯一的不同，便是经常会望着虚无发呆，也不知在想什么。

晨雾透出熹微朝光，小院一派春意融融，家仆来送日例时，不安地望着院外犹豫道："外面的东西，是姑娘的？这样珍贵，姑娘可要收好才是。"

她依稀猜到是什么，才想嘱咐家仆原封不动送去少庄主的厢房，略略瞥了一眼，目光倏然顿住。廊下一盒通体光洁的檀香木器皿盛了三条红白相间的锦鲤，其上浮着一盏素色睡莲，水面星星点点坠了白水晶，竟像九天上的银河。

家仆见状，赶忙讨好似的将睡莲端到她身前。颜安若有所思地望着水面上倒映出的半张侧脸，指尖小心翼翼点在莲瓣上，像是怕惊扰到游鱼。水波漾起涟漪，鲤尾腾起水花，她怔怔看了一会儿，蓦地弯了弯眼尾。

"真有趣。"她轻声道，慢吞吞接过木碟，像是头一次见到这样新奇的玩意儿。

一旁的家仆诚惶诚恐，飞奔着回去报信顺带领赏。据说，顾绍桓给阖府下了令，若谁能让颜家姑娘收一份礼物，便赏银千两。一连十数日顾绍桓送来的东西不乏珍品，可颜安唯一收下这最不起眼的，实在令人费解。

有道是万事开头难，大家都觉得，颜安既然收了第一份，便会收第二份、第三份……于是第二日，数丈宽的抄手游廊，摆满了各式器皿，从琉璃到金器一一不等，大小也各异，盛着万千姹紫嫣红的花盏。

　　主居内，大病将愈的颜欢趴在窗边，脸上仍有些病后的苍白，浓黑的眼却溢出熠熠神采："姐姐，今天是什么好日子，归一山庄布置了这样多的花？"

　　许多奴仆战战兢兢站在一旁，像诚惶诚恐等待行刑一般，颜安隔窗看了一会儿，仿佛失去兴致似的抬手关上窗："请抬回去还给少主吧。"末了似叹息一声，"殊不知有些东西，独一无二才显得珍贵。"

　　我曾以为，以顾绍桓的风流程度，在追姑娘这桩事上，多少会有些不同见解。可如今看来，与市井上的纨绔也没什么不同，还不如祁颜的灼灼桃花来得有新意。进而悟出一个道理，世间但凡深陷情爱，哪怕再自谓不俗，也终究会归于平凡。不过话说回来，顾绍桓年轻时的形容，简直比纨绔还纨绔。

　　而最令我担心的是颜安这类姑娘，自小没有感受过亲情温暖，遇到一点关爱，实在太容易视若珍宝。联想故事开端，不禁猜测之后发展，多半是顾绍桓风流成性，将颜安追到手后，不出几日便朝三暮四，颜安深受打击，因爱生恨，自此走上成为女魔头的不归路……

　　其实位高如秦昭，聪慧如颜安，她们所求不过是一个唯一，可惜世人大多不懂，以为金山银山便是珍贵，其实这又哪里比得上一颗真心。有时真想写一册《论如何追求女子》的教程，兴许可以挽救世间九成的痴男怨女。

　　日落月升，时光重复更迭，在我以为顾绍桓就要无休无止追求下去，已经做好迎接悲剧准备的时候，却蓦然看到一幅不大一样的暮景。

彼时正是暮春时分，庭院里几株桂树缀满嫩色花苞，似凡间落下星河。一枝桂花伸进半开的轩窗，窗下的青玉案前，颜安一手执沾饱了墨的笔，一手托腮不知在想些什么。近旁"吱呀"一声轻响，笔尖墨滴在纸笺，洇成小小的一团。她抬起眼，与顾绍桓隔窗相望。虽未置一言，可那副神情分明在说——怎么又是你？

"才练完剑，路过客居听到笛声，便顺路来瞧瞧。"顾绍桓额角挂了细细密密的汗珠，全然没有打扰人的尴尬，将剑抛给身后的家仆，似笑非笑地望着她，"这种时候，你难道不应该递块帕子给我擦擦汗？"

颜安冷冷看他一眼，不再说话。

跟随的家仆颇有眼色，忙递上手帕，顾绍桓没接，只是挑眉向窗里望了望："你在写什么？给我看看。"

还未等看清，她五指轻轻拢起，纸张霎时消失不见，想了想，又从纸摞中重新抽出一张，边写边道："少庄主可读过《论语》？"

大约是颜安第一次主动同他说话，顾绍桓受宠若惊地看她一会儿，墨眸含笑："自然。"

她依旧低头写字，未几，收笔，微微偏头带了疑惑神色："卷六，颜渊第十二，其中一句我不大明白，少庄主可否告知一二？"

他眸中笑意更甚，自窗前接过纸笺铺开："对你，我自是知无不言，言无不——"尾音消失在清晨的鸟鸣中，素色薄纸上赫然写着四个俊逸大字——非礼勿视。笔力不若寻常姑娘娟秀，力透纸背，别有一番韵味。

身旁家仆"扑哧"一声低笑，被顾绍桓眼风一扫，吓得仓皇告退。晨光透过花树投下稀薄树影，他对着阳光晾干墨迹，细心将纸笺叠好拢进袖中，全然没有半分恼意："你怎么总是冷冰冰的，多学一学你妹妹好不好。"将双手撑在窗边，定定看她，"其实我今日来，是带来了你最想要的东西。"

她微挑起眉，神色疑惑："哦？少庄主知道我最想要什么？"

他两指抵在下颌，若有所思："古往今来的幻术师，无不将《千法书》视为最高秘法，传闻只要拥有就能变成世间最强。"四下环顾一会儿，确认无人，他才从胸口摸出一册灰白封皮的古籍，献宝似的捧上前，气息擦着她的耳郭，"这本秘法，我替你偷来了。"

她诧异地瞥他一眼，似乎思索良久，终于将手从袖间伸出来，指尖莹白。风过，几枚落花垂在书册，像是荡起层层涟漪。她倏地顿住，皱眉看了一会儿，在顾绍桓满怀期待的目光中，"啪"的一声关上了窗。

顾绍桓："……"

摊在掌心的古籍仿佛被撕碎的薄纸，霎时碎成万千碎片，原来只是他化出的幻影。顾绍桓望着空荡荡的掌心，全然没有被识破的恼意，低低轻笑一声，转身推门而入。

客居陈设简单，小几熏了檀香，木钵中锦鲤静得如入画中。他缓步行至她身侧，手指搭在木钵边缘："听父亲说，你的幻术天赋极佳，在颜家同辈的子弟中已无人能胜得过你，可你妹妹却分毫不通幻术。"缓缓搅动澄澈钵中水，"让我猜猜，颜欢是颜家家主的掌上明珠，修习幻术夙兴夜寐，又怎会舍得让她吃苦。可正因天生娇惯，所以才会受了惊吓，许久不见痊愈。"

她不紧不慢地收拾书案，闻言略略一顿："你到底想说什么？"

他凑近她两分："幻术又有什么好学，除过自保再无用处，还不是要受人欺凌。不如，我教你使剑，虽不能速成，可好歹也能防身，如何？"

她双手撑在扶臂，抬起眼冷冷地看他："少庄主还是先顾自己吧，舍妹病情反复，若是再不痊愈，少庄主恐怕连顾家的剑都摸不到了。"

仿佛提到了什么洪水猛兽，顾绍桓闻言皱起眉："他们都觉得我纨绔，不成器，整日只知道花天酒地，连你也这样以为？"

纸页沙沙轻响，她的容色氤氲在袅袅青烟中，看不大真切："少主能有今日的肆意妄为，享尽常人所不能享，全因身在顾家。倘若有一天，没有顾家相护，少主，又该如何？"

隔了半张长案，他死死盯住她："你是觉得，我能有今日，只是因为少主的身份。没有顾家，我就什么都不是？"

她没有说话。周遭像是结了冰，一寸一寸冷下来，半晌，他嗤笑一声："我对你是什么心思，这些时日你总是知道的，可接连拒绝我，是觉得我这样的纨绔，配不上你吗？"

她不知望着何处："少主的心意，颜安诚惶诚恐。"

他自嘲似的摇头，撩起衣袍向门外走去，只是走到门槛处堪堪停下来，远目白墙外的湖光水色："你希望我做的事，我会去做，不是为了证明什么，只是希望你顺意罢了。求你妹妹原谅不易，求我原谅却简单。倘若哪一日我生气了，你就吹一曲笛子给我听。"

脚步声渐远，她怔怔望着窗边，许久，才从袖中摸出张信笺，正是她方才正在回信的那一张。信上寥寥数语，是颜家独有的密函："家主欲将大小姐许给顾家少庄主，还请姑娘多多帮衬。"短短一行字，她却看了很久，像是要把每一个字都看清楚。锦鲤倏然游动，带起一尾水波，她才回过神来，手指却像被烫到似的松开，信笺飘进洗墨台，字迹晕开，像戏子哭花的脸。

不知顾绍桓是否真的将颜安的话听进去，而后接连几日，他再不曾来她的厢房，而是日日前往客居。庭院狭窄，一墙之隔外，间或响起一两声脆生生的笑，颜安写字的手停在半空，许久，又漫不经心写下一捺。

关于哄女人开心这回事，世间恐怕再也找不到比顾绍桓更擅长的人，单看他对颜安的种种行径就不难看出他是此项高手。哄不好，不是他不会，而是他不愿花心思。往后只剩急速淌过的岁月，与从前没什么不同，只是颜欢病后初愈，常缠着顾绍桓带她去市井游玩，像只百灵鸟跟在他身后，用婉转的嗓音唤他一声"桓哥哥"。

颜家想跟顾家联姻，这事顾庄主知，就连家仆小厮都知道得清清楚楚，唯独顾绍桓不知。也可能，他只是装作不知。听家仆说，顾绍桓不再去花魁楼中喝酒听戏，反而转性似的日夜钻研铸剑相剑之法，顾庄主深感欣慰，表示顾家终于不用衰败在他手里，也算是后继有人。

有句话说，精诚所至，金石为开。以顾绍桓的性子，他不想娶颜欢，谁都劝不了他。他对颜安动了心思，同样谁都劝不了。夏末时，淮湖开遍睡莲，客居厢房在一日午后收到请帖，说少主邀颜家姑娘赏莲，被颜安婉拒。

而婉拒了顾绍桓的颜安在几日之后，趁夜在临水的游廊置了张乌木矮几，温了壶薄酒，独自一人在湖边自斟自饮。由此可见，她不是不想赏莲，只是不想与顾绍桓同赏罢了。可世间有些事情，不是你不想就当真能逃掉。

湖风清冽，颜安兀自望着水中花盏出神，恰好碰到从宴席上醉酒而来的顾绍桓。他抬手屏退小厮，步履不稳地在她对面坐下，手指点了点搁在一旁的竹笛，嗓音带了些薄薄醉意："从来没听你吹过笛子，今夜吹给我听，好不好？"

她瞥他一眼，自顾自斟了一杯酒："你日日去青楼，还没有听够吗？"

近旁停了一只小舟，随水波荡荡悠悠，船桨搭上一叶绿荷，微风拂过，似有千里荷香。他俯身靠近她，眼中的迷离褪了两分："你吃醋了。"

像是听到什么好笑的事，她轻嗤一声："少庄主说笑了。"

他看她半晌，恍然大悟似的点头："也是，你又怎么会真的在意我。"抬手去拿桌上的酒壶，奈何颜安抱了独自赏花的心，只准备了一副酒具。他就着她的酒杯喝了半盏温酒，累极似的靠在雕栏处，"那些女子都太聒噪，连你妹妹也是，还是你这样安安静静的好。"抬头仰望漫天星辰，墨眸像落入星河，"有时候会想，你妹妹不原谅我也好，你们就可以一辈子都住在庄里。"

她的目光自酒杯边缘移开，微微讶然看他："颜家门生毕生只为修习幻术绝学，父亲……"话却顿了顿，不知想到什么，眸色一暗，"父亲他又怎么会允许我们一直借宿在别人家？"

"吧嗒"一声，酒盅搁在几案，他将视线移至她月影下没什么表情的脸，像是真的在思虑怎样才能让她留下："你曾说《千法书》才是世间幻术绝学，若得到它，是不是再不需要这样辛苦？"又喃喃自语，"那倒简单，待我继任时，带你去剑冢拿便是。"

她愣了愣，似乎没有听懂他的话："你可知唯有家主夫人才……"

"是又如何？"他倾身靠过来，单手撑腮抬起她的下颌，轻佻一笑，"你这样说，是想让本少主娶你，做少主夫人？"

她偏头躲开，依旧是那副冷淡模样："我身世卑微，担不起少主厚爱。"

他挑高了眉："哦？那是不想让本少主娶你？你可知道，天下间想嫁本少主的人何其多，错过了，可要悔恨终生的。"

她脸颊渐渐烧起来，天边一轮孤月高悬，她蹙眉看他："你一向是这样说话的？"

"话可以同很多人说，但想娶的人，只有一个。你嫁给我，是堂堂的少主夫人，谁还敢说你身世卑微。"几只水鸟点水而过，激起阵阵涟漪，他定定望进她眼底，墨色眸子似落了熠熠星河，是难得认真的神色，"你好像，很喜欢睡莲？"就近掐了一朵别在她耳畔，"只是这睡莲再美，也不及你。"

起初我以为，顾绍桓喜欢颜安不过是一时新鲜，可当我看到他果真去向顾庄主求娶颜安时，我才明白是我果真不懂情爱。自古姻亲讲究门当户对，顾绍桓是未来的顾家庄主，颜安只是旁支的女眷，可想而知会遭到激烈反对。顾绍桓则表示，颜安、颜欢都是颜家千金，既然要联姻，娶谁都一样。事实上，怎么可能一样，顾庄主被气得不行，不惜动用家法，可顾绍桓像是铁了心一般，硬生生挨了几十鞭连哼都不哼一声。

毕竟是亲生骨肉，还等着他继承家主之位，到底不能真的打死，顾庄主面色铁青地扔了鞭子，冷冷丢下一句"我没有你这样不孝的儿子"，便拂袖离去。

颜安奉命来探病时，顾绍桓正趴在床榻上上药，背部几乎无一处完好，脸色因失血过多泛出不自然的惨白，额角渗出冷汗，口中死死咬着块布料，牵扯到伤口就狠狠地"嘶"一声。传说这代家主治家温顺，打出的伤却鞭鞭见骨，可想而知动了多大的怒。

一旁等候差遣的家仆接过补品，恭谨地递上热茶，被颜安拦了下来。她略略表达颜家家主的关心之意就准备离开，榻上原本连挨鞭子时都一言未发的顾绍桓，忽然松了口中的布料，连声喊起来："疼——疼疼疼疼疼——"

大夫慌忙站起身检查伤口，诚惶诚恐地捏着药膏，不知该如何是好。三步开外的颜安凉凉看了他一会儿，伸手拿过药盒："我来吧。"

窗棂前的白玉花瓶里面，一簇芙蓉开得正好。内室静得无半点人声，只是间或响起一两声低低的抽气，可颜安上药的手却连停都未停，相反，下一次会更用力地涂在他伤处。

明知她是故意为之，顾绍桓却连半分不满都没有，虽然疼得整张脸都扭曲，唇边却挂了丝不易察觉的笑。在她起身换药时，他忽然道："我已求了父亲将你许配给我，顾家在江湖中尚且还有些分量，只要他首肯，往后，你再不用担心你的身世。"

她垂着眼不说话，将白底釉蓝的瓷盒托在手心，在他起身去看她时低声喝止："别乱动。"

他果然不再动，盯了会儿床边垂着的素色帷幔，忍着痛意道："父亲只是一时生气，不会真的与我断绝父子关系，你想要的《千法书》，我一定会让你得到。"

许久，身后响起轻轻的一声："你本可以不必这样。"

"世人皆言我是顾家的小少爷，要风得风要雨得雨，出生时便拥有一切，可我从来不觉得欢喜，只因那不是我真正喜欢的。"她冰凉的指尖覆上他肩上伤口，被他反手一把握住，"可我喜欢你，颜安，我想得到你。那日父亲问我，顾家，剑冢，品剑大会，绝世宝剑，最重要的是什么，你知道我怎么回答？"

"是你。"他微微偏头，眸中似落了星河万千，却只能看到她鬓角的墨发，"颜安，最重要的，是你。"说完这些话，他想到什么，匆忙从枕边摸出一样物件背着身子塞到她手中，"过几日是七夕节，原本想带你去放河灯时再给你的，如今这样，恐怕是去不成了，只好提前送给你，你喜不喜欢？"

三足香炉溢出袅袅青烟，她慢吞吞摊开手，是一柄通透玉笛，笛尾刻了重瓣睡莲。他将脸埋进瓷枕，许久，闷闷出声："你连我身子都摸过了，可是要对我负责的。"

上药的手一顿，耳畔响起她似羞似恼的嗓音："无赖。"

九月，金桂飘香，待顾绍桓伤势好转，第一件事便是修书一封递到颜家，求娶颜安。十日后，颜家命人来接大小姐颜欢回渝州，却对颜安丝毫未提，像是已经默许这桩婚事。

　　临行前两夜，许久不曾见过姐姐的颜欢蓦然出现在客居厢房，怀里抱着瓷枕，一双眼熬得泛红，几乎要哭出来："姐姐，我做噩梦了。"

　　小山屏般的帷帐渐次掀开，只着了内衫的颜安看着几欲落泪的小妹，掀开锦被空出半张床榻，叹了口气："来我这里。"

　　在颜家时，姐们二人也经常同床共眠，原本是件稀疏平常的事，只是在将睡未睡时，颜欢忽然低声问了句："姐姐，桓哥哥对你好不好？"

　　侧身而睡的颜安在夜幕中缓缓睁开眼睛，枕边人像是梦呓，窸窣翻了个身，继续道："他待你这样好，姐姐，你要好好待他。"语声飘进浓浓夜色，仿佛屋外的飒飒秋风。

　　事情到了这一步，像是已经尘埃落定，可联想之后种种，又像一切都不曾发生。为何顾绍桓记不起他夫人的面容，为何颜安背叛师门成为女魔头，基本都没有解释。至于颜安的想法，从幻境初生，她似乎都没什么想法，仿佛只要颜家家主让她做什么，她便会去做什么，至于她是否真的喜欢顾绍桓，实在难以判断。

　　但在这桩婚事中，她的喜欢与否都不重要，像从前也从没有人在乎她的感受，只是宛如人偶一味听命罢了。

　　来年便是品剑大会，顾绍桓也比寻常更加忙碌，连客居都很少现身，只窝在铸剑室潜心研修，偶尔来探望颜安，也是带着一身疲惫。唯有见到颜安时，他才会提起几分兴致，兴致好时，甚至会教她几招简单剑式。大多时间颜安都在读书或修习幻术，夜风习习，顾绍桓着一身尚未换下的褶皱衣袍撑腮坐在一旁喝茶，烛火幽微间偶尔抬眼望向她专注的身影，宛如一幅恬静隽永的水墨画卷。

转眼已是冬月，繁茂枝叶渐枯，呈出灰败的颜色。这样不祥的季节，我握了握祁颜的衣袖，对接下来将要发生的事情表示担忧。祁颜偏头看了看我，表示我的担忧并不是没有道理："你还记得顾绍桓成亲时，无父无母吗？"

我一愣，才要说什么，眼前幻境却再次被火焰蚕食，簇新的瓦片落上新雪，映出天边的惨淡绯红。这一夜，归一山庄潜入一队刺客，行迹整齐划一，像是做了万全的准备，只是在熟门熟路摸到剑冢时被发觉。见事情落败，寻常刺客早该灰溜溜逃开，可这些刺客却叫来了更多的刺客，大有不达目的誓不罢休之意。一场盗窃变成火拼，四周皆是杀伐之声，夹杂着妇孺的哭喊，我与祁颜立在屋顶，远观这一场突如其来的厮杀却毫无办法。

五更时分，杀戮初歇，双方两败俱伤，刺客无一生还，反观顾家，亦是死伤无数，已铸了九成的宝剑被毁，顾氏夫妇命丧当场。顾家虽早已低调行事，可到底是树大招风，自己不惹事，不代表别人不会眼红。如今遭此劫难，多半是有人想毁了顾家原本准备在品剑大会上参赛的宝剑，哪想到被人察觉，索性一不做二不休，企图杀人灭口。

繁茂竹林被刀剑所砍，露出大片空地，顾绍桓以剑点地，单膝跪在已经凉透的尸身前，剑身仍有鲜血淌下来。白衣像是在血里浸过一般，流云玉佩溅上点点血迹，他的脸埋在阴影里看不清表情，只是肩膀微微颤抖。家中长辈摩挲着下巴上前，眼底透出几分精光，试探着问："绍桓，如今这样……"

凉薄月色透出稀疏的影，映出一地杀伐血腥，宛如暗无天日的炼狱之境。他从暗沉黑幕中缓缓站起身，却没有回头，留给众人一道孤傲背影："封锁消息，秘不发丧。品剑大会在即，顾家的荣耀，绝不能轻易被他人觊觎。"语声不容置疑，没有从前纨绔的半分影子。

有人气喘吁吁地拨开人群，在看到顾绍桓时堪堪停住，踌躇许久，才战战兢兢走过去，附耳道："颜……颜姑娘她……不见了。"

玄月当空，他僵硬地一寸一寸抬起头，眼眸里写满错愕："你说……什么？"

顾家遭此大劫，当夜在山庄做客的颜家庶女不知所终。

归一山庄外布奇门遁甲，除非有人先一步在阵中破阵，否则如何能做到不惊动任何人而闯入庄中，刺客对山庄如此熟悉，必定是有内鬼，再加之颜安无故失踪，房间却整洁如初，显然不是被歹徒掳去，很难不让人产生怀疑。尽管顾绍桓力排众议，用性命担保颜安与此事无关，可一个纨绔少主，他的话又有多少分量。顾家其余人大肆搜捕，终于在与庐陵相距十里的方寸山将颜安抓回归一山庄。

新丧才过，山庄一派沉寂肃穆，颜安被关在铸剑室，手脚扣上厚重的铁链，素白衣裙沾满血迹，大约是被上过重刑。铸剑炉下的火焰爆出噼啪轻响，饶是冬季，仍熏得一室燥热。室外铁门发出沉闷声响，脚步声渐近。

"这些日子，你去哪里了？"

有人逆光而来，在她身前两步驻足，身姿挺拔，白袍如雪，抬手拂过她微乱鬓发，唇边一丝若有似无的笑意："你是不想嫁给我，所以才会趁乱逃走，是不是？"嗓音柔得似乎在与久别重逢的爱人互诉柔肠。

没有人回答，他上下打量她片刻，视线在她腰间停了停："我送你的玉笛呢？"

她终于抬起满是血污的眼，脱力似的看他。

他笑了笑，擦掉她嘴角的血渍，缓缓从腰间摸出一柄玉笛，笛尾刻了重瓣睡莲。她浑身一怔，他若有所思地望着她，语声却压得轻柔："这是昨夜我在剑家捡到的，是你不小心落在那儿

的，是不是？那些刺客，与你毫无关系，对不对？"

他说出那些替她辩解的话，可贴在她脸颊的手却在颤抖。

许久不曾饮水，她的唇色泛白，却固执地望住他："不是不小心。行刺那夜，我在场。"

他仍是笑着，尽管那笑意几欲破碎："杀手是何人所派？"

她轻轻摇头："我不能说。"

"如今又去了何处？"

"我不能说。"

他眸光骤现冷意，手指捏在铁链上，铿锵一声，指尖都发白，嗓音却越发轻柔："如今人证、物证俱在，你不说，大家只会认为凶手是你。"

她缓缓闭上眼，再睁开时，眸色平淡："事到如今，你还相信我是无辜的？"露出讥诮神色，"有时候，我还真羡慕你能天真至此。"

伪装的平静终于被残忍的话语撕碎，他狠狠闭了闭眼，死死捏住她下巴，强迫她看着他，沙哑嗓音从喉咙里一字一字挤出来："所以你背叛了我。"

她微微皱起眉，像是真的疑惑，偏过头问他："幻术师弃情绝爱孑然一身，又何来背叛？"

他猛地怔住，唇畔几乎要贴上她的耳侧，嗓音像是恨不得要一刀杀了她："我的真心在你眼里，就如此廉价？"

"真心？什么是真心？"她抬眼望着黑漆漆的房梁，不知是回忆起什么前尘往事，神色渐渐空茫，"我是小妾所生，从小族里没有人愿意与我交好。五岁的时候，在山里捡来一只白狐，它陪了我整整五年。后来有一天它不见了，那晚父亲命人给我炖了肉汤，我很高兴，这是父亲第一次关心我，直到我喝完，父亲才告诉我，这就是那只白狐炖的肉汤。我不相信，他就把白狐皮扔在我面前。"她眸中陡现痛苦神色，狠狠闭上眼睛，一滴泪混着血淌下来，不过一瞬，睁开时又是一副淡然模样，"我哭得几乎昏厥，他在一旁冷眼旁观，忽然蹲下身问我，想不想成为最强大的幻术师。

"他说，如果我想，就要记得现在的痛苦。失去得越多，越知道人最渴望的是什么，最希望看到的是什么，自然能化出最美好的幻术。"

原来，他以为她爱的是九天银河，殊不知，她喜欢的只是一尾有生命的锦鲤罢了。在幻术师眼中，没什么不能用幻术化成，换言之，世间没有真，亦没有假，真假难辨，对错难分，又如何能相信真心，付出真心？

"那时候，其实我心里很开心，父亲终于认可我，我终于能像其他的颜家儿女一样学幻术……"本该是欣喜的话，可她眼底却毫无喜色，半晌，淡淡道，"可后来才知道，他都是骗我的，他从来没有把我当作女儿，从来没有。"

顾绍桓眼中垒满疲惫，捏着她下巴的手颓然垂下："所以，你是故意接近我？骗取我的信任，破掉阵法与刺客里应外合……是谁派你来的？是我那表叔，还是一直觊觎顾家地位的沧州霍家，还是，为了剑冢？"

四周弥漫着灼热气息，她拖着铁链，在手腕上印出猩红血痕，却轻而易举地从他手中抽出玉笛，一寸一寸移至唇边："你不是，想听我吹笛子给你听吗？"

倘若你惹我生气了，就吹一曲笛子给我听，是他曾对她说过的话。他撑住额头，闭眼低笑一声："你不必这样……"

话却被高亢悠扬的笛音打断，几个铿锵的转折过后，紧紧拴在她手腕上的铁链忽然"轰隆"一声掉落，平地掀起狂风，将一室铁器吹得七零八落。他猛地睁开眼，原本被铁链捆得毫无挣脱可能的颜安像从天际流云走下来，白衣白裙没有一处完好，染上层层叠叠的血污，被风吹得扬起来，仿佛皑皑白雪中绽开铺天盖地的红梅。

他面色骤变，几步抢到她身侧，却被狂风吹得无法靠近。隔着风沙，她的面容渐渐模糊，语声却清晰："若说身上那些伤痕让我学会了什么，那便是知道信任和爱这种虚无缥缈之事，是世间最靠不住的东西。"

意识到什么，他陡然变得惊慌，嗓音沙哑颤抖，响彻在狂风中："颜安，今日你若走了，从此之后，你便是我顾家的仇敌，我顾绍桓，此生都不会原谅你！"

天地间裹上厚重浓雾，极轻的几个字伴着呼啸风声飘入耳中："忘了我吧。"

瞬息风止，红梅消失在虚无，若非一地狼藉，平静得简直像无事发生。

被狂风吹得几乎跌倒的顾绍桓喘着气撑着墙壁，不可置信地望着毫无生气的铁链，半晌，咳出一口血来。他怔怔看着掌心的嫣红，一贯风流的眼底只余颓然，忽然扬起讥诮笑意："连你也背叛我，我才真的是一无所有了。你们接连离我而去，我，当真如此不堪？"

炉底火焰照进他的眼眸，映出原本墨色的瞳孔，一只如洗掉墨迹，褪成浅淡琥珀。

异瞳究竟是吉是凶，自古皆无定论，我忍不住去问祁颜，他沉默半天，忽然说："我倒听说，异瞳之人，或是双魂之召。"

古籍有载，双魂症，即体内仿若有两个魂魄，不知何时哪个魂魄侵入意识，便不再记得另一个魂魄所为，行为举止犹如完全不同的两人。

我不能明白异色瞳究竟预示着什么，可经此变故，顾绍桓果真是一无所有，上天看似给了他全部，却在某一天突然收回，简直不能再残忍，与其这样，还不如从未拥有。

彼时距品剑大会不足一年，历任顾家家主即位时，皆能拔得头筹，也是让众人心服。可原本炼了九成的剑却毁在初冬的那一夜，如今赶制已是不及。顾家原本被旧时的家主牢牢握在手中，旁人不是没有想法，而是不敢有想法。眼下，只余顾绍桓一个，又能成什么气候。庄里人心涣散，各旁支皆开始精炼私藏宝剑，想在品剑大会一显神威，谋夺家主之位。

反观这位年轻的继承人，除过在葬礼那一日披麻戴孝，行三跪九叩之礼，之后的日子都将自己关在铸剑室，苦心钻研闭门不出。

之后江湖莫名生了几桩争端，皆与幻术有关，不知怎么渐渐就有传言，说颜家的庶女修炼幻术时走火入魔，从此堕入邪教成为不可一世的女魔头，连颜家家主也出面宣告，颜安已被他逐出颜家，从此再无干系。

腊月初八，落雪压弯竹梢，天边薄云惨淡，许久未见人影的铸剑室破天荒迎来访客。家仆领路到门前便躬身告退，一身黑色斗篷的颜欢几番犹豫，终于下定决心似的重重叩响门环："桓哥哥，桓哥哥，桓——"

厚重铁门陡然推开，她脚下踉跄几步，被人一把扶住。待站稳看清来人，她又蓦然低下头。几夜不曾阖眼的顾绍桓上身赤膊，手里拎了柄已成废铁的剑，正冷冷看她："你来做什么？"

她双颊羞得绯红，连看他一眼都不敢，将头压得低低："桓哥哥，你是不是还在怪姐姐？姐姐，姐姐她……有她的苦衷。"

"苦衷？"他冷笑一声，转身走进室内，"事到如今，她还会有什么苦衷？"将烧得赤红的铁器浸入冷水，霎时腾起水雾，"你千里迢迢从渝州跑来，就是为了说这些？没什么事就走开，不要打扰我铸剑。"

她摘掉兜帽，紧紧跟在他身后："我听说桓哥哥的宝剑被毁，来不及重铸，今天来，是替桓哥哥出主意的。"

他抬眼看她。

她像只受惊的小兽，惴惴直视他冰冷的目光："父亲说，从前我与桓哥哥的联姻仍然算数，还愿意献上宝剑一柄，供桓哥哥参加品剑大会。"

"哦？"他漫不经心把玩一柄废弃铁剑，唇边携了若有似无的笑意，指尖划过剑柄，嗓音淡淡，"条件呢？"

她眸色一暗，嗓音低了几分："父……父亲要《千法书》。"又鼓起勇气仰头看他，"桓哥哥，我知道你心系姐姐，可眼下情况危急，不如先答应了这门亲事，待到宝剑铸成，再……再退婚。"

熔铁的火焰嘶嘶作响，他随手将铁剑扔进隔间一角，目光淡淡扫过垒得几乎一人高的铁器，低低轻笑："你是让我用别人铸的剑去争品剑大会的头筹？"言罢起身欲走，"颜大小姐，若无事，请自便吧。"

她急急拽住他手腕，生怕他真的将她赶出顾家："这只是不得已而为之，况且，桓哥哥愿意眼睁睁看着顾伯父的心血被旁人夺去？"

提及亡父，他果然顿住脚步，转身上下打量她一阵，半晌，嗤笑一声："你愿意嫁给我？"

她颊边红云烧得更甚，轻轻咬住下唇，笑容明艳得像盛开的花盏："愿意的，桓哥哥。"

颜欢说得不错，整整一月，顾绍桓没有铸成一把利剑。何况，即使铸成，也需等十年后再用凉山生铁再次浇筑。品剑大会在即，又哪里有十年肯等他铸成宝剑。

正月初十，颜家与顾家结为姻亲，正月十六，颜欢携流光剑前来归一山庄。有了颜家做靠山，其余人想要轻举妄动，也要再三掂量。

彼时距品剑大会不足一月，看起来，顾绍桓只需将流光剑千锤百炼便可完成作品。流光剑本就是举世闻名的绝世宝剑，大家只闻其名未见其身，如今当真现世，霎时让躁动不安的各旁支心惊胆战。毕竟已有良好基础，再加上千锤百炼，不知会做出什么惊人的宝剑。

所谓山穷水尽疑无路，从前以为命运如行在颠簸山涧，披荆斩棘后总能拨云见日，可孰知拨开云雾后，眼前是座更高更险的山。

流光剑重铸失败了。

自从爱慕颜安后便再不饮酒的顾绍桓，却在那一夜喝得酩酊大醉，颜欢在他常去的酒肆中找到他，市井静得悄无人声，偶有几间作坊仍有灯火透亮，他伏在桌边，身上有淡淡酒气，手里还拎着尚未喝光的酒瓶。

从未见过他这般模样的颜欢不知所措，仓皇地拉起他复又跌回原处。这番举动好歹让昏睡过去的顾绍桓找回些许清醒，他眯了眯眼，像是要竭力看清眼前的人，许久，挑起嘴角笑了一声："我失败了，造不出绝世宝剑，顾家家主之位，恐怕要拱手让人了。"

颜欢的手仍搭在他肩膀，闻言错愕地看他："失败了？桓哥哥你这样厉害，又怎么会失败？"

他像是没有听到她的话，跌跌撞撞地站起身向店外走去，她赶忙扶住他，却被他一把推开。街市苍凉，他懒懒靠在门栏，远目天边月色，半晌，喃喃道："她离开是对的，我这样的人，又能给她什么？"

第二日，颜欢留下书信请辞，听闻笃意山上有座佛寺极其灵验，她愿在佛前祈求少主铸剑大成。世人在走投无路时总会仰赖信仰，其实到头来都不如信自己来得实在。

而今次，走投无路的顾绍桓似乎当真迎来柳暗花明，品剑大

会的前一夜，冷清许久的铸剑室陡然异光大盛，待顾绍桓披了外衫从卧房赶来时，院内已经围了不少的人，皆是被这响动惊醒。在顾家驻守三代的剑仆"扑通"一声跪下，朝着剑冢的方向拜了三拜，膝行至顾绍桓身前，激动得痛哭流涕："恭喜少主，贺喜少主，流光剑，炼成了。"

之后所见，皆如先前传言，顾绍桓凭流光剑在品剑大会大放异彩，震惊一众铸剑世家，令族内心服口服。四月初一，天边流云惨淡，日光稀薄，被剑气所毁的竹林长出细细竹尖，肃穆祠堂燃起袅袅青烟，是家主继任的那一日。宗堂上，受了各旁支跪拜的顾绍桓本该去剑冢参拜，却在典礼后屏退众人，独自一人闭目撑腮倚在宽阔乌木椅上，望着空无一人的广阔庭院出神。

天边云霞暗淡，几只鸟雀落在庭前，被脚步声惊得扑腾而起。繁复裙裾擦过高高的门槛，贴着冰凉的黑砖走到他身前。堂上悬了幅泼墨山水，在佛堂住了月余的颜欢穿了素净衣裙，未着粉黛的面容有些苍白，沉沉看他许久，抬手轻轻描绘他俊朗容颜，举间似乎仍有庙里檀香。

他在这轻抚中缓缓睁开眼，她的手停在半空，淡笑一声垂在身侧。他连姿势都未改变，眸色沉静如水："回来了？"

她微微颔首："回来了。"双手叠在腰间欠身行礼，"恭喜顾庄主炼出绝世宝剑，继承家主之位。"

他端起一旁的茶盏，漫不经心地拨了拨盖子："说起来，还要多谢你为我祝祷。否则，我也不会有今日。"

她直起身来，含笑看他："一定是我的诚心感动了剑灵。"顿了顿，垂下眼，"不论为绍桓做什么，我都愿意。"

茶盏停在唇边，他极慢地抬起头，若有所思端详她许久，微微眯眸："你叫我什么？"

她怔了怔，轻轻握住他的手，眼底眉梢皆是笑意："桓哥

灼灼桃花凉

170

哥。"

而我却想起一桩至关紧要的事，前尘镜中皆是秦昭此生难以忘怀的回忆，照理说流光剑中也该是如此。可为什么，颜安不见踪影，之后的记忆皆被颜欢替代？

若说剑中是顾绍桓的记忆，可刺客行刺那夜与我交谈的，分明是个姑娘的嗓音。

难道……

此情此景越发扑朔迷离，我被自己的想法惊得难安，连手心都沁出冷汗。

品剑大会告一段落，顾绍桓顺利登上家主之位，却没有退婚。也许是不愿背上忘恩负义的骂名，也许是日久生情被颜欢感动，总之不过半年，顾家在顾绍桓的治理下逐渐恢复昔日繁荣，将顾氏夫妇妥帖安葬后终于与颜欢完婚。

若说顾绍桓真的忘了颜安，可顾家发去江湖的悬赏令从未有一日断过；若说他没有忘记，却能与颜欢日日品茶下棋，仿佛曾经说过只想娶颜安一人的话，都是戏言罢了。岁月更迭，若说是夫妻，倒不如说是知己，只是相处的每一幕看上去都很眼熟，像是在哪里见过，终于想起这些画面如今已被顾绍桓一一画出来，挂在归一山庄的每一处墙壁，是对亡人难以自持的思念。

不过这也可以理解，颜安显然是有备而来，骗取顾绍桓的信任，再利用他的信任，从头到尾都没有对他动过一分真心。他若仍忘不了她，简直不能令人相信。

我不禁有些唏嘘，可又不知该唏嘘颜安的冷血无情，还是顾绍桓的情难长久。

世间多少情深，皆难共白首。

原以为这段往事渐渐现出原貌，像藏在深海的冰山一角浮出水面，可事实证明我再一次想错。

彼时距流光剑铸成已有一年，寺中佛祖灵验，却有许愿需还愿的说法。岁末年初，冰消雪融，颜欢收拾了几件冬衣，启程前往笃意山，原本只带了两个婢女。去书房请辞时，顾绍桓从书卷中抬起眼，道了句"山路曲折，绍桓陪夫人同行吧"。

　　颜欢微微讶然，在他的温和注视下，柔柔应了声是。

　　每逢初一、十五，寺庙香火旺盛，青烟薄雾拢上巍峨庙宇，庙前置了鎏金香鼎，落满燃尽的香灰。佛堂上金身神佛庄重威严，颜欢双手合十虔诚跪在莲花软垫上，恭恭敬敬叩首。几步外，顾绍桓抱肩倚在朱红门柱，漫不经心地望着殿中那抹清沉背影。

　　与供奉香火的小师父简单交谈几句，颜欢提着裙摆走出来时，顾绍桓正立在一株高大的红鸾树下，手里握了两条同色丝带，听到响动，回身牵过她的手，将丝带放在她摊开的掌心。

　　她接过来低头打量半天，眸色复杂："这是姻缘树，祈愿月老保佑与爱人长相厮守，桓哥哥你要……求这个？"

　　他若有所思地把玩手中丝带，闻言略略投去一瞥："你不是一向喜欢这些，今日怎么没什么兴趣？"

　　她怔了怔，眼底涌上轻快笑意："不是的。只是怕你……等我太久。"

　　巨大树冠开满淡色小花，似坠了雪的枝头绑着五色丝带，善男信女虔诚跪在树下低声祝祷。寺院深处响起礼佛声，树下僧人递上笔墨，两人分立长案两边，低头各自默写下祈愿。顾绍桓先一步写完，将写了字的丝带绑到略有些空隙的枝头，又绕到颜欢身后，视线越过她肩头，被她急忙侧身挡住。

　　他低笑一声，她回头狠狠瞪他，提笔飞快写了些什么，踮脚举了半天也没摸到枝头的边缘。花树投下斑驳日影，她在清冷日光下不情不愿地转过身，盯着足尖，小声道："桓哥哥，你来帮我一下，好不好？"

他好整以暇地看她一会儿，接过丝带轻松系上。同色缎带随风飘摇，他的笑声就响在她耳边，伴着僧人若有似无的唱经声，带着虔诚："我求月老，愿得一人永世白首。"微微偏头，贴上她耳郭，嗓音近乎呢喃，又有几分探寻，"你呢，写什么？"

风起，落花似秋雨飘零而下。她在花树的巨大阴影中缓缓垂下眼，嗓音多了分难以言喻的低落："不能说的，说了就不灵了。"

自从笃意山归来，不知是否沾染了青灯古佛的气息，颜欢行事越发沉稳，连笑都甚少露出，某次连顾绍桓都不经意问她，怎么近来话少了一些。

她看他的眼神一如初见时，带了两分羞赧三分怯意，只一瞥便垂眸绞着裙角，低声道："娘常说我太过顽皮，以后定然嫁不出去。姐姐却生性沉稳，很招人喜欢。果然连桓哥哥也⋯⋯还是比不过姐姐啊。"

他眸色沉了沉，不动声色地转开眼："你本就很好，何必与别人比较。"复又看向她，若有所思地问，"你姐姐现下，身在何处？"

她仓皇摇头："姐姐失踪后再未回颜家，连父亲也不知她究竟去了哪里⋯⋯"顿了顿，嗫嚅道，"桓哥哥你，如今还恨她吗？"

他视线在她眼底停驻一瞬，凉薄笑意自眼角漫开："我平生，最恨背叛。"

之后的景幕，与归一山庄的画像如出一辙，假若撇开顾绍桓有时若有所思的神色不谈，两人的确可称作伉俪情深，自觉没什么稀奇，才想拉着祁颜去剑冢附近转转，天幕却突然落起雨来。我与他双双回头，就见惊雷照亮半边夜空，原本在院中练剑的顾绍桓剑势顿收,足尖点地,几个起落间人已身在半里外的游廊。

冷雨荷风,如珠的雨幕将淮湖里才开的睡莲砸得瑟瑟发抖,游廊尽头一点微弱烛火,是等在那里煮酒看书的颜欢。他拍干身上雨水,行过去时她递上刚温好的新酒,动作从容行云流水,俨然看不出半点世家千金的样子:"刚从槐树下挖出来的梅花酒,本想凉着喝,可夜深露重又逢急雨,还是喝点温酒去去寒。"

他未落座,一手提剑一手将酒盏送到唇边,却没有饮下,只是垂眼漫不经心地拿在手中把玩:"今日的药粉,是不是下得少了些?还是觉得我练了许久的剑,夜里应当睡得沉,不必下那样多的药?"

她怔在原地,手还维持着递酒的姿势,蓦然觉得眼前寒光闪过,未收鞘的流光剑却像是不听使唤直逼过来。"哗啦"一声,壶中酒如天幕凉雨四溅,她扔下酒壶闪身避开,剑势却如游龙急转,下一瞬,剑尖比在她咽喉,割破细白肌肤,留下极细的蜿蜒血痕。她吓得动一下也是不能,浑身抖如筛糠,惊慌失措地看着他:"桓哥哥?"

大片乌云遮住玄月,唯余剑尖泛出冷光,他面无表情地逼近一分,眼底漫上层层冷意:"你究竟是谁?"

流光剑可破世间所有幻术。

当顾绍桓举剑自她头顶劈下时,我以为"颜欢"必定命不久矣,或许血溅当场死无全尸。才想闭上眼睛,却见剑身扫过的地方,未见血腥,却有水波在半空浅浅漾开,如石子投进平静湖面,白衣白裙的"颜欢"在水波荡漾间,如剥皮抽骨一点一点换了一副模样。

我瞠目结舌地看着眼前熟悉的面容。

失踪两年的颜安,完好无损地出现在顾绍桓面前。

同那夜如出一辙的暴雨倾盆,游廊外睡莲渐次花开。她淡然站在他身前,即使身份被揭穿,极漂亮的眉眼依旧没有半分不适，俯身扶起偏倒的酒壶，嗓音凉薄："你是什么时候发现的？"

剑尖点在桌案，被顾绍桓反手握住。他蹙眉盯着掌心纹路，像是不知哪里是真哪里是幻："你从前看书时，常将喜欢的部分折页，方便日后做抄录。喝酒时会在酒盏下配一副托碟，下棋爱用黑子，从不吃点心蜜饯，穿衣向来只穿素色。"抬起眼，挑唇笑了笑，"你真觉得，你化作旁人，能瞒得过我？"

她的眸光扫过自摊开书册上浅浅的印痕上，扫过明显不属于同一副酒具的酒盏和托碟，扫过未曾动过的莲花酥，低头看了看身上染了酒渍的白裙，忽而问道："那颜欢呢？"

他眯眸看她："你说什么？"

她目色坦然："那颜欢的喜好呢？你又记得多少？"莹白指尖托起下颌，她微微偏头，像是满腹疑惑，"你既从不喜欢她，又为何答应娶她？"

他唇边泛起一丝难辨笑意，却转瞬即逝，眨眼间依旧是意气风发的顾家小少爷："因为我早知道，那是你。"

她眸中闪过震惊神色。

"从你叫我绍桓的那一刻，我便知道，那不是颜欢，而是你。与我品剑下棋的是你，与我祈福祝祷的是你。"雨势渐深，将烛火吹得飘摇，忽明忽暗的微弱烛光里，他蓦然凑近她，姿势暧昧犹如相拥的情人，"连与我洞房花烛的，也是你。"话罢，他直起身，眸光自她绯红颊边扫过，挑起一边嘴角居高临下地看她，"我一直想看看，你为了骗我能做到什么地步，原来，你连自己都愿意舍弃。"

他凉凉望尽她眼底："你用幻术易容取代了颜欢，那她呢？现在人在哪里？"

她被逼得动弹不得，视线却望向他手中的剑，许久，嗓音听不出情绪："祭了铸剑炉。"顿了顿，"不然你以为，当真是佛

175

祖佑你，助你登上庄主之位？"

"咣当"一声，铁器应声落地，他不可置信地看着她："你逼她的？为了取而代之，连你亲妹妹也要杀害？"

她不说话。

他握着她下颌的手骤然用力，却只惹得她狠狠皱眉，连哼都未哼一声。

"起初我只以为你冷血无情，谁知你竟心如蛇蝎，世间怎会有你这般狠毒的女人！"

平地乍起惊雷，连荷叶都发颤，她凝目注视他良久，忽然如释重负地叹一口气，拂了拂淋了几滴落雨的半边衣袖："你识破了也好，我再不用日日装成她的样子，我本就不是她，也不喜欢变成她的样子。"

他琥珀色瞳仁越发浅淡，高深莫测地瞧着她："你从前对我弃若敝屣，如今肯回来，甚至乔装易容在我身边，"轻嗤一声，"是为了《千法书》吧。"

又一道雷声，刺眼光亮将夜幕照得无处遁形，她面颊上的红晕倏然褪尽，语声却从容："我的确伤了你的心，也的确是为《千法书》而来，你想杀了我，也无可厚非。"

"哦？"他若有所思地打量她片刻，"如今你却舍得死了？看来，你用性命护着的人，不再需要你了？"

她容色越发雪白。

他漫不经心地打量她的表情，分明是不在意的神色，说出的话却像利剑，一下下戳在她的心口，恨不能带出层层血肉："可死是这个世上最容易的事，若只是这样，也太便宜你了。"言毕笑了笑，拇指擦掉她颊边雨水，嗓音压得极轻，"我会把你在意的东西统统毁在你面前，让你生不如死。你想走，我偏不让你走，偏要将你留在身边，让你日日望着剑冢，望着你想得到的《千法书》，望而不得。"

他慢吞吞地从袖管里摸出一幅画像，握住卷轴一点点铺开，画中男子锦衣玉带，眉目俊朗清秀，唯有右耳郭缺了一角。

"你化成颜欢的样子，每月初四都会在我的饮食里下药，只为了在淮湖畔与人秘密相会，想必就是你宁死也要护着的人吧。"他的视线自画卷移上来，眸中蓦然泛出几分冷意，"那个人，是不是他？"

烛火幽微，照亮半幅画卷，只一眼，她面色倏然惨白。

他露出了然神色，一把扣住她手腕将她拽至身前，紧紧贴着他，五指发力，捏出几道鲜红的血印："我被你骗了一次，断不可能再被骗第二次。"末了松开手，她身形不稳晃了几晃，他却恍若未见，轻轻击了几下掌，凭空中跃下几个黑衣人，单膝点地跪在游廊前的雨幕。

"将夫人带回卧房，严加看管。"言毕，他转身离开，复又想起什么似的顿足，冰冷目光自她泛出乌青的手腕扫过，唇边扬起凉薄笑意，"我竟忘了，夫人的幻术一向厉害，连铁链都锁不住，如此，只能重新想个法子了。"

自古多少悲情皆是因爱生恨，有句话说，爱之深责之切，在顾绍桓看来，从前有多爱她，如今就有多恨她，他恨颜安因别人欺瞒背叛他，恨她在双亲俱亡时包庇罪人弃他而去，他恨她的冷漠无情，更恨她依旧能若无其事地陪在他身边。

可这一切于颜安而言，却都无足轻重，一切缱绻柔情，在她的眼里，不过是一场可以化出的虚假幻境罢了。

隐约记得有句诗是形容此情此景，话到嘴边又实在想不起来，我刚想去问身旁始终默不作声的祁颜，回头却见他正望着缓缓消失的景幕若有所思。天边冷光越发暗淡，黑暗自天地袭来，唯余眼前一片灰黑画卷，祁颜一身白衣风姿翩然，倒有几分谪仙的味道。

177

大约是察觉到我的目光，祁颜微微偏头，恰好撞上我有些迟滞的神情。他眼底现出难辨神色，施施然打量我半天："看什么？"

　　我慌忙低头，掩袖干咳一声："我才要问你，你又在看什么？"

　　祁颜收回视线，沉吟片刻："这人……"

　　我问："怎么？"

　　他微微蹙起眉，良久，才道："似乎有我师父年轻时的几分影子。"

　　我怔住。

　　白衣真人身份本就神秘，连祁颜亦无法说明他今夕究竟多大年岁，似乎从国君年轻时便是如今鹤发童颜的样貌，几十年过去，不变分毫。可算起来，顾绍桓还比国君小上几岁，照理说，与颜安相会的若真是白衣真人，也不该是年轻时的模样。想了想，我犹豫地问："你师父他……有没有什么同父同母的亲弟弟，还是差许多岁的那种？"

　　祁颜眼风瞥过来，一副拿我没什么办法的神情："即将位列仙班之人，哪里还会有血缘至亲。"顿了顿，同我道，"年幼时我在静水崖修行，曾见过一幅画像，印象中似乎与这人有些相似。师父当时与我说，那是他年轻时候的样子。不过……"

　　"不过？"

　　他微微思量，又道："不过师父年轻时倒与他如今的模样有些不同。"

　　我想了想，说："也许是修行后容貌有变？"

　　祁颜听完不置可否，于是我也不在此项纠结，转而想起颜安方才所言，说颜欢以肉身祭了铸剑炉……

　　古籍曾记载，每柄剑皆有剑魂，却未曾言明如何唤醒。而传说有一种上古禁术，是以肉身骨血祭祀宝剑，方能唤醒剑魂。只是正常人都不会尝试这种方法，且不说上古秘术极可能被反噬，就说要以命祭剑，又有几个铸剑师会心甘情愿，即使能造出名垂千古的宝剑，可命都没了，留名又有何用？

自那日起，颜安便被关在卧房，她的十指扣上厚厚的铁环，再也不能结出漂亮的印。而许多年不曾干预江湖事的归一山庄忽然放出江湖暗杀令，只言若有画像中人的消息，赏千金，若将其项上人头献给归一山庄，赏万金。

若说颜安此次易容归来只为了《千法书》，我觉得不尽然，得到《千法书》有千种万种方式，为什么偏偏选择了最冒险的一种，其中究竟有什么缘由，还有待商榷。

至于顾绍桓，对她仍是一如从前，出门时也时常将她带在身侧，连同族人商议大事，她依然坐在他身旁侧首，细长手指拢在宽大的衣袖中，没有分毫避讳。族内皆言顾绍桓十分疼爱妻子，乃是当世人夫楷模，却不知这楷模，私下竟是另一番模样。

平时与常人无异的他，时常会在睡梦中将她叫醒，轩窗漏进几缕月光，映出一张毫无表情的脸。他单手撑住瓷枕，不顾她睡意蒙眬，冷冷问她幕后主使的去向。或是在极冷的秋夜带她去淮湖湖畔，望着凋零荷叶枯坐整晚。他不舍得真的伤害她，就用这种方法折磨她。

偶有几次，他归来时喝得酩酊大醉，就一言不发地坐在床头撑腮若有所思地望着她的背影出神，那神情倒有几分从前初见时，他常常隔窗看她读书写字的模样。有句诗说人生若只如初见，后头跟着的是一句何事秋风悲画扇。祁颜同我讲解时，表示这是表达人们美好夙愿，若一切都如初见时美好，大约也不会有后来的决绝伤害。

却没有人想过，也许正是因为世人普遍都对即将要发生的事抱有太高的期许，才会在不如意时伤心失望呢？

传说剑冢里藏了数千柄神剑，每一任家主会从剑冢中挑出一柄最趁手的贴身佩戴，而继位前铸成的宝剑则会放入剑冢中，待数十年后下一任家主观摩挑选。族中不少长辈劝顾绍桓早日入剑冢，都被他一一拒绝，问其原因，他只漫不经心地说时日未到。可我却知道，是那个答应陪他一起去剑冢的人，如今再不能陪他一同进去。

　　没有人知道颜安是不受宠的颜家庶女，只以为她是颜家的掌上明珠，时常与年轻的庄主出双入对如胶似漆，即使她依旧陪在他身边，即使在外人看来顾氏夫妇依旧恩爱，可终究有什么不一样了。

　　顾家虽沉寂多年，但隐埋在江湖中的势力却不容小觑，短短一月时间，已得了关于幕后主使的不少消息，只是每则消息均是只言片语，而真正的谜底，却越来越扑朔迷离。

　　那一日残阳融断枯枝，闭门许久的颜安破天荒地去淮湖湖畔散步，回房途中想起酒具落在水廊，返回去找时，恰好听到书房未合拢的轩窗后，响起陌生的人声："如今旁支的几房皆不安分，庄主……"

　　而后是冷淡嗓音："你待如何？"

　　来人道："庄主可与其联姻，方可安他们的心。这是最容易，也是最简单的办法。"

　　话音未落，窗沿下"啪"的一声，婢女急急推门而出，看清来人时训斥的话陡然收住。身后脚步声渐近，颜安垂眸捡起地上碎片，嗓音淡得无波无澜："抱歉，扰了夫君商量正事。"

　　顾绍桓皱眉看她一会儿，却一言未发，倒是来人不动声色地瞥去一眼，转而道："还请庄主三思。"

　　被颜安握在掌心的黑釉碎片从指尖滑落，划出一道殷红血痕，一旁婢女低呼一声，才要相扶却被人抢先一步。顾绍桓拽住她半边手臂猛地用力，隐在袖中的铁链跟跄几声，她已被他拥在怀中。

"这些小事交给下人做就好，何必要亲自动手。"他心疼地握住她指尖，小心翼翼地避开伤口，"怎么不知道当心些。"

她在他怀里极轻地一颤，他却像浑然不觉一般，耐心看她半晌，确认除过手指并未伤到分毫，眼底那抹温柔倏然冷淡，只余唇边一抹若有似无的笑意："好。"

气氛如黏胶沉寂，婢女很有眼色地将那人带去前厅喝茶。待两人背影消失在月亮门后，顾绍桓不动声色地放开紧紧拥住颜安的手臂，理了理衣袍转身欲走，经过她身侧时却被一把握住衣袖，厚重冬衣下铁链"哐当"一声。

"要娶的人，可已有了人选？"

他站定，微微偏头看她："你不愿意？"嗓音隐隐有期待，"若你不愿，我不会娶她。"

她缓缓起身，深深垂眸："你的事自然自己做主，又何必来问我。"

他沉沉看她一会儿，眼底光亮如被暴雨浇熄，一寸一寸归于暗淡："你是我明媒正娶的夫人，纳妾之事不经夫人应允，外人岂不是会觉得我冷血无情。"漫不经心地弹了弹衣袖，"既然如此，还请夫人准备，十日后，纳新人进门吧。"说罢手指扣上佩剑，流光剑出鞘一寸，割断玉佩挂绳。

冷风扫过几片枯叶，伴着几缕缨络擦过曳地裙裾，她站在空无一人的院中，双手仍然维持着握紧玉佩的姿势，不知在原地站了多久。

顾绍桓纳妾这回事，一时成为坊间笑谈，百姓皆言果然浪子回头都是伪装，纨绔公子到底本性难移，一生只娶一个女人只能是闺阁少女的美好凤愿，现实往往都很残酷。而顾绍桓也最终决

181

定纳旁支的一位名为邵凌霄的庶女为侧夫人。

平妻不比正妻，成婚礼数要简单许多，可邵家在江湖上多少有些名声，虽不如当日颜家掌上明珠与顾氏庄主大婚，到底也要做些排场。许久未有喜事的归一山庄张灯结彩，一派喜乐融融，典礼前一日，管家战战兢兢来请夫人验收多日忙碌的成果，化成颜欢面貌的颜安罩了一件淡色斗篷，衣摆绣了大朵睡莲，坐在满目喜色的礼堂，尤为格格不入。几个婢女恭敬地站在厅外等候差遣，她没什么波澜的视线扫过大团绣球，扫过龙凤高烛，在厅堂正中的喜字停了一瞬，又不动声色地转开。

管家小心打量她的神色，犹豫上前："夫人您看……"

她微微颔首："这喜堂，很漂亮。

当日下午，小厮前来通传，说颜家遣人来问候夫人。颜安顶着颜欢的模样出去时，恰好碰到院中的召隐。他上下打量她许久，缓缓道："看来师姐在这里，过得并不好。"

她眸光微动，笑了笑："一切既是我的选择，好与不好又有何分别？"

他看她半天，忽然道："师姐，与从前不同了。若师姐过得不开心，我便带师姐离开。"

待他的背影消失在垂花门外，她站在空无一人的廊下，摇了摇头。他想带走的是颜欢，并不是她。

流光剑的幻境仿佛巨大的藏宝阁，埋藏了太多的秘密，而谜团看似被我握在手中，走进去才知道，只是开启了一道门，后面还有无数道尘封的门等待开启。本以为先前颜安所言，是察觉到什么不为人知的动向，譬如顾绍桓果真会回心转意，在大婚前一刻放弃迎娶邵凌霄，转而与颜安双宿双飞什么的……

将这桩想法说与祁颜，他听完后不置可否，沉思半晌表示我从前基本不会对风月之事抱什么美好夙愿，如今竟会有此类不切实际的想法，真不知是好事还是坏事。

我旋身在他身前站定，踮起脚拍拍他的肩膀，道："人总是要进步的嘛。"

祁颜："……"

看过曾经的秦昭，如今的颜安，大约明白女子心中所求姻缘不过"唯一"二字，可当今世俗似乎很难满足。我不禁思考若祁颜有朝一日登基，让他新修一道圣旨，说男子只准娶一位女子，会不会被那些家中三妻四妾的男人联合起来篡位呢？

不论如何，大婚那日顺利得不可思议，新郎一身大红喜服风姿卓然，唇边含了疏离浅淡的笑意，本该是大喜的日子，却在招待宾客时有些漫不经心。族中长辈一一落座，礼官在庭前高声唱喏，喜堂上也没有出现"我反对这桩婚事"的抢亲之事，倒让我有些失望。拜过天地，宾客道着恭贺入席，我摸摸鼻尖，也准备去宴席观礼，却忽然停住脚步。

等等，失望？

我竟会觉得失望？

我……果真是进步了吗？

这一日，颜安没有出现，直至丝竹乐声靡靡消弭，喜宴宾客四散归家，也没有见到颜安的半分影子。照理说这段记忆观无可观，该自动进入下一段幻境，可是等了半天，直到月上中天，顾绍桓不胜酒力退下宴席，一双新人的卧房熄灯安寝，也没有分毫要结束的意思。

神器中的幻境，是封印在神器中的人最难忘的记忆，也就是说，接下来一定还会发生什么令记忆主人难以忘怀之事。我百无聊赖地在淮湖边赏雪观月，看着来来回回走了许多遍也未留下半分脚印的雪地，一抬头，却看到换下喜服只着了纯白衣袍的顾绍桓，从颜安房里转了出来，掸掸微皱的衣襟，行色匆匆向后山竹林行去。

我愣了愣，拉着祁颜跟了上去，越想越觉得不大对劲。我是亲眼看着顾绍桓进了洞房，如今他又怎么会从颜安的房中出来，除过两个卧房中间挖了条地道，实在想不出第二种可能。

除非，眼前的顾绍桓，是颜安所化。

这桩想法很快就得到证实，因为"顾绍桓"所去的方向，不偏不倚，正是归一山庄守卫森严的剑冢。颜安这一路行得畅通无阻，偶尔遇到值夜的小厮，都被她三言两语糊弄过去。虽然下人心里也在琢磨为什么春宵一刻值千金，他们少主不要千金反而要去剑冢，想来想去只可能是少主内心其实是个剑痴，大婚当夜对宝剑的兴趣比对新娘子更甚。

她在等，她竟在等这样一个日子，等顾绍桓最疏于防范之时，等他大婚的当夜易容潜入剑冢，完成她答允他人之事。

竹林尽头，覆了厚厚霜雪的古朴建筑隐在浓浓夜色中，唯有巍峨门楼前殷红似血的"剑冢"二字格外显眼。雪地留下一串浅浅脚印，她在宽阔铁门前站定，微仰头看着这座不允许外族人踏入一步的神秘禁地，半晌，抬起手，叩响门。

咚，咚，咚！

三声沉闷响声过后，看似无坚不摧的铁门吐出岁月的喘息，"吱呀"一声，颜安没什么表情地看了眼黑漆漆的室内，身形一闪便不见踪影。

我与祁颜紧紧跟随，生怕出现铁门忽然关上而我们完全不能看到剑冢里面究竟发生了什么这类尴尬事情，还好并没有发生。原本以为顾家数百年的禁地多少会有些暗器机关，事实上一路都很安全。摸黑行过狭窄通道，眼前豁然一片开朗，放眼望去是座数丈见方的石洞，四周堆砌着废旧石堆，石洞尽头是道仗高的石

灼灼桃花凉2

184

门，上刻古旧的繁复花纹，颜安立在门前一点微弱火光中，右侧十步外是一张石床，一位白发婆婆正盘膝坐在上面打盹。若没有猜错，这该是剑冢唯一的守护者。

我暗忖传说中生人勿进的剑冢防守是不是太松懈了些，却见那老人缓缓睁开眼，灰白眼珠竟不能视物。她摸索着握上一根竹杖，杖尖轻轻敲在凹凸地面："少主？"

大约还不习惯改变称呼，婆婆跟跄着行到颜安身前，枯树般的手指在触到她肩膀前一寸，被她侧身躲开。婆婆愣在原地，颜安神色难辨地看她一会儿，手臂一点一点抬起来，拉起那只枯瘦的手贴在颊边，开口时嗓音带了几分暗哑："源婆婆。"

婆婆迭声答应，毫无焦距的眼睛露出真心笑意："老身待在这空无一人的剑冢不知多少时日，前些年偶尔还能听到小辈们在外面竹林里玩耍比试，近来却什么动静都听不到了。不知外面今夕何夕，是晴是雨，更不知少主身量竟长了这样多。"她颤颤巍巍地收回手，"今日却隐约听到些丝竹乐声，可是庄里有什么大喜的事？"

颜安不动声色地打量她半晌："没什么要紧事，不过是族里有人成亲罢了。"

源婆婆慈祥微笑："少主两年前来陪我这老婆子闲聊，说会带一个姑娘同入剑冢，那姑娘……"大约没有听到人声，茫然向她身后张望，"可是带来了？"

可到底是眼盲之人，也张望不出什么，倒是颜安神色顿了顿，她答非所问道："我今夜的确是来此取剑，还请婆婆为我开门。"

"今夜？现下竟已是深夜？"源婆婆惊讶，"少主深夜来这里，可是遇到了什么急事？"她身量本就不高，更是因年迈佝偻着身体，显得尤为单薄。空旷石洞荡起极细的回音，颜安在微弱火光中伸出手——起初我以为她要摩挲石门上的古旧花纹，可她却将手指搭在光秃秃的石床上，一寸寸抚过光滑石面："婆婆是不是，管得太多了些？"

源婆婆愣了愣，笑着咳嗽两声："是老身多事，少主挑今夜入剑冢也无妨，只是依照规矩，须得饮下剑冢井水，验明正身。"

起初我不能明白，剑冢的守卫简直形同虚设，究竟是靠什么阻挡了觊觎宝剑的一波又一波的打劫强抢。如今才知，剑冢之所以被设为禁地，是因它本身自带灵体，单凭地下井水便能验证是否为顾家嫡传血脉，否则别说盗取宝剑，连内室的门都无法打开。

就在我纠结颜安的幻术是否强大到连剑冢也能骗过的时候，颜安已经毫不犹豫地仰头喝下源婆婆递来的井水，不知水会如何验明正身，又是否会给她带来伤害，她全然不能考虑，因为这是她唯一的机会。我死死屏住呼吸等待，原本静极的室内却陡然响起利器破空的蜂鸣声。一道幽蓝剑光自室外贯穿而入，几乎眨眼已到近前，她下意识闪身避开，碗中澄澈的水却一滴不落地灌入喉管。

此情此景说不出的诡异，两个长相一模一样的人面对而立，红衣的愤怒持剑，白衣的淡然垂眸。

流光剑劈下，幻术化作万千光华，顷刻消弭。近旁石堆"轰隆"一声碎成几块，顾绍桓立在四散飘扬的尘土里，身上是穿得妥妥帖帖的大红喜服，似乎从未脱下："我故意露出破绽假意醉酒。你，果然一刻都等不得。"大约失望到极致，他眼底只剩颓然神色，"颜安，我多希望不是你。"

她默然垂眼，一副无话可说的模样。他一步一步走到她身前，一把拽住她手腕："同我回去。"

她瞥他一眼，忽然挣脱他的桎梏，一言不发跃向石门。我这才看清石门边上有个极其隐蔽的机关，不细看根本无法发觉。

顾绍桓脸色大变，眼看追上已是不及，只好一剑刺向墙壁机关试图将她拦下，可剑不知怎么就刺偏，剑尖直至她后背。这一剑攻势猛烈，要收势已是来不及，情急之下剑尖一转，却偏向几尺外眼盲的婆婆。大约是感知到什么，婆婆慌忙攥紧竹杖，可顾绍桓剑法卓绝，又哪里是一根竹杖可以抵挡，眼看幽蓝剑锋携着凌厉之势逼近，眼前忽然白影一闪，下一瞬，剑尖没入颜安腹中。

不知发生什么的源婆婆焦急地转动脖颈，却看不到眼前所见。温热液体溅到顾绍桓茫然的面庞上，她终于支撑不住倒在他怀中，被他一把拥住，伤口冒出汩汩鲜血，滴在他雪白软靴上。

"为什么？"他嗓音发抖，空出来的那只手死死按在她伤处，"为什么要挡下那一剑？"

她唇色白得厉害，却用尽力气转头看向瑟缩在角落里的源婆婆，终于放心似的闭上眼睛。

族中大夫急急赶来，因颜安伤势严重，只能就地医治止血。顾绍桓握紧沾满黏稠血液的手，看大夫小心翼翼将流光剑拔出来，血液四溅，哑声问道："她怎么样？"

大夫用力裹好绷带，又搭上她脉搏，片刻后震惊道："夫人她……已有四个月的身孕。"

他怔在原地，浅淡如琥珀的眼眸里俱是不可置信。他一把推开大夫走过去，脚下却一个趔趄险些摔倒，不过三步的距离，每一步却都像是附着万钧。水滴"滴答"一声从洞顶坠落，他跪在她身前，双手颤抖抚上她的伤口，又像是在抚摸别的什么："不可能，她怎么会……她一定是用了幻术骗我，一定是！"

年迈的大夫伏低身体，颤声道："庄主大人，老朽世代从医，绝不可能断错啊……"

颜安的孩子死在腊月初八。

入夜时天空飘下漫天大雪，饶是卧房堆满熏得通红的炭盆，帷幔后颜安的面色仍然惨白。婢女仓皇端出一盆盆血水，大夫一边擦汗一边哆嗦看火煎药，六扇开合的红木屏风外，顾绍桓单手撑额，紧抿的薄唇毫无血色，仿佛他才是中了一剑的伤者。忙碌一夜，颜安的血总算止住，只是整个人虚弱得厉害，躺在重重帷帐后剧烈地咳嗽。

大夫擦着手上血迹，躬身禀报："回禀庄主，夫人伤及身体，以后怕是不能再有身孕……"

他眸光极轻地一闪："她如何？"

大夫欲言又止，连连摇头："恕老朽无能，只能为夫人止血，却做不得其他。"顿了顿，"能不能过今夜，全看命吧。"

开启的门带进几片风雪，顾绍桓停在帷帐前，手臂抬起来又放下，只无言看着榻上的人影，半响，忽然道："你早就知道了是不是？"

无人应他。

"早就知道你怀有身孕，早就知道那一剑可能会让你丧命，可你还是心甘情愿挡下它。颜安，同我在一起，当真这样委屈你？连我们的孩子，你都不愿意留下？

"我以为将你绑在身边，总有一天，你会真心喜欢上我，待我大仇得报，我们还能如从前一般……"烛花爆出噼啪轻响，他极低地轻笑一声，"原来，一切都是我一厢情愿罢了。"

她额角仍有细密冷汗，想必早已虚弱至极，可仍执拗地看着帷帐上投出的人影："有些事，从开始就已经注定，即使有过虚幻美好……"猛地咳嗽两声，平复许久，才喘着气笑道，"也全都是假的。"

窗外雪落无声。

婢女悄无声息地掀帘送药，递给顾绍桓后躬身退下，他倚在门槛不经意向室内一瞥，又猛地顿住。榻上颜安鬓发被汗水打湿，露出白皙脖颈，他的目光晃了晃，几步进去将她的领口完全扯开。本该是如白瓷一般毫无瑕疵的肌肤，却遍布伤痕，依稀可辨是陈年旧痕，只是伤口太多，一层叠着一层。方才听大夫含糊提了句夫人身上有旧伤，却不想，竟然会伤成这样。

　　大约知道如今也无可隐藏，她淡淡闭上眼，将头偏至一旁，只在温热指尖触到旧伤时极轻地颤了颤，许久才漫不经心拢上衣襟，忽然问道："你可知道，如今守着剑冢的那位婆婆，是谁？"

　　他皱起眉。

　　"她是我母亲。"她说出这样惊人的话，容色却没有半分改变，只是眼角稍稍提起来，露出一个讽刺笑意，"很可笑吧，她还未及不惑之年，已经蹉跎成那副模样，绍桓，你也不能相信，是不是？

　　"你大概也从来不知道，为什么颜家和顾家会是世交，分明对幻术一窍不通的顾家，为什么会藏有《千法书》这种秘籍。"她长长叹一口气，嗓音淡得似乎是在讲毫不相关的故事，"我母亲姓源，祖上也曾是幻术世家，第一代家主因著《千法书》闻名遐迩，当时在江湖亦是风光无量，可后来家主得罪了仇家，遭人暗算，家主死里逃生，因着与顾家有些私交，便将《千法书》交由顾家保管，之后被仇家追杀身亡，连家族也死伤无数，这时颜家出面收留了族中女眷，看似好心，却暗中逼问《千法书》的下落，得不到秘籍，便将源氏世世代代沦为颜氏的奴仆……"

　　话罢，她猛地咳嗽几声，不动声色将袖口掩起来："原本《千法书》被藏得很好，顾家无人懂幻术，自然无人惦记这本至高无上的秘籍，直至百年前的一任家主无意间发觉，原来《千法书》中记载，源氏血脉天赋异禀与常人不同，若用其精魂来养剑冢，便可保肉身祭剑的禁术再无反噬。"说到此处停了停，大约是费了太多的精神，她疲惫似的闭了闭眼，语声怆然，"肉身铸剑……听起来很熟悉对不对？原本顾氏铸剑，柄柄皆要人魂，可这样的方法实在天理难容，于是百年前便被家主视为禁术，勒令其子孙再不可使用，直至……"

似乎想起什么不愿提及的往事，她低低笑了一声，许久，才道："直至我母亲出生。她生得貌美，父亲，他……便在一次醉后……我三岁时，母亲从颜家消失，我找了她那么多年，才知她被送往剑冢，以精魂养剑，才会衰老至此……"

夜风呼啸着拍打窗棂，大雪纷纷，他脸色已是苍白，身形站不稳似的猛烈一晃，嗓音喑哑："若真如你所说，这些秘辛，你又怎么会知道？"

她极慢地转过头，一双眸子无悲无喜："你还不懂吗？我便是为你们顾家而生，为你而生，直到你继位，用我的命为你守护剑冢，换给颜家《千法书》。这样好的交易，又有谁会拒绝？"

他身子猛地一晃，那双杀伐果决握剑的手，几乎端不稳汤药，褐色汤汁溅在雪白锦被，洇开模糊的水痕。

"你想知道这些伤是怎么来的？是父亲为了剑冢能吸收精魂，必须要让守冢人的身体习惯剑气，最简单的方式，便是割破血肉，将剑气逼入。""啪"的一声，瓷碗摔得粉碎，她的声音响在这瓷器碎裂的响声中，淡淡道，"一千多个刀口，整整五年。"她仰头望向茫茫帐顶，"我最初声嘶力竭地求父亲放过我，后来求母亲救我，可是我喊哑了嗓子，也没有见到一个人，漫天神佛也没有一个来救我。你总说我冷冰冰的，其实小时候我也经常与颜欢一同去笃意山进香请愿，后来就再不去了。"

她眼角泛出水泽，嗓音淡淡，断断续续地说："是他出现，教会我如何用幻术躲避每日的伤害，才让我免受折磨活到今日。这世上，他是头一个对我好的人，所以他要什么，我便给他什么。我的一生，从出生起就已经注定，我不能背叛他，也不愿舍弃你，只好放弃自己。从一开始，我便不是为了《千法书》，那些刺客也不是为了剑冢，只是为了救我母亲罢了。"

他喉结艰难滚动，许久，才发出嘶哑的声音："这些，你为什么不早点告诉我？"

她强提起一口气，嘴角攒起一点若有似无的笑意："原先母亲在时，曾告诉我世间万物皆是虚假，唯有自己是真。所以我从来只信自己，直到我遇到你，方知造化弄人。"渐渐涣散的眼睛里溢出琉璃般的光华，"很有趣是不是？血脉这样的东西，即使想违背都不可能，我的母亲已经变成那副模样，我生来便该为你养剑魂，甚至我的孩子……"

他颤声打断她："颜安，你情愿独自背负这些，却不愿信我。"

却不愿信我。

她低声笑了笑："我又如何不想信你，可我不能，我这样的人，只能相信世间一切皆是虚妄。只是如今再说这些……已经来不及了，我本血肉之躯，又如何能改变，过去那五年的剑伤，剑气早已入了五脏。我早知时日无多，又被你囚禁起来，还不如拼尽全力试一试。可最终还是……我救不了母亲，也救不了自己……"最后已近乎呢喃。

他近乎跌倒在榻前，却轻轻拥起她，仿佛怀中是世上最最珍贵的珍宝："颜安，不许睡，你不能睡，我会陪着你，陪你一起想办法，总会有办法……我不要复仇，也不会再逼你，孩子，我们可以领养一个孩子……"

光华逐渐消散，像是累极一般，她在最后的自语中缓缓闭上眼："事到如今，再说什么也无可挽回。就这样吧，绍桓，就这样吧。"

这一夜，归一山庄无人安眠。

万幸，族中大夫医术高明，颜安昏睡五天五夜，终于从鬼门关逃脱出来。

灼灼桃花凉2

我终于看到家仆口中那场铺天盖地的大雪，飞扬雪花覆上琉璃青瓦，覆上粼粼淮湖，天地间只余苍茫雪色，洁白无半点瑕疵。颜安就是在这样的雪夜里不知所终，一同消失的还有《千法书》和源婆婆。全然不能想象她是如何拖着这副残破的身躯离开顾家的。

　　当夜，顾绍桓在书房枯坐整晚，第二日，孤身一人进入剑冢，出来后却大病一场，病后再不能用剑，还忘记了一些往事，只记得他是顾家庄主，被颜安欺骗，娶了颜家的掌上明珠为妻，可颜欢体弱多病，成婚不过一年便香消玉殒，如同不知真相的众人所见一般。其余诸事，皆遗忘在那一场绵延许久的病中，再不能记起。而侧夫人邵凌霄，也在不久后，因为言语间冒犯了先夫人被遣回了娘家。

　　第二年，族中长辈以嫡系血脉不能断为由要顾绍桓另娶，他却在旁支的亲信中过继一子，取名"不忘"。众人皆以为他是惦念亡妻，只是每到落雪冬夜，婢女偶尔会在彻夜燃着烛灯的书房外，听到他在梦中呢喃："我顾家是亏欠你许多，可你，还欠我一个一生一世。你情愿独自背负这些，却不愿信我。"

　　五年后，渝州颜氏夫妇死于一场门派内乱，江湖中霎时流言四起，众人皆言沉寂多年的女魔头颜安归来复仇，不少曾经欺辱过颜安的颜家人人心惶惶，只是自那之后，颜安便再无踪迹，传言也日渐消弭，终于无人再记得，世上曾有一绝代女子，幻术卓然。

　　从流光剑的幻境中脱身而出时，寅时刚过，还未到黎明。深邃夜空中一轮弯月，几只萤火虫落在层层叠叠的花树上，巍峨门楼隐在竹林深处，淮湖深沉似墨，归一山庄静谧无声，一切与幻境中全无二致，似乎没有人记得，二十年前的那场大雪掩埋了多少秘密，曾经有个眉目淡漠的姑娘，在漫天落雪里来去得无影无踪。

我小心翼翼地将流光剑捧起来，幽蓝剑尖上似有火焰舔舐，却毫无温度。我拔剑出鞘，低声说："颜安。"

身旁祁颜侧目看我，许久，空寂夜中响起清淡女声："你既将前尘往事看了通透，自然该知道，凶手不是他。"

顾绍桓请遍秘术师来为他医治，确然是他体质异常，却不是因为下蛊，而是患了双魂症。所以他的眸色才异于常人，呈双色异瞳。可，也许是他其中一个魂魄杀了人而不自知呢？再者说，他的伤势又该如何解释？

而我也终于明白他为什么会说他的妻子死于二十三年前，为什么画像上的脸都是空白，为什么召隐会说他的师姐至死都不会使剑，又为什么在幻境中，在颜安再次归来的时候，他会做出那些完全迥异的举动。颜欢自然不会使剑，会使剑的是颜安。

他始终爱颜安，可又恨她背叛他，至死不愿相信他，所以生出了另一重魂，一重魂爱她，一重魂又恨着爱她的自己。而在他心里，颜安早就死在二十三年前，那时他们初初相遇，天边一轮孤月，她在竹林深处告诉他，她叫颜安。

我想了想，问她："后来你去了哪里？又怎么会被封在这剑中？"

剑里的声音顿了片刻："是他救了我，把我接出归一山庄，又将我母亲安顿好。只是母亲她……在剑冢待得太久，不过半年也故去了。我伤好之后发觉小妹的魂魄仍在流光剑中，便用我的魂去换了她的魂。"

我继续道："所以，顾绍桓根本不知道被封在这剑中的人是你？"

她淡淡道："是，他不知。"

我将这番话反复思考了三遍，重新打量流光剑上的幽暗微光，又问："可是……换魂？为什么要换魂？"

她语声淡淡："人这一生寂寞孤冷，总要有人陪着他。顾家家主这样的地位，他身边的人又有几个真心待他，连我也……"微微停顿，"唯有小妹，是真心待他。若能以我代替小妹入剑，自然最好不过。"

我不可置信道："你愿意用命去换颜欢出来？成全他们两人的幸福？"

湖水潺潺，幽寂庭院似乎浮现出一抹浅淡人影，墨发白裙，容色冷淡，唯有眼角一点点挑起来，溢出万千华采，"从前母亲说，想要成为最强大的幻术师，定要断情舍爱。可我这一生化出的最美好的幻术，就是将我变成颜欢。那段日子……"浓云压月，淮湖拢上一片暗淡颜色，"后来幻术被破，我也再没什么利用价值，想化成旁人陪在他身边也是不能。我与他已再无可能，不如就给他们一个白头偕老，又有什么不行的？"

世间诸事，不是简单的对错，非黑即白，那些处在中间地带的灰，没法判断是对是错，就像颜安说她亏欠顾绍桓，可顾绍桓也亏欠了颜安，她却只记得过去他的好，即使短暂，也是她暗淡生命中唯一的光。

头痛地揉了揉额角，我果然不擅长情爱之事，想来想去，唯有将注意力转移到案情之上："那颜欢呢？你将她换出来后，她怎么样了？"

她似是思索片刻，才道："入剑后我便沉睡过去，再醒来时，刚好是流光剑易主之时。那时他说……"似乎想起什么痛苦之事，她沉默半天，才继续道，"看到这把剑会让他想起很多痛苦的事，不如眼不见为净。"

我喃喃："所以让贺连齐白捡了这么大的便宜。"

她低笑一声，又道："至于颜欢究竟去了哪里，我也不知。"

竟是同秦昭的境遇一模一样。恍然想起秦昭口中将她封入前尘镜的高人，与当日救颜安一命的人，实在让人怀疑这是同一人所为。可秦昭是前朝女相，即便颜安是十余年前封印在流光剑中，中间也间隔百余年。可寻常人，又哪里能有百岁？

况且，假如颜欢真的从剑中出来，第一时间就该去找顾绍桓，可如今看来，也许她根本就没有活下来。我隐约觉得事情蹊跷："你就从来没有怀疑过，是他骗了你？也许从一开始救你护你，为你救出母亲都是假的，而得到《千法书》才是真。"

她沉默许久，忽然低笑一声："若真是如此……若真是如此……可如今再说这些又有什么意义……"

我将剑妥帖收起来，望了眼天边月色估算时辰，才要与祁颜各回各房，忽然想到什么，重新将剑提到眼前："你想不想，再同他说一次话？"

我想，颜安说什么成全两人幸福全是胡扯，她不过是想换种身份陪在他身边罢了。后来祁颜问我，为什么要为他们二人牵线搭桥。原本只是查案，为了解开谜团才会冒险进入流光剑的幻境，如今又何必多生出一桩事端。

可我却觉得，二人的缘分在幻境中看似已尽，如今又遇到我，也许是整个大齐唯一能感知到神器的人，既然如此，那一定是上天赏的缘分，我就不该袖手旁观。

大约觉得我这番话实在太像胡搅蛮缠，祁颜仔细想了想，说道："她既已决定离开他，便是自知不是对的那一个，再强求也是枉然。"

而我表示，情爱之事哪里又有对错之分，她以为颜欢于顾绍桓是最好的安排，殊不知顾绍桓想要的，不过一个她而已。

祁颜偏头看我一会儿，眸色沉沉："果然是长进了。"

其实我还有另一重思量，如果连环凶杀案的凶手真是顾绍桓，那他在"见到"颜安后，定会露出些蛛丝马迹。本想第二日去探探顾绍桓的口风，却被家仆告知品剑大会在即，庄主为迎往来宾客，去了庐陵城中安顿，暂时不在庄里。

竹林前的大片空地搭起数丈云石高台，二十余个工人乒乒乓乓地凿砖筑石，我抱着剑在旁边观摩一阵，默默计算品一次剑究竟要花费多少银两。偶尔有家仆捧着各式点心瓜果匆匆走过，恍然想起今早祁颜出门前提了一句要去见什么人，不能陪我用午膳了。

我一边琢磨之前从未听说他在庐陵还有什么旧相识，一边思索午膳到底吃什么，想着想着又想起另一桩事，关于在流光剑的幻境中所见，颜安所谓的主子，究竟是什么人？杀掉幻术师的凶手又是否与此事有关？听她所言，极有可能是一个江湖门派，或者别的什么神秘组织，可是以顾家的能力，究竟有多神秘才能让顾绍桓追寻多年未果呢。

还有将秦昭封入镜中的人，与将颜欢和颜安换魂的，是否是同一个人？这换魂之术是否是真？若是真，那为何颜欢却毫无踪迹？那个人，为何要将她们的魂都封入神器？

越想越觉得神思混沌，我不由得感叹祁颜作为监督办案的御史，想必比我思量得更为周全，也着实是难为他。我边想边沿回廊向客居行去，却在门厅转角遇到熟人。一身常服的祁颜正在同什么人说话，那人身量纤瘦，被祁颜的身形一遮，只能看到半片衣角，而后那人往祁颜手里塞了样什么东西，便匆匆离去。

秋阳和煦，廊下有瑟瑟秋风，祁颜若有所思地瞧着手里的物件，像是有些出神。我放轻脚步走到近前，探头张望一阵，才看清他把玩的原来是个漆器妆匣，造型朴素，跟宫里镶金砌玉的摆件完全不能相比，也难得他饶有兴致。他回头看见我，漫不经心地将妆匣收起来，忽然道："老五在找你。"

我思考半天，才明白他口中的"老五"究竟是谁，印象中，祁颜与贺连齐似乎甚少往来，平时见面也只是点头之交，倒是听宫人说两人经常在朝堂上争得面红耳赤。当然，面红耳赤的那个是贺连齐，祁颜向来是泰山崩于前而面不改色，让他脸红，简直非常人所为。

相比起贺连齐究竟为何找我，还是送他东西的人让我更有兴趣。绣了祥云暗纹的袖口露出一截刺目红色，我假意凑过去观摩一阵，仰起脸问他："这是什么？"故意问他，"送我的？"

祁颜不动声色地拢了拢衣袖，淡淡道："小玩意儿罢了，下次买更好的给你。"

这话听着有些耳熟，似乎他头一回将前尘镜给我时，也说过类似的话，心道这该不会又是什么神奇宝器吧，可当日的画卷里的确没有妆匣这样东西。我脑海里忽然又浮现起方才匆匆离开的背影，心中莫名生出些不安，又不知不安在何处。想了想，大约是这物件太像定情信物，只是那又如何呢，祁颜若果真如贺连齐所言与人私定终身，在短时间内国君便不会赐婚于我，无论怎么想，都该是一桩高兴的事。

我踢了踢地上的石子，低声道："你怎么在这儿？"

"事情办妥了，早些回来陪你用膳。"说罢，他引着我向厢房走去。

垂花门前搭了个紫藤花架，繁花谢尽，只剩盈盈翠色，我踮起脚摘下一片将落未落的叶，几步追上去跟在他身后："你方才说，贺连齐找我做什么？"

祁颜略略向我怀中瞥一眼，答非所问道："你这剑，打算何时归还？"

我愣了愣："还剑？"

祁颜皱眉道："流光剑，不是你问老五借的吗？"

我再愣了愣："借的？"

他忽然站住脚步，神情严肃："这剑怎么来的，你忘了？"

我将入幻境的来龙去脉回想一遍，确然忘记了这剑的来历，仿佛它本来就该出现在我手中。照理说，贺连齐身为世子，难道不是主动协助御史办案，反而是我向他借剑的吗？

大约看我一副当真什么都不知道的形容，祁颜皱起眉，深深看我："那前两日有人刺杀你，你还记不记得？"

他说得越发离谱，我一惊，联想起从前被砸伤了肩膀后忘记的事情。难道这一回，我又遗漏了什么重要的事？

"咦？有吗？"我含糊笑道，"那大约是我忘记了，哈哈哈……"

祁颜皱眉看我一会儿，墨黑的眸子沉似寒潭月色："那夜发生了什么，你也都忘记了？"

我一边寻思为什么我忘记的总是夜中之事还总与祁颜有关，一边觉得祁颜每次问话的形容都好像我对他做了什么不轨之事还翻脸不认账，实在难以判断他说的是否是实情。再一琢磨，若他说的都是真的，那我该不会也患了双魂症吧。

博士从前教导，人要知道活着是为了什么，我总是不以为然。如今方知，过往种种皆是证明我活着的意义，可这些全部失去，除了四肢健全，内里却是空空如也，像伶人戏法里任人摆布的木偶，原来秦昭说的行尸走肉，是这个意思。

祁颜目不转睛地看我一会儿："你这样，真让人不能放心。"顿了顿，"等我把事情了一了，还是早日回宫。"

原本这一趟行程虽非我自愿，但到底是打着出公差的名义白吃白喝，不用晨昏定省也无君臣之别，比宫里的日子不知惬意多少。况且他才答应我要到庐陵游历，如今又要尽早回宫。我张了张嘴正要辩驳，凭空有黑影闪过，是季末直挺挺跪在我们身前。我惊得后退一步，倒是祁颜面不改色，大约早就习以为常。

季末双手抱拳："主子。"又转向我，"帝……九姑娘。"

我拍了拍胸口顺气，顺便将他自上而下打量一番，瞪着他道："季末。"

大约没想过我会同他说话，季末飞快地瞥我一眼，仍恭谨低头："姑娘有何吩咐？"

我踱步上前："你们主子是不是苛待你？"

季末抱在胸前的手一抖："主子对下人们一向很好，从未像姑娘说的这般。"

我点了点头，了然道："那如此说来，是不是你们世子府缺钱了？怎么大白天的还穿夜行服，你们主子不替你们备两身衣裳？"

季末仍然维持着双手抱拳的姿势，宛如一尊泥塑的雕像，抬头极快地瞥祁颜一眼，又无辜地瞪大眼睛盯着地面。耳边一声低笑，祁颜示意季末起身，两人低语一阵，季末便如来时一般跳上屋檐消失，带下几片枯黄落叶。

接着簌簌几声，一堆落叶劈头盖下来。

我："……"

气急败坏地拨掉发顶的落叶，我从牙缝里挤出几个字："季末——你给我下来——"

树枝晃了晃，再无半分人影。

祁颜早就笑得难以自持，我狠狠瞪他一眼，转身欲走，被他一把拉住："是我说早些回宫你不高兴了？"他揉了揉我的头发，"你倒是记仇。"

我记的不光是这一件仇，还记在世子府时季末将我禁足的仇。但显然，他比我还要记仇。我拨开祁颜的手，赌气道："二哥身居要职，自然以国事为重，我们这种平头百姓的小心思怎么敢劳二哥操心。"说完做了个请的手势，"二哥再见，二哥请便。"

在外人眼中，我一朝被封帝姬，还是听起来很尊贵的帝姬，不知羡煞多少旁人，可我从小便知自己本不是贺家血脉，只有君上母后，没有父亲母亲。血脉这个东西很神奇，更像是冥冥之中

199

注定的缘分，出生既定，不能选择。偶尔去王后宫里请安，看到贺连慕伏在她膝头撒娇，也只能恭敬问候一句母后万安，再恭敬退下。大殿外汉白玉石阶高阔，我站在廊下仰望齐都的四方天，胸口的位置像缺掉一块。

即使所有人都说贺连慕任性顽劣，国君训斥她责罚她，也并不会真正迁怒于她。

而我不同。我不能像贺连慕一样扯着国君宽大的冕服撒娇，我只能唯命是从，因他在我眼中是国君，却不是一位父亲。放眼宫中，也唯有祁颜，在幼时世子帝姬结伴去太学时，绕过大半宫殿站在我寝殿外的回廊，望着抱腿缩在高阔的书桌后面惴惴看着一摞摞书本的我，和煦嗓音如春风化雨："九儿，你若今日再迟到，我可不会在博士面前保你了。"

如今，祁颜就站在两步开外，身后是明亮暖阳。他眉目间笑意渐浅，清亮眸色如沁了墨的砚："你果真很不喜欢宫里吗？"

难得一见他认真神色，于是，我也认真想了想，耸了耸肩："喜欢又如何，不喜欢又如何，总归不是我能选择的。我从没有得到自由，可若能偷得浮生半日闲，那便是赚到的。"

他问我喜不喜欢宫里，可是他忘了，我原本就不属于那里。

山庄一时热络，从前连家仆婢女都甚少见到，如今不出三步定会见一张陌生面孔，直接导致用完晚膳散步消食只能挑偏僻小路。回想祁颜说的刺客问题，虽然并不明白为什么刺客不去行刺世子而要行刺我，仍然觉得应该谨慎，打算寻人陪我一同散步。我抱着流光剑在客居溜达一圈，祁颜不在房中，连贺连齐和贺连倚也不知所终。平时见他们游山玩水，以为当世子除了争一争王位也没什么正经事，如今看来，这位置坐得也并不清闲。

最后，我决定沿淮湖游廊溜达。湖光冷月，隔断远处喧嚣，思绪又飘回颜安的幻境，抬头发觉不知什么时候竟走到剑家外的竹林，才要返回，却看见竹林深处有个人影，身形倒有些像晌午时同祁颜会面的人，一袭红衣衬在无边夜色中格外显眼。看模样，大约是在等什么人。

左右看看，没看到祁颜的踪迹，我摇摇头准备离开，蓦然听到"吧嗒"一声，红衣姑娘弯腰捡起掉在地上的物件，举过头顶对着月光端详。我顿住脚步，看着她捏在指尖玲珑剔透的玉石，喉咙里发出惊讶声响，又飞快捂住嘴巴，默默祈祷她并没有注意到我。

可下一瞬希望便破碎，只见她慢条斯理收起手望向我的方向，叮咚声响如流水潺潺，是她手腕绑着的一串银铃。

"谁在那儿？"

我叹了口气，从一株翠竹后转出来，本着出门在外多一事不如少一事的原则，连连告罪："小女子误闯竹林，打扰姑娘清幽，多有得罪，多有得罪。"

隔着段距离，我仍觉得她在盈盈看我。

"你不是，早就站在那儿了吗？"

我讶然，原来她早就发现我了吗，只是这样的距离寻常人又哪里能察觉。暗忖这姑娘不是好惹的，我只好实话实说："只是看到姑娘的那块玉石很漂亮，就多看了一会儿，还请姑娘不要见怪。"说完觉得实在费嗓子，又向前挪了挪脚步。

"哦？你认得它？"她将玉石捧在手心端详一阵，眸光柔柔瞥向我时，却猛地蹙眉，"姑娘是什么人？"

我偏头打量半天朦胧月色，随口胡诌："啊，你说我，我与家兄受顾庄主之邀来参加品剑大会。"见她仍旧面露怀疑神色，补充道，"你别看我这样，其实我也是喜欢剑的，我……"

后面的话却被她若有所思地打断："姑娘长得……很像我从前认识的一位故人。"

这话在戏文里倒是常常出现，一般是公子跟姑娘搭讪时的惯

用伎俩，没想到有一天会有个姑娘同我说。我看向眼前的美人，虽然从前经常偷跑去市井游玩，可扪心自问，这当真是我与她第一次相见。

云靴踏过草地，近旁响起不疾不徐的脚步声，祁颜不知从哪里冒出来，略看我一眼，对那位美人儿道："秦姑娘。"

电光石火间有个念头在脑海闪过，这姑娘该不会，就是贺连齐口中祁颜的那位未婚妻吧？心里生出难言情绪，我重新将她打量一番，饶是国君宫中美人众多，仍然觉得不如眼前这姑娘美貌。有时美貌不只是容貌，而是一颦一笑都是难掩的风情。我低头看了看身上朴素罗裙，不着痕迹地抚平裙角皱褶。她这样的姑娘，实在是很难不被人喜欢吧。

三人如三根廊柱，直挺挺地站在那儿，倒是这位秦姑娘不疾不徐地晃着风灯，似乎在等着什么。

我看看祁颜，又看看这位姑娘，直看到她含笑看我："姑娘能否，让我与二公子单独谈谈？"

二公子？

大齐向来只有姓名，祁颜因师从白衣真人，才会另取表字，只是在外从不表露身份，可这姑娘却叫他二公子，大概是真的与祁颜关系匪浅。我看着祁颜，祁颜也看着我。半晌，我说："啊，好。"

走出几步，身后传来隐约谈话声："这姑娘是谁，二公子是不是要跟我解释解释？"

本来不是有意偷听，可周围太安静，除非捂上耳朵不然很难屏蔽。我加快脚步，仍然听到祁颜漫不经心的嗓音："我以为秦姑娘一心想要归家，不会对其他事情再有兴趣。"

我忍不住回头看一眼，月光下那姑娘眼睛弯起来，尾音带一点笑意："救一人也害一人，二公子比我想象的，还要情痴。"

祁颜嗓音淡淡："身不由己。"

她低低笑起来，清冽嗓音似淙淙溪水，半晌，摇摇头道："也罢，我又有什么资格指责你。只是二公子，答应晚歌的事，可不要忘记。"

我听得云里雾里，已经全然忘记方才还在听与不听中间纠结，还要再听，两人的谈话声已渐渐低下去。

从竹林离开，慢吞吞往客居走去，夜色凉如潭中水，我漫不经心踢着地上的石子，蓦然想到贺连齐曾经问我——祁颜若另有婚约，你真的一点都不在乎？我从不知何为在意，更不知何为爱恨，贺连齐说我应该在意，不在意便是冷血无情。从前我觉得奇怪，琢磨与祁颜并无名分，有的不过是一桩虚无缥缈的姻缘，想要在意也毫无根据。如今真的看到他同别的姑娘在一起，心里的确有些不好受。

想不通这不好受因何而起，想来想去大约是他答应陪我用晚膳却去陪别的姑娘，导致我很没有面子。路过后厅时，我碰到顾绍桓的贴身家仆，说是他家家主有些话要带给祁公子，不知他现下身在何处。我指了指竹林的方向，又往淮湖边上行去。银辉冷月，蓦然觉得孤单，又想颜安被封在流光剑里这么多年，究竟是靠什么度日至今，简直无法思量。

本打算略坐坐就回房睡觉，却发现那家仆一路跟在身后，暗忖他是不是会错了意，我站住脚步同他说："你是不是走错路了？我不是去找祁公子的，他在后山的竹林，你去那儿找他。"

湖畔静寂无声，他从廊下的阴影缓缓步出，抬起头，露出森然笑意："没有走错，我就是来找你的，九姑娘。"

一声尖叫冲破喉咙，倒不是因为害怕，而是企图让旁人听到我的呼救。可最后一丝希望也破碎在他的话语中，因他一眼看出我心中所想，连连冷笑道："今夜庄主宴请江湖各派，所有人都在前厅夜宴畅饮，为免有人故意接近剑冢，早着人将这条路封了，九姑娘，又何必挣扎？"

当剑锋猛地刺向我时，我想，从今往后出门散步一定要看一看皇历，又想，大约再没有散步的机会了。我下意识地拿流光剑去挡，铿锵一声，霎时火星四溅。我被击得后退几步，想起剑中有颜安的魂魄，又不知剑身损伤她是否会有碍，再不敢格挡。在下一次剑刺来时，我只好就地一滚。千钧一发间，我想起祁颜，可他正在同那个美貌姑娘说话，竹林距这里有半个庄子的距离，又怎么能奢望他会来救我。冰冷剑气擦过我的鬓发，后背紧贴湖畔岩石，才发现退无可退，唯有投湖还有一线生机。

那家仆提着剑步步逼近，一张平淡无奇的脸显出狰狞表情，像是不杀死我誓不罢休。我也顾不得不会凫水，提起裙摆跳下淮湖，湖水瞬间溢满口鼻，我被呛得咳嗽几声，身体控制不住往下沉，下意识挣扎时想起怀里还抱着流光剑，这简直是天要亡我。

在腾起的水花里模糊看到那人蹲在岩石边看着我，像是看着待宰的猎物，灌了水的耳中捕捉到一丝冷笑："九姑娘是怕被剑刺死伤了容颜？姑娘大可放心，我剑法不错，又一向怜香惜玉，自然不会伤了姑娘容貌。不过姑娘既愿意投湖自尽，那我自然不便干涉。"四下打量一阵，语声讥讽，"那位祁公子不在，不如就让我送姑娘最后一程。"

眼前景象涣散，那人的面容缓缓换了一副模样，竟是相识之人。

而我已无力在意。

冰冷湖水渐渐漫过口鼻，漫过眼睛，漫过头顶，榨干肺中最后一丝稀薄空气，都说人死前会看到走马灯，可我只觉视线一片混沌，恍惚间想起祁颜答应我要去庐陵看皮影买糖人，说庐陵的糖人要比齐都的甜些，我还没尝过滋味，已经要孤零零死去。

隐约觉得有什么从衣襟里漂出来，我费力撑开眼，是祁颜留给我的符纸。遇到危险就撕碎它，这是他同我说的话。意识有片刻清明，我伸手去抓越漂越远的符纸，才将它握在手中，耳畔蓦然"哗啦"一声，接着身体被人紧紧搂住，下一瞬已腾空而起。

噪音纷杂，唯有一声"九儿"听得真切，有人用力拍打我的后背，胃里翻江倒海地难受，最终"哇"地吐出一大口水，我彻底清醒过来。入眼便是面色惨白的祁颜，墨黑鬓发一缕一缕贴在脸上，应该是狼狈模样，眼睛却沉如夜色。他死死捏住我的肩膀，却不痛，嗓音低哑："谁让你下水的！"仔细打量我半天，"有没有哪里不舒服？"

我勉力动了动唇，开口才发现嗓音抖得厉害，一把攀上他衣袖："二哥……我、我知道是谁……"

他拉过我的手握住，手指冰凉："嘘，别说话，省些力气，我带你回房去换衣裳。"我点点头，在他抱起我时眼角看到那家仆不知何时已被制伏，手脚捆了麻绳倒在地上，而本应在前厅主持晚宴的顾绍桓正冷冷站在那家仆身前。

我扯扯祁颜示意他停下。顾绍桓浑身冰冷肃杀，居高临下看着那家仆："上次一击未成，我便知你要再动手，品剑大会不过是个幌子，我早已在庄中布下天罗地网，就等着你自投罗网。"

那家仆不可置信地瞪大眼睛，抿紧唇一言不发。祁颜将我放在地上，将不知哪里来的宽大斗篷裹在我身上，但我仍觉得冷。大约感觉到我的颤抖，他更紧地将我搂住。我抹掉脸上水泽，哑声道："顾庄主，他戴了人皮面具。"

顾绍桓冷哼一声，却没有揭开他的面具，淡色眸中泛出冷意："颜安，是不是你？"

远处丝竹靡靡，湖中游鱼惊起涟漪，我诧异地看着他，惊讶得一句话都说不出。

蜷缩在地的家仆猛地一颤，顾绍桓神色冰冷，仿佛幻境中说着要永远陪着颜安的是另外一个人。事实上，也确实是另一个人，他不记得另一重魂魄说过什么、做过什么，是怎样爱着颜安，又是怎样毫不知情地把颜安逼入绝境。

"我早就知道你没有死，你害死你的亲妹妹，如今又在我归一山庄大肆杀戮，你——"

原来他这一重魂魄，竟是恨着颜安的。

眼看事态朝着极其诡异的方向发展，喉咙里涌起湖水腥气，我抑制不住地咳嗽几声，连忙出声阻止："顾庄主，他……他不是颜安。"

顾绍桓回头诧异地看着我："他不是……你知道他是谁？"

我点点头，犹豫片刻："顾庄主揭了他的面具，自然就知道他是谁。"

那家仆瑟缩得更厉害，全然没有方才要杀我时的恐怖气息，神色只剩被揭穿的狼狈："父亲……"

顾绍桓眸中乍现震惊神色，一把扯下那家仆脸上的面具，愣在当场："不忘……你？"

方才落在淮湖，迷蒙间不知怎么便看到面具下顾不忘的脸，起初以为自己看错，可真的看到是他时同样觉得难以置信。这位年轻的归一山庄少庄主，为什么要杀了所有替他父亲诊病的秘术师，他未来总要继承庄主之位，又何必为顾家招此大祸？

顾绍桓紧紧攥着面具，微一用力，薄薄的人皮霎时被撕得粉碎。他神色难辨地看了顾不忘一会儿，忽然对我伸出手："九辞姑娘，借你手中剑一用。"

我不明所以，电光石火间想到一种可能——他竟以为顾不忘是颜安用幻术所化，要用流光剑破幻术？以顾绍桓的功力，这一剑若是劈下去，幻术不破，那伤的便是顾不忘。

我摇头后退一步："顾庄主不必费力，他不是颜安，流光剑对他起不了作用。"说完小心翼翼地抽出剑，在顾不忘面颊上方一寸缓缓划过。

毫无波澜。

大约是不知道流光剑真正的用处，顾不忘在顾绍桓要借剑时脸色已惨白如纸，却不躲不闪，一副视死如归的模样："父亲你……当真要大义灭亲……"

顾绍桓像是终于相信，缓缓在顾不忘身侧蹲下，后背挺得笔直，嗓音却微不可察地颤抖："不忘，是不是有人逼你，有人胁迫你，你告诉我。"

"没有，没有人胁迫我。"话是对顾绍桓所说，目光却直直盯在我与祁颜身上，"此事是我一人所为，与顾家、与归一山庄毫无干系。"

午夜静谧，几声虫鸣响过，顾绍桓将目光移至虚无，却没起身。我在顾不忘的身后轻轻地问："为什么？"

顾不忘痛苦地闭上眼睛，再睁开时，只剩毫无掩饰的杀意："我亲生父母死于颜安的幻术，有人同我说她会化作别的幻术师接近父亲。她害死我亲生父母，如今还要害我父亲，我怎能容她！"

原来这才是他当日刺杀我的理由，我抱着流光剑向前一步，追问道："有人同你说？是谁同你说？"

"你不必知道。"话罢，他阴狠地看我，"你们幻术师，全该死！"

我："……"秘术师又不全是幻术师。

而后才知，原是顾绍桓旁支的表叔，因与账房勾结贪了不少银子，被顾绍桓发现后贬出宗堂，因此怀恨在心，将当年之事翻出来意欲挑拨顾绍桓父子关系。未曾想顾不忘不曾记恨他父亲，却恨起了颜安。

一切真相水落石出。虽然结果令人惊异，可这桩事好歹告一段落，顾不忘被总是姗姗来迟的官差带走，同来的县尹因破了一桩大案喜出望外，但又不能太喜以免被顾氏记恨，只好一边假装心痛一边对祁颜千恩万谢。

遣散了一众家仆宾客，我走到水廊下刷得崭新的方几前，上面搁了盏桐油灯。从前顾绍桓总与颜安在这儿看书下棋，颜安借了颜欢的容貌，他早就知道是她却不说破，两个人各怀心思却度过了一段难得安稳的岁月。颜安说那是她最开心的日子，其实她错了，那应是他们最开心的日子。

我小心翼翼地将流光剑推到顾绍桓面前，他抬头疑惑地看着我，我低声道："顾庄主，节哀。"有个词是说感同身受，我不曾悲伤难过，自然也无从体会他此时的心境，如同看到贺连慕的雪花死去，我知道该难过，却不知该如何难过。

灯火恍惚，顾绍桓闻言低嗤一声："九辞姑娘待字闺中，自然不懂为人父母是何感受。即便不忘非我亲生，可这么多年我待他绝无半点亏待，又如何能不心痛。"

我想了想，还是说："你可知道，你曾有一个自己的孩子？"

他面露不解："自己的孩子？"

流光剑在我怀中轻颤，我说："你与颜安的孩子，死在二十年前，是你错手杀了他。"

"我与……颜安的？"他眸色晃了晃，唇边浮起疏离笑意，"养不教父之过，不忘作恶颇多，我深知身为父亲难辞其咎。九辞姑娘又何必说这些话来故意污蔑我。"

我惊讶地看着他："你觉得这是污蔑？与她有一个孩子，是件可耻的事？"

他眼底像结了不化的霜雪："她潜入山庄想骗取我顾氏秘籍，一计不成又间接害死我父母。饶是对她自己的亲人，都能痛下杀手，杀父弑母，又杀死自己的亲妹妹，手段凶残至极，如何不可耻？"

我欠了欠身："庄主好好想想，杀死她父母的，真的是她？"

幻境里颜氏夫妇死得蹊跷，起初怀疑是内斗所致，得知顾绍桓的病后方知，我猜想大约是他的另一重魂魄替颜安报仇所为。不知怎么就生出些怜悯，只是命运早已暗中安排好了一切，他也只是个凡人，又如何能争过命运。

案几对面，他的目光多了几分探寻意味："九辞姑娘与她是什么关系，又是受了她什么恩惠，竟不顾身份处处维护她？"

我叹了口气，对于心中执念颇深之人，只愿相信自己所信，而不愿被他人质疑。我说："你知道我说的都是真的，只是如今的你不愿相信。如今的你眼中只有家恨，只有顾氏满门殊荣，又何时有过她。"

淡色眸子像涌进浓墨，他身子极轻地一颤，撑住水廊朱红顶株，却没有说话。

我说："顾庄主，我想知道另一个你，何时会现身？"

他死死盯着我："你在说什么？另一个我？"

我拿起放在几案上的流光剑，利刃出鞘，剑尖直至他的心口。他缓缓回头，视线一寸一寸拂过剑身，却一动不动，像是失去浑身的力气："姑娘这是何意，觉得我曾经囚禁她，如今要替她报仇？"

我摇摇头，剑尖再进一分，不知是不是我的错觉，感到手中剑柄隐隐颤抖："我不会杀你，颜安就被封在这把剑里，你说的话，她全都能听到。"

他眸中乍现震惊神色，许久，才颤抖伸出手想握住剑，却在触到剑尖时像被烫到似的骤然收回，不可置信的："她为什么会在流光剑里，她……祭了剑？"

月光似洒了碎玉在水面，我屏住呼吸静听许久，一字一字地说道："她让我告诉你，你忘了她也好，这样你就不会再痛苦。

余生还长，只是，她再不能陪着你了。"

　　从水廊走出来，我望着苍凉月色，恍惚间想起从幻境出来时曾问过颜安，她宁愿舍弃性命都不能背叛的人，究竟是什么人，这样神秘是有什么不能被世人觉察的身份？

　　她那时同我说："他很好，救了被剑气伤得奄奄一息的我，那时我不过十几岁，从没有人关心过我。他治好我的伤，又教会我如何用幻术避免被伤。只是他年轻时得罪了仇家，只能待在深山养伤，不能轻易下山。熬鹰时右耳被鹰喙所伤，更不愿轻易见人。"

　　我表示不能理解："为了复仇，为了报恩，付出自己的一生，值得吗？"

　　她嗓音淡然："人这一生短短数十年，又哪里有值不值得，我与绍桓隔着世仇，从出生便注定不能在一起。罢了，若有来生，希望我们孑然一身，都是……自由的。"

　　我从前觉得颜安太傻，凡事想不通透才会一条路走到黑，其实我又哪里是想得通透，不过是从不为情爱所扰，尘世的喜怒哀乐，全然体会不到罢了。她同我说的最后一句话，是什么来着？

　　"若帝姬方便，还请替我去笃意山还愿。虽未真正得偿所愿，可若非神佛保佑，又怎能赚来那一年时光。"

　　连环凶案的凶手既已落网，我与祁颜商议，第二日便前往笃意山。庙宇金顶巍峨，隐在丛丛参天古木后，唱经声缥缈似在云端。红鸾树一如幻境中所见，虬枝盘亘，郁郁葱葱。五色缎带织出一幅艳丽蜀锦，我将三支檀香稳稳插在香案上，双手合十跪在莲花软垫上，闭眼默念佛经。

　　感觉有人在我身侧跪下，祝祷完才发现是祁颜。我恭恭敬敬叩首，待他起身时，侧首在他耳边低声问道："二哥不是从来不信这些？"

他慢条斯理地拂了拂衣角，挑唇低笑："人生无常，遇到难以预测之事，难免盼望天命眷顾几分。"

我想了想，问他："那夜红衣服的姑娘，是什么人？"

跨过门槛，身后脚步声渐近，祁颜含笑的嗓音响在我头顶，伴着山寺清幽，多了些难言禅意："从前一个故人罢了。怎么，她同你说了什么？"

我站住脚步，有股无名火从胸口里冒出来，连大师的唱经都不能压下："你这么好奇，怎么不去问她？"

他眸色深沉，唇边笑意更甚："九儿……"

我瞪他一眼不再说话，转身去红鸾树下赏树赏花。本意想离他远一点，可谁知他毫无眼色跟了过来，手里还拿了不知什么时候写好的缎带，边往树上绑边问我："方才你在佛前跪了那么久，是许了什么愿？"

我没有理会他。他撒手，拉长语调"哦"了一声："你之前不是说想去庐陵城里逛逛？如今可是……"

祁颜果真知道该怎么治我，偏偏我总是很没骨气地被他制伏。我心里再默默瞪他一眼，才闷声道："愿天下有情人终成眷属。"眼角瞥到他难辨神色，我说，"是不是很幼稚？其实我也觉得很幼稚，普天之下有情人何其多，佛祖操心的事又多，怎么能一一眷顾。可我就是觉得造化弄人，老天爷安排了命运，秦昭和颜安这样好的姑娘，却终究没有好结果。只好来求一求漫天神佛，能不能给那些好姑娘，一个好的结果。"

晨钟暮鼓，远处有佛音浩荡，我想起颜安告诉我，她在化作颜欢时，曾在此处双手合十，虔诚写下心中所愿——"从前从未求过什么，如今只有一愿，愿他永远不要发现我的身份，这样我就能伴他……永世白首。"

我吸吸鼻子，转头问从方才起就若有所思的祁颜："你呢？

你求了佛祖什么？"

　　远处仍有未散的薄雾，鼻尖飘来几缕若有似无的檀香，不知何时起了风，片片黄叶纷飞似蝶。祁颜长身玉立在浓荫下，微微偏头看我，墨色眼眸仿佛落了九天星河："我求漫天神佛保佑，你的有情人，是我。"

第四卷
青玉命盘

九月初十，恰是寒露。

因事情已经解决，祁颜似乎也清闲起来，一时竟有些无所事事。午后与他在庐陵城中闲逛，路过一处烧饼摊，我不由得多望了两眼，惹得祁颜微微侧目："想吃？"

我舔舔嘴巴，点头。

他站住脚步，上下打量我半天："你午时才吃了两碗米饭、半只烧鸡、一碟桂花糕，现在又饿了？"

我赶忙出声打断他："你都说了是午时的事了，如今又是什么时候了？"

他抬头看一眼天幕："还是午时。"

我："……"

烧饼大娘热情地从炉里吊出两个热气腾腾的烧饼，我匆忙去接，被祁颜伸手拦下："当心烫。"又数落我，"心急成这样，是我饿着你了？"言毕用油纸将烧饼包好，试过温度，递到我嘴边。

我就着他的手咬下一口烧饼，心满意足地叹了口气。

烧饼大娘看得发笑："姑娘真是好福气，找了位这样贴心的夫君。"

我一口烧饼卡在喉咙里："咳咳咳——"

夫君。我有些窘迫，照理说，若日后国君真将我许给祁颜，这一声夫君是当得的，可如今无名无分，竟然生出这种误会。

我将烧饼囫囵吞下去，喉咙微微发烫："他是我哥哥。"

烧饼大娘意味深长地"哦"了一声，忽然道："那公子可有家室？"

我再次被呛到，始终一言不发的祁颜若有所思地瞥我一眼。

我被他看得有些毛骨悚然："你盯着我做什么，大娘问你话呢。"又转头道，"哦，是这样，他家穷，人又毒舌腹黑，平日只知道忙，我们家那边的姑娘们都不愿意嫁给他。"

"姑娘这就说笑了，公子模样俊俏又风趣，怎么会无人愿意嫁给他？"说着，烧饼大娘在围裙上抹掉手上的面粉，"我家的侄女儿年方十六，可是庐陵出了名的美人儿，家里也是请先生教过几年书的，不知公子是否有意？"

我手里的烧饼"啪"的一声砸进牛肉汤里。

烧饼大娘眼巴巴地等着他答话，而后者则似笑非笑地看着我："方才不是说得头头是道？如今怎么不说话了？"

我望了望祁颜，又望了望被我掉进汤里的烧饼，干咳一声："其实我是说……您别看他这样，可是多情又花心，光他家里就有十八个姬妾。大娘，您家侄女儿嫁过去，恐怕要天天以泪洗面了。"

大娘疑惑道："姑娘刚说没有人愿意嫁给他，怎么可能姬妾成群？姑娘莫要拿我说笑了。"

我支吾半天，拉着祁颜头也不回地溜了。

市集喧闹，走过两个街角我才站定，一边心疼没有吃完的半块烧饼，一边回头对上祁颜若有所思的目光。街对面的首饰铺走出两个年轻姑娘，看到祁颜先是一愣，而后掩嘴低笑，颊边飞上红晕。

他总能在人群中被一眼看到，他是这样的人。

可眼下，他却看不到别人，一双眼牢牢锁在我身上："我连那姑娘的面都没有见过，你为何就替我拒绝了？"

我仔细想了想，也不知道为什么会那样说，只是觉得他不应该答应。我说："若她当真嫁给你，到时王上若要另许高门给你，她岂不是要独守空房？又是一场惨剧，断然要不得。"

本以为这样的说辞足够打消他的疑虑，可他却分毫不为所动，沉默半天，忽然道："你嫌我穷？总是揶揄你？平日政务繁忙没有时间陪你？没时间陪你也就罢了，穷……"他认真想了想，"你是嫌我从来没有送过你贵重的物件？"

我一连后退三步，摆手道："我是随口胡说的，二哥你不要当真。"

他高深莫测地点点头："那你是觉得，我哪里都很好？"

我："……"

对街的两个姑娘终于娇羞地走过来，手里还握着个藕色荷包，看样子是定情信物。祁颜却没发觉。我看着她们二人缓步走近，才要开口时，祁颜先出声："待一切尘埃落定，只要没有要紧事，我的所有时间，都用来陪你。"

两个姑娘抹泪跑开。

诚然，祁颜所言基本没有一句可以相信，不过半个时辰后，他便与不知从哪里跑出来的季末去商谈要事，留我一个人在街上溜达，临行前还告诉我：不要乱跑。

我漫无目的地闲逛着，刚巧看到对街卖泥塑的摊子，身后忽然一声"姑娘留步"。

回过头，一位白发老者站在我身后，鹤发童颜。他上下打量我半天，微微眯眸："姑娘是否觉得，身体异于常人？"

我顿住，一时不能理解。他继续道："是不是会时常忘记一些事，且近来，忘记得越来越频繁？"

这位老者模样倒是和善，只他说的话实在……太像骗子。恐怕下一句就是：姑娘不日便会有血光之灾，不过不用担心，我有方法可以破解，只需十两白银。果然，他又道："姑娘恐怕，时日无多。若不及时救治……"

我转身便跑。

跑出老远回头，见老者还在原地看我，我摇摇头，心想江湖果真险恶，还是先回归一山庄稳妥。

后来，祁颜再也没有带我游过庐陵。

因我的病症似乎越发严重，经常会忘记某些小事，譬如身边的小物件总是想不起来历，譬如前一日用的饭菜第二日便忘得干净。祁颜瞧我的目光一日比一日深沉，且总是一副苦大仇深的模样，于是在一日睡醒后，我揉着蒙眬双眼，瞧着他探寻目光，一句话脱口而出："你是谁？"

祁颜原本在倒茶，闻言手微不可察地颤抖起来，热茶洒出大半。茶壶被搁在桌上，他握着茶杯沉默一阵，走过来蹲在榻前与我平视，神色倒是平常，只是脸有些不自然地泛白："你说什么，再说一遍。"

我动了动唇，心想这次玩笑开大了，尴尬笑了两声，拼命扯出一个大大的笑脸："二哥，我逗你的。"

一瞬，两瞬，他没有再说话，连眼睛都没有眨一下。屋内静得落针可闻，半晌，他长长呼出一口气，站起身拂袖离开。我心道糟了，慌忙探出半个身子，急匆匆地扯住他的衣袖："二哥，你……生气了？"

可能我力气着实很大，他被拽得踉跄一下，稳住身形才缓缓转过身，一双眸子无悲无喜，在眼底投下浅淡暗影："是，我很生气。这样的话，以后不要再说了。"

万万没想到他竟承认得这样痛快，我一时没有反应过来，就维持着极其诡异的姿势："啊？"

他神色凝重："以后，不要再开这样的玩笑。"

从来没有见过祁颜动这样大的气，于是我再不敢说自己忘却了什么事，后来想想，他大约只是怕我将他忘了。

回齐都的途中听说庐陵顾氏家主顾绍桓皈依笃意山，从此挥剑斩断红尘，一时唏嘘不已。彼时祁颜驾马在软轿外不疾不徐地前行，听季末报完消息，隔着轿帘转头问我的看法。

自从情思五感渐渐有出现的趋势，祁颜便越来越喜欢问我对世事的看法。我琢磨片刻，表示曾经的顾绍桓太执着于顾氏与庄主之位，在其位谋其责本没有错，可颜安是他心爱之人，法外容情，事实并非那样绝对。而颜安又太执着于报恩，与顾绍桓的想法基本一致。无论如何，走到今天都是两个人的选择，没有孰对孰错，都是造化弄人。

途中还听到一桩秘事，是国君突然病重的消息。祁颜听完没说什么，只是当夜便策马先行回宫，嘱咐季末将我安然送回齐都。本以为宫里早就乱成一团，事实上回宫才发现大家都很平静，平静的原因不是大家见多识广，而是国君根本没有透露出病重的消息，也不知祁颜从何处得知。

桑俞见到我很是高兴，扯着我的裙袍在她面前转了好几个圈，转得我几乎要将午膳吐出来。我头昏眼花地扶着额角坐在椅榻上："你家主子吃得好睡得香连一根头发都没有掉，不必再看了。"

桑俞不死心地又将我袖口腰间结结实实摸了个遍，才扁着嘴道："主子出去那么久，都没给我带个礼物回来，真是小气。"

我："……"

自从我回宫，大家普遍很高兴，起码表面上看起来很高兴。舟车劳顿，再加之许久不曾睡一个好觉，我从午后便窝在榻上一觉睡到傍晚，到了用晚膳之际才被桑俞唤醒，是侍女来传话说国君召见。

　　我边琢磨国君病中见我是有什么要紧事，一边换了件素净的宫装匆匆前往，一路穿林拂叶从宽阔大道行至蜿蜒小径，才发觉召见之所竟然是国君的寝殿。

　　侍女谦谨推开朱色房门，一室袅袅药香，三重帷帐渐次掀开，国君一身明黄寝衣倚在榻前，面容相较月余我离开前又苍老几分，即使日日都服参汤，也掩不住病中疲态。他见到我时露出和善笑意，先是体贴询问这一趟出行是否遇到什么困难，待我一一妥帖回答，他掩唇咳嗽几声，忽又问道："你二哥，最近有没有见过什么特别的人，或者做了什么特别的事？"

　　脑海中蓦然浮现出秦晚歌的身影，我踌躇片刻，诚实回答："不曾。"

　　他微合上眼，靠在床头："他与他师父联络得可还紧密？"

　　我伏在双膝上的手心不知怎么就沁出细密冷汗，脑海中突然闪过什么，快得不可捉摸。帷帐外烛火"噼啪"一声，我恍然回神，继续摇头道："父王说的可是静水崖的白衣真人？"偏头做沉思状，"不曾听二哥提起。"

　　蓦然几道急促咳声打断他接下来的问话，早就候在殿外的太医鱼贯而入，瞬间将我挤到三尺之外。我怔怔看着国君虚弱地挥手命我退下，殿外夜色渐深，守在帷帐后的桑俞拖住我的手臂，默不作声地随我跨过门槛，压低声音问："主子，你晌午不是还说二世子想请他师父出山替你诊病？怎么方才又说二世子没有提过他师父？"

　　禁卫军如松柏立在朝阳宫的官道，我无言行过汉白玉石阶。

桑俞仍然在耳边喋喋不休："主子，国君方才的话，究竟是什么意思？"

国君议事大多在御书房，未免旁人听墙脚，御书房的墙壁足足有寻常的三倍厚，其实朝阳宫比书房更需要封闭，国君显然不大懂这个道理。夜深露重，远处宫灯明灭，桑俞见我不语，左右打量一阵，附耳小声道："国君是不是属意五世子……"

我惊出一身冷汗，慌忙堵上她的嘴："议储是杀头的大罪，我看你是不要命了！"

桑俞吐吐舌头，再不敢说什么。回寝宫更衣沐浴，侍女端来铜盆替我净面，桑俞远远站在窗沿下，愁眉苦脸折着宝瓶中的一朵木芙蓉。她急于知道答案，并不是想知道未来的大齐会被冠上何人的名号，而是想知道未来的我究竟属于谁。

我叹一口气，挥手屏退伺候的侍女，示意她来到身前："国君让我打探二哥的一举一动，这件事你怎么看？"

她偷偷瞥一眼我的神情，低头咬着唇道："主子不让桑俞议论政事，桑俞不提也罢。"

我摘掉发髻上的白玉簪撂在一旁："既然你不愿意提，那去把灯熄了就寝吧。"

桑俞哭丧着脸："主子从前有什么话都会跟桑俞说的，桑俞是笨嘴拙舌，可也不过是担心主子日后嫁给不喜欢的人，岂不是要凄苦终生。主子出一趟远门，就这样不待见桑俞吗？"

我看着她："你担心得很对。"

轩窗映出天边一点月色，我想了想，道："只是国君早就心有属意，凭我一己之力又怎么能干预？"

桑俞不可置信地捂住嘴巴："国君果真……"又匆忙摇头，"可若是国君想让五世子继承大统，早早立储便是，又何必这样大费周章。"

我蜷起手指敲了敲桌角："若是国君立了小五，你猜，支持二哥的那些朝臣，会怎样？"

桑俞偏头想了一阵儿："照前朝那些老古董的性子，恐怕会鸡蛋里挑骨头，拼命找五世子的错处吧？"

我颔首道："没错，万一有什么闪失，恐怕连国君都保不住他。所以，最好的方法就是讳莫如深，让所有人都觉得，他们两个人都有机会当上储君。从前故意传出我答允嫁给祁颜的风声，还将我安排进世子府，大约也只是为迷惑众生，那时祁颜才出使美国，立了大功，国君此举，可让一心要立祁颜为储的朝臣放松警惕，不再步步紧逼。而支持小五的朝臣得知这一消息，必定会想尽办法力保小五继位。"顿了顿，喝了口茶润嗓子，"何况两党相争，彼此视为眼中钉，眼里自然就看不到龙椅上的国君。"

桑俞瞪大了眼睛："主子是说国君担心两位世子对他……他们可是亲父子啊。"

我笑着摇头："亲父子又如何，那张龙椅太高太险，总会让人失去理智，弑父杀兄这种事，古往今来见过多少？"

有多少人羡慕天家的荣华富贵，殊不知，最可悲不过，生在君王家。万万没有想到，国君忌惮的竟然是祁颜的师父。想想也对，白衣真人也算是即将得道成仙的准仙人，若他支持祁颜，贺连齐简直没有与祁颜相争的资本。

世子为王位争斗杀伐，我是万般不想蹚这浑水，可我偏偏是水里的一尾鱼，只有鱼随水游，从未听闻水随鱼流。常言道难得糊涂，我十分希望一觉睡醒后能将这些事忘却，只是天不遂人愿，我忘记用膳都没能将这桩事彻底遗忘。

入睡前，桑俞帮我铺好床榻。午后睡了太久，我自觉难以入眠，打算找本睡前故事读一读，左右寻找，从搁了话本的梳妆匣屉里摸出一张信笺，实在想不起是何人所赠，于是扬起信纸问桑俞："这是哪里来的？"

桑俞回头看一眼，一副恍然大悟的神情："啊，这个，是午睡时五世子遣侍女递来的。"

我不明所以将信笺拆开，信上言语寥寥，是问流光剑如何能破幻境，我边合上匣匮边疑惑地问："侍女还说什么？"

桑俞维持着铺开锦被的姿势，皱眉沉思许久，一拍脑门道："侍女说是十万火急，救命的事，请主子睡醒后务必过目。"

室内一时静极，我愣在原地，下一瞬，从小凳上跳起来："是几时的事，你怎么现在才告诉我！"

贺连齐尚未独自立府，却也不在宫中，寻了一圈未果，我一时没了主意。贺连齐不同于祁颜，与我向来说一不二，他既说是人命关天，只可能比这更糟，绝不会夸大其词。第一反应是他是不是被困在什么幻境无法冲破，才会提前嘱咐侍女若他不见踪影便将这信送来给我救他性命，想来想去，唯有去找祁颜，看看他是否有其他法子。

宫门早已下钥，我不得已换了身侍女衣裳，出宫去找祁颜时恍然想起来那张落水后未用的符纸，他曾同我说情况危急时再用，不知眼下是否真的遇到危急情况，我从荷包里摸出已被水泡出皱褶的符纸，一时不能判断是否还有作用，只得硬着头皮将符纸一撕两半，屏住呼吸细听半天，除过烛花偶尔噼啪几声，再无其他声响。我不死心地又撕了几回，仍没有见到祁颜凭空而降，跺跺脚才要趁夜出宫，蓦然听到寝宫门被轻叩三声。

是季末，他将我带去一座废弃宫殿，进去之后才发现内里是佛堂的陈设，融融烛火将室内照得透亮。祁颜一席暗纹锦袍端坐在一张铺了明黄锦缎的条案前闭目打坐，听到响动缓缓睁眼看向我，一双清冷眸子沉如古井："着急叫我来，是出了什么要紧事？"上下打量一阵，语声担忧，"可是受了什么伤，又或是忘了什么事？"

我走近一步，不知是否错觉，他一张脸白得毫无血色，倒像有些病容。我怔了怔，自觉应该关心一句，可事情分轻重缓急，想起此行目的，也顾不得其他，便焦急问道："二哥，你知不知道小五在哪里？"

殿门在身后合上，发出沉闷声响。他在明晃晃的烛光里静静看我："你不惜用了我给你救命的符纸，就为了这件事？"

我愣在原地，不知怎么觉得他今夜有些不同寻常，但想起贺连齐如今不知去向，也只好咬牙说道："的……的确是救命的事啊！"

"你这样慌张，是不是真的很担心他？担心他出什么意外？"他随意扫过我慌张神色，视线停在我侍女的装扮上，良久，低低笑了一声，"从前我总以为，你不懂情爱也无妨，我总会治好你，无论多久，我都可以等。可是小九，"窗格子投出幽微月色，他眼底浮起深深的无奈，"是不是即使医好你，你的心里也没有我？"

胸口蓦然生出不知名的钝痛，我难以理解祁颜的感受，只是觉得他不该这样想，剩下的不知还能如何。我动了动唇，听到自己艰涩的声音响在静极的室内，竟有些发抖："二哥，现在不是说这些的时候，贺连齐他……"

空荡殿堂几道细微声响，红烛淌下如血烛泪，他眸中浮起悲伤情绪，却转瞬即逝，亦不再说话，凭空祭出一件法器。青铜法器自他掌心腾起，一套动作行云流水，殿内顿时白光大盛。

刺目的白光中，响起他若有似无的叹息："无妨，既能让你欢喜，没什么是我不能做的。"

祁颜不愧是祁颜，不用看信笺便知发生何事，状似琉璃塔的法器腾在空中，他又凭空捏出张符纸，在半空轻轻一划。符纸燃起新火，金身佛像前渐渐浮现出仿佛异世的模糊景物，是间半旧的卧房，陈设与大齐有所不同，难以判断究竟是何地界。

再细看时，简直不能相信眼前所见——贺连齐同秦晚歌在打架，还打得十分热闹。那日匆匆一见，只以为秦晚歌性子孤傲，却不想身手如此了得，竟与连国君都夸赞过武艺卓然的贺连齐不相上下。

饶是刀光剑影斗得凶残无比，两人却不约而同避开一处，原来一尺外的床榻上躺了个小姑娘，容貌看不大清晰，只依稀分辨出年纪与我相仿，或许还略小几岁。祁颜默不作声地看了片刻，只沉声嘱咐我："守好房门，切记不可让旁人进来。"蹙眉默念几句咒语，便笔直地闭目坐在原地，如同闭关修炼一般。

佛堂空灵，我轻手轻脚将门闩插好，又轻手轻脚盘坐在他身侧的蒲团上。彼时已过三更，今夜发生的一切都太不同寻常，想来想去又找不出任何端倪，我只觉头疼得厉害，索性靠在桌角闭目养神。

就要沉睡时，耳边响起急促的咳嗽声，我匆忙睁开眼，看到祁颜不知何时醒过来，正将手抵在唇边猛咳。我急急上前，一把扶住他："你怎么样？"顿了顿，"小五他怎么样？"

他仍在咳嗽，许久才停下来，淡淡扫我一眼："他与……在异世遇险，我教他如何用流光剑破开幻境。"

我怔了怔："异世？什么异世？"狐疑地打量他半天，"二哥你们……是不是有什么事在瞒着我？"

他不动声色地看我一眼："这事说来话长。"

我皱眉看着他。

他漫不经心地垂眸："简单来说，就是世上有许多尘世，大齐只是其中一处，贺连齐如今在另一处，方才我将幻象植入他所在的尘世，现下已经没事了。"末了，顿了顿，"你还真是……很关心他。"

我不明所以："二哥方才也看到了，的确是人命关天，我怎么能不关心？"

他黢黑眸子有什么情绪闪过："那你可以宽心了，他已无碍。"他漫不经心地将手收进袖中，"我想休息一会儿，你先出去吧。"

我一时没有反应过来："二哥？"

他已不再说话。

回头望一眼他越发苍白的脸色，我忐忑不安地出了寝殿。檐下不知何时飘起冷雨，将黄叶打湿，手指明明拢在袖口，却觉得一片濡湿。我摊开手掌一看，才发觉掌心不知何时染上了殷红血迹，像开在掌心的一朵娇艳桃花。

恍然间意识到什么，我提起裙摆跌跌撞撞地回头，看到宫门已紧紧关上。季末凭空出现，单膝跪在石阶上将我拦下来："还请帝姬暂且回去吧。"

喉咙像被无形的手攥紧，我艰涩道："二哥他……"

季末仍未看我，嗓音淡淡："世子前些时日不眠不休，东奔西走为帝姬寻找救治失忆的法子。今夜本应为姬夫人诵经祝祷，忽然接到您的召唤，以为您出了什么要紧事，匆忙从宫外赶来……却是要请他救五世子。"

手指下意识地攥紧，指甲深陷皮肉，却无知无觉，我听到自己有些仓皇的声音响在浓稠的夜色中："二哥一向同我亲厚，何况国君有言在先，我当为齐国之福，他想治好我也是情理之中。若今次病的是贺连慕，他也一样会……"

后面的话却被季末突兀地打断："帝姬当真以为，世子是因着帝姬的身份？"他哂笑一声，冰冷话语一字一字地灌入我耳中，"世子所做，不过是怕您真的将他忘记。他对您如何，连我们这些手下都看在眼里，您始终装作不知便罢，可也总该知道他与五世子势同水火，又如何忍心利用他至此。

"帝姬以为，世子给您的符纸，是如何起到效用？那是用他的血肉化成，帝姬将符纸撕碎时，世子受钢刀剜骨之痛，如此才能感应到帝姬的危险。帝姬却轻易用它救了五世子，帝姬当真是，将世子对您的好，都视作草芥？"

这本不该是一个属下对主子说的话，我动了动唇想要喝止，却一个字都说不出，胸口的位置像有什么破土而出，刺进血肉隐隐作痛。我踏过遍地雨叶，浑浑噩噩地踱到宫门外，模糊记起这间宫殿似乎是祁颜生母姬夫人生前的寝殿。年幼时听年迈的宫人偶然提起，说姬夫人生得绝色，曾经备受国君宠爱，后来不知怎么触怒了天威，便被弃若敝屣。她孤独守着偌大的宫殿，最终青灯古佛郁郁而终。

而今日……似乎是姬夫人的生辰来着。

一夜难以安寝，天将亮时，我仍然难以放下心来，觉得该去看望祁颜。且不论他昨夜似乎带了伤势，只说让他救贺连齐的事，的确是我做得不妥。只是事实并不像季末所说的那般，所谓忽视所谓利用，全都不是真的。

何况祁颜日以继夜寻遍名医替我医治，大约……是真的害怕我将他忘记。

空手前去显然不妥，我决定送些什么赔罪，冥思苦想半天也没有理出半分头绪。周围最通人情世故的非贺连倚莫属，我写了封信求教，不过午后便收到回信，兴致勃勃展开，信上密密麻麻写了一大堆，净是些嘘寒问暖假意客套，信末还附上一句：小九如今也有想要讨好之人，可是春心萌动了？

脑中浮现他打着扇子一派欠揍的形容，我撑起一个和善微笑问送信的小侍女："你家世子，现下身在何处？"

小侍女摸了摸鼻子："奴婢出门前他还在府邸，帝姬这是要……"

我笑眯眯道："我要去揍他。"

"……"

小侍女倒是机灵，见我即将发火也并不害怕，从腰间又摸出个信封递给我："世子说，帝姬是否要当面质问他，且看了这封信再做定夺。"

我抑制住冲出王宫将贺连倚打一顿的冲动，咬牙打开第二封信。这一回信上倒是言简意赅，只有四个大字——投其所好。

小侍女打量我的神色，好奇地凑过来："帝姬？"

我将信笺合上，沉默半天："怎么办，我现在更想去揍他了。"

"……"

所谓投其所好，也须得知道他的爱好。想来想去，也只能想起祁颜一向喜欢古玩字画，抑或是手抄本的道典古籍。只是这类物件他的世子府要多少有多少，且都名贵异常，我送个寻常的，显得没有诚意，送个不寻常的……我也没有不寻常的。

桑俞提醒我可以尝试去问问祁颜他究竟需要什么，但想到我去询问，最可能的结果是得到"我想要的唯有你"这类回答，于是作罢。

最终为表诚意，我决定亲自下厨做一碗羹汤。

从前堂测答得不好时，博士经常教导我说，勤能补拙。眼下练习整整三日，发现有些事只有勤不行，还需要天赋，显然我在厨艺这类事上很没有天赋。直到熬干了第三个汤锅，才终于熬出一小碗辨不出颜色的羹汤，我小心翼翼拿食盒装好，遣来内监递上拜帖，却有侍女先一步前来，说祁颜求了白衣真人出山替我诊病，如今人已暂住在城郊的清华寺中。

大齐历代君主不信佛道，唯有当今天子因继位后得白衣真人天谕，从此便笃信佛法，清华寺便是因此修建，地位等同国寺。于是，我转道山中，下了轿辇步入清华寺，云顶间一方宽阔石台，一身淡色长袍的祁颜坐在石刻的棋盘前，正与什么人下棋。走近时才看清，是一位白须白发的老者，身形清瘦鹤发童颜，颇有些仙风道骨的味道。

想来这就是祁颜的师父，三言两语便能让国君将我带回王宫册封，改变我一生命运的人。心里说不上是感激多些还是感慨多些，我施了施礼，白衣真人摩挲着棋子转过身，温和目光自上而下打量一会儿，倏然笑道："祺福帝姬安好。"

我愣住——这人不就是，庐陵市集上说我命不久矣的江湖骗子？

我怔怔："您是……"

他含笑道："帝姬若愿意，可与祁儿一同喊老朽一声师父。"竟是一副从未见过我的形容。

我觉得奇怪，当日虽然匆匆一瞥，可时日尚近，他总不至于不记得我才是。

他见我愣在原地，便问："帝姬是来找祁儿的？"

我这才想起此行的目的，眼风微微移过去，偷偷打量漫不经心撑腮的祁颜，却不见他有分毫反应。其实从我出现后，他连看都没有看我一眼，指尖夹了粒黑棋，偏头沉思一会儿，笃定落子，这才抬起头。我赶紧绽出一个大大的笑容，讨好似的望着他，可他的目光只在我脸上停留一瞬，已转到白衣真人身上："师父，该您了。"

心绪蓦然低落，我咬唇欲言又止，白衣真人的视线在我与祁颜身上转了一回，撂下棋子，抚了抚须道："既然祁儿另有他事，为师就先行回去休息。"又对我道，"老朽来日再替帝姬诊病。"

我想白衣真人不愧即将位列仙班，果真颇通人情世故。我当即忙不迭地点头，真人笑了笑站起身来，走出两步又停住，意味深长地说了句："听说王上病重，祁儿，你也要早做打算。"

千年古刹掩映在苍松翠柏间，山寺薄雾茫茫，我裹紧披风在祁颜对面坐下，看他把玩着一粒黑玉棋子，似乎在专心致志地钻研剩下半盘未下完的残局，半分同我说话的意思都没有。

印象中，祁颜从未真正生过我的气，就连我幼时不小心打碎了姬夫人留给他唯一的一块玉佩，他也只是叫我当心，别割了手，却连半句责怪都没有。倒叫我十分愧疚，寻了齐都最好的工匠镶了块金镶玉还他，换他从宫外给我带了一个月糖葫芦。

这样想来，眼下的事远不如从前严重，我顿时觉得毫无办法，在青石凳上如坐针毡，许久，才试探地唤道："二哥？"

他连看都未看我，又落下几子，直至白子寥寥无几，才慢条斯理地收拾棋盘："山上风大，没什么事就回去吧。"

见他终于肯同我说话，罩在心头的乌云总算消散，我得寸进尺地凑过去一些："你还没吃饭吧，我带了羹汤你要不要尝一尝？"生怕他会拒绝，我慌忙打开食盒，小心翼翼地从瓷罐中端出个白瓷小碗，完全看不出食材的汤汁上漂着几粒吸饱了汤汁的枸杞，一看……就不大好喝的模样。

可时间仓促，没有机会让我研制出色香味俱全的羹汤。我闭了闭眼，视死如归般地将冒着热气的碗搁在石桌对面："天这样凉，要趁热喝才好。"

祁颜大约准备拒绝，随意瞥一眼，一个"不"字才出口，视线却倏然定住，神色古怪地打量半天："这是……"

我骄傲地挺了挺胸："是我亲手做的，熬了足足两个时辰。"看到他的模样，又讷讷地低头，"二哥你尝尝？"

不知是否被"亲手"二字打动，他终于没再拒绝，郑重其事地端起碗，试探地尝了一口。

我抱紧空空的食盒，紧张地凑上去："好喝吗？"

他高深莫测地执起汤匙，模样如同在探究一本新得的秘法古籍："这个味道……"皱了皱眉，一副痛苦难以下咽的表情，"你是把盐罐掉进汤盅里了？"

挫败感从胸口腾起，想到天未亮我就跑到厨房，慌手慌脚忙碌半天，本以为没有功劳也有苦劳，他多少也会感念一下。可人总是将诸事想象得太过美好，世间原本就没什么理所应当。贺连齐曾说，祁颜私定终身的那位世子妃厨艺很好，想来是给他做过许多美味佳肴。我也真是傻，为什么偏偏要亲自下厨赔罪呢。

我越想越觉得委屈，勉强撑起笑意，拿过汤碗就要倒掉："不好喝就不要喝了，这会儿膳房应该还有素斋，现在下山还能赶得上……"

却被他拦下来。他抓住我手腕的手猛地用力，我踉跄一步跌至他身前。石台旁两排仙客来渐次花开，他背靠雕栏，微仰起头，深深望进我眼底："煲汤是为了什么？"

我望着远处零星翠柏，不甘心地小声说："赔罪。"

他唇边扬起高深笑意，又将我拉近几分："你这赔罪，是不是有些不大诚心？"

我胸口一阵憋闷，虽然不曾真的将自己当成尊贵的帝姬，可好歹没有做过什么粗活，满怀心意为祁颜下厨煲汤，以为他会很开心，谁知得到的是一番奚落。我顿感丧气："我是做得不好，没有旁人做好。你既不喜欢，我下次不会再做了。"想要用力抽回手，却被他越抓越紧。大约实在觉得我不能安分，他索性将我紧紧禁锢在白玉雕栏与他手臂之间。冷风从脖子灌进来，薄云近在咫尺，一步外便是万丈深渊。我回头看了一眼，吓得再不敢动弹。

从方才的仰视变成居高临下，祁颜似乎很是受用，低低笑了一声，薄唇几乎要贴上我的颊边，在我耳畔轻语："想诚心赔罪，难道不该将你做的汤，亲手喂给我吗？"

异样感受从胸口生出，霎时流过四肢百骸。祁颜将我困在两臂之间，看起来并未用力，可我挣扎半天也没有挣脱，只好任他好整以暇地看我作困兽之斗。脸上似有火在烧，手肘不知怎么撞到他胸口，蓦然引来他一阵咳嗽。我再不敢动，咬紧嘴皮看他越发苍白的脸色，不忿道："你是不是根本就没有生气，故意装成生气的样子，只是想看我服软的样子吗？"

他面上浮起不悦的神色："你让我去救贺连齐，你觉得我不会生气？"手劲松了松，却依然把我锢在怀里，"我昨晚一夜未睡，一直在想自己这般执着，对你来说是否真的是件好事。也许该把你拱手让给他，才不会再有争端。"说到这里，微微停顿，"可是不行，我做不到。哪怕筹谋算计，其他都可以不顾。唯有你，我不得不顾。"

我愣住，想从他脸上看出一点玩笑的成分，就如同从前他时常寻我开心那般，却半分都看不出。可他想得着实太深刻，我连其中的皮毛都想不透彻，胸口像有什么生长出来，结了千百条丝线，细细密密织成一幅旖旎风景，不能分辨生出来的究竟是什么，唯一所念是昨夜同样辗转反侧，于是一句话脱口而出："二哥你不能生我的气。"

他怔了怔，嗓音含笑："我连生气都不能，九儿，你这样是不是有些不讲道理？"

我张了张嘴想解释，想了半天，也没想出缘由，只是模糊地知道他不该生我的气。季末说的那些不知是否也是他心中所想，可他不能那样想。远山茫茫，他的声音自头顶响起，似乎低低叹了一声："昨夜我是生气，很生气。可是看到你，就再也生不起气来。"

山寺寒凉，祁颜的手却很暖，我怔愣半天，动了动唇才想说什么，石台上忽然响起一道尖锐的声音："祺福帝姬，您叫奴才好找啊！"

恍惚间意识到与祁颜的姿势很不妥当，我匆忙将他推开，手忙脚乱整理凌乱衣襟，用力揉了揉不知是否因天寒而泛红的脸颊。反观祁颜倒是一派淡定，撩开衣袍重新坐回棋桌，饶有兴致地搅着剩下半碗汤："苏内竖（官职，等同太监）专程跑到清华寺来传旨，可是父王有什么要事要你通传？"

常在国君身边随侍，专为内宫传递旨意的苏内竖满脸笑意，冲祁颜拱了拱手："二世子神算，是有天大的喜事啊！"

祁颜握着汤匙的手一停，神情莫测："哦？是什么喜事？"

苏内竖笑了笑，身子忽然一转又对我行了大礼："恭喜帝姬，贺喜帝姬！王上方才下旨，将您许给五世子，择吉日完婚！"

我一时不能反应，只愣愣看着苏内竖笑得春光灿烂的脸毫无反应。与贺连齐大婚？怎么会如此突然？

"咣当"一声响，我恍然回神，棋桌上一大片水泽，而祁颜手里的汤匙跌在碗旁，修长手指停在半空。

"二哥……"我喃喃。

"一时失手，不妨事。"他脸色苍白，神色却平静，慢条斯理地将汤匙捡起来，随手搁回碗里，目光凉凉地扫过去，"是何时下的旨？"

苏内竖的笑意顿在脸上："就……就是方才……"

我怔怔："那，二哥他……"

苏内竖僵了僵，又赔笑道："帝姬这样关心二世子，当真是兄妹情深啊。"偷瞟一眼祁颜的脸色，声音蓦然低了几分，"王上早已替二世子另外择了门好亲事，帝姬……不必挂心。"

我当然不觉得王上在病重时仍然关心我的终身大事。这道旨意颁下，等同于默许贺连齐为储君，也就意味着这些年的世子相争终于告一段落，贺连齐会继任国君。可是祁颜……我下意识地看过去，他神色倒与寻常没什么不同，只是眸色深如寒潭，全神贯注地望着那摊泛着油光的汤汁。许久，他若有所思地对苏内竖道："你害我摔了九儿的汤，是不是，该赔给我？"

苏内竖一愣，忙不迭跪在地上："奴才只是奉命为帝姬传旨，不知世子也在此……世子恕罪，世子恕罪啊！"

他视线移过去，眸色越发深沉："也罢。你回去复命时记得告诉父王，九儿她听到这个消息，很开心。"

苏内竖再不敢说什么，只是唯唯诺诺地应下来，抹着汗仓皇告退。

直至如今方才回过神，我的终身大事就被这样轻易定下来，甚至没有给我任何迟疑的机会。虽然早就知道会有这样一天，可真的近在眼前，胸口却生出辨不明的情绪，隐隐生出痛意。古往今来，多少公主帝姬都不能左右自己的命运，全凭一纸诏书，或远嫁异邦终身不得还乡，或联姻敌国平息两国战火，又有几个能圆满一生。相较起来，嫁予贺连齐，的确算得上是极好的选择。

只是他，当真不是我心中所愿。

远山如黛，我一时不知该作何感想，只是浑浑噩噩收拾冷掉的羹汤。经过祁颜身边时，忽然听他淡淡笑了笑："这桩婚事，是不是正合了你的心意？"

我懵懂抬头，心里仍然记挂着方才那些安慰自己的理论，不自觉就说出口："我身为大齐的帝姬，虽不是生为社稷，但好歹为社稷将养。其实，嫁给谁又有什么分别呢？"

"没有分别吗？"他若有所思地重复道，"你现在无情思五感，若有一天你找回情思，会不会后悔自己今日这番话？还是说，即便你生出情爱之心，也会开开心心地……嫁给他？"

爱恨情思，在我看来是十分玄妙的东西，就仿佛古籍里的上古传说，只是听说却从未亲眼所见，当真很难感同身受。

祁颜沉默片刻，拇指拂了拂有些泛白的唇，忽然笑了一声："也罢，我想医好你，也从不是为了可以得到你。"目光移至盖好的食盒，眸色稍柔，"你方才说，下次不会再给我做汤？"

我"啊"了一声，不能明白话题为什么转得如此之快，才要说什么，他已先我一步开口："这汤的滋味，的确差了些。"

在我骂人之前，他又道："不过我很喜欢。"言毕站起身，指尖抚上我的颊边，神色凝重地嘱咐，"回宫去，好好在你宫里待着，等我回来。"

直至回到宫殿琢磨到半夜，我才明白祁颜让我在宫里好好待着究竟是什么意思。他大约是怕我一时冲动，做出什么大逆不道的事，譬如——逃婚。我不是没有想过逃婚，只是事情并不能顺利解决。眼下的我，就如同一块活动的传国玉玺，玉玺丢了，哪怕把齐国掀翻了天，君王也没有不找到的道理。

王宫中一时流言纷乱，宫人无论品阶接连前来道喜，可当事的两位世子纷纷不知所终。祁颜听闻南方发现一本珍奇古籍的孤本，向国君告了假亲自去找寻。而即将大婚的贺连齐，在听闻国君传旨的当夜，连夜出城，也不知去办什么要紧事。

冷风呼啸，日渐隆冬。我向来怕火，桑俞燃起三个炭盆，将外殿熏得宛如初春，独独内室有些寒凉。贺连倚来看我时，依然握了把扇子扇风，我抱紧裘皮蜷在矮榻上，看着他将扇子扇得呼啦直响："三哥，你要嫌殿里热，可以去廊下站着同我说话。"

他打量半天我的嫌弃神情，摇着扇子一笑："九丫头，这桩婚事，你可满意？"

我握了握冰凉的手指，淡淡道："我的想法如何，真的重要吗？"

他停下手中动作，若有所思："若连你都觉得自己所想不甚重要，又有谁会觉得重要？"

可重要是一回事，能不能实现又是一回事，我望了望窗外，说："我有时候会想，倘若没有白衣真人的箴言，没有父王将我捡回宫中，没有世子，没有帝姬，没有王位争夺，又该是怎样的生活，是不是就像宫外那些农家女，无拘无束地生活？"

贺连倚难得说出这样正经的话，我也就难得正正经经地答了。他视线移向山水屏风外投出的模糊人影，极短暂一瞥："假若有另外一个尘世，另外一个你，她做着你不敢做的事，过着你想要的生活。你会不会好过一点？"

我愣了愣，祁颜也同我说过，大千世界有无数尘世，只是这样的世界是否真的存在，又是否会有同我一模一样的人，却与我有完全相悖的命运？我思量片刻，摇摇头："可是那又怎么样呢，那个人终究不是我。"

贺连倚微讶地看着我，半晌，倏然一笑："想不到看得最通透的人，竟是你。"顿了顿，"自古王侯将相争名争利，大约是从没有遇到过比之更值得珍重的东西吧。"

我问他："那三哥呢？"

"我嘛……"他摇了摇折扇，又向外殿一瞥，低低笑了声，"自然是遇到了。"

白衣真人十数年不曾出过静水崖，如今被请来齐都，光替我诊病着实有些浪费。恰逢过些时日新年祭天，缠绵病榻的国君亦有些好转，便请了真人主持祭祀典礼，祈求大齐来年风调雨顺。

除夕夜，齐都落了场大雪，皓皓雪花似鹅毛铺天盖地，雪下了整整一夜，第二日祭典时，苍茫天地间唯余一点红色宫墙，我穿上绣了金凤的繁复吉服，踏着白雪，在长街留下长长的脚印。长明宫正殿前有宽阔高台，文武百官朝服加身高声唱喏，无一不是对大齐、对国君的美好愿景。我跟在一众世子身后恭敬叩首，一列寒鸦自天边遥遥飞过，八十一级云阶上，只能望到穿着肃穆的白衣真人立在一身玄色冕服的国君身侧，漠然睥睨芸芸众生。

大礼祭国，小礼念家。王室血缘转道宗祠，又是一番跪拜。忙碌到中午，我腹中早已空空如也，待到住持唱完最后一句佛经，我揉着酸痛的膝盖正要告退，摆了贡品的长案前，一派庄重的国君忽然开口："九儿。"

我站住脚步，不明所以地踱步过去。国君看我一会儿，温和地笑道："方才真人替我大齐的国运另占了卦，你也来听听。"

　　我更加不明所以，心想这难道不该是世子们的事情，怎么要我来听？况且我即使听了也帮不上什么忙，大齐也从来没有女子从政之事。

　　祠堂仍燃着香火，白衣真人自内室捧出一顶紫铜香炉，端端正正摆在长案正中，镂空的铜盖浮起袅袅青烟，他观摩片刻，抚着长须道："王上励精图治，勤政爱民，大齐自是国运昌盛。"

　　果然是修为高深的真人，连卦象都解得这样高深莫测。

　　国君似乎很是受用，苍白面色犹有笑容。

　　我掐着袖口一截凤尾流苏，琢磨什么时候才能去用午膳。然而还没决定究竟是用点心还是羹汤，近旁随侍的小童忽然"哎呀"一声，我懵懂抬头，就见明黄的香案上，原本腾起的青烟倏然四散开来，像要汇成什么神秘图腾。

　　殿内原本无风。

　　白衣真人似是怔了怔，忽然转头望向我，神色凝重："帝姬似乎，命数有变啊。"

　　我不明所以地回看他。

　　白衣真人抚了抚须，又打量几眼缭绕青烟："帝姬近日可是去了什么不该去的地方？"

　　说起来，我似乎只去不该去的地方。若说最近，恐怕只有前尘镜与流光剑的幻境。我蓦然觉得不安。

　　白衣真人揭开香炉顶盖，就近拿了一杯凉茶浇熄火烬，向始终一言不发的国君道："听闻王上有意立祺福帝姬为未来王后。"冷风吹开未关严的窗棂，他眼底闪过微光，"只是时移世易，帝姬已不是齐国之福，王上若执意如此，还请三思。"

　　一夕间，我从大齐的福星变成灾星。曾经备受欢迎被六个世

235

子接连求娶的我，前来送礼的王公贵族几乎将前殿的门槛踏破，如今却连半个人影都不曾见过，反倒落了个门庭冷落的下场。

那日后，国君虽含笑将我安抚回宫，却再也未提与贺连齐大婚之事。当夜，一队禁卫军戍守在我宫外，桑俞连伞都顾不上撑，任凭雪落了满身，跌跌撞撞地问他们为什么要囚禁我，得到的只有"末将也是奉命行事，还请桑俞姑娘不要为难"这类搪塞的话。

桑俞怕我看到她哭惹得我更伤心，只好趁夜黑风高偷偷哭泣。有一夜我睡后，她披头散发幽幽躲在廊下哭得正欢，正撞上独自一人守夜的侍卫。自此之后，夜中守卫足足增加了一倍。

相比她，我反而淡定许多。这其实没什么奇怪，我本就不是贺家血脉，身份来得不明不白，不是十余年前白衣真人一句话，又怎能享有天家富贵。如今不过将不属于我的一切交还回去，又何来伤心。

唯一所幸，是国君好歹顾及往日情分，也或者是担心被冠上冷血无情的名声，除过不能出宫门，其余与平日也并无分别。

能自由出入我宫闱的除过侍卫便是白衣真人，三日后清晨，他独自一人前来我宫中，说是受祁颜之托，来瞧瞧我如今情况，以及替我诊一诊病。

·我假冒秘术师时也曾替顾绍桓诊病，装模作样许久却没瞧出什么，亲眼见白衣真人诊病方知，秘术师原是有诊病的法器。他从袖袋拿出一块巴掌大通体碧绿的青玉盘，口中低吟几句咒语。玉盘蓦然白光大盛，发出咯吱响声，盘上断裂的玉纹仿佛赋予生命一般，逐个排列又依次断开。白衣真人皱眉端详一阵，郑重地同我道："祁儿曾与我说过帝姬的病症，老朽未亲眼所见，不好妄断。如今可见，帝姬是中了失魂。"

我点点头，表示并不意外："那有没有可解的法子？"

他抚了抚长须，却不答话。

我看着他，问："先生是否有难言之隐？"

他似在深思，末了，抬起眼："帝姬中术已深，恐怕……命不久矣。"

我愣了好一会儿。每当觉得事情已经坏到不能再坏的时候，命运总会再加一根压垮你的稻草。我曾是国君亲命的祺福帝姬，大齐的福星，未来的王后，六位世子竞相求娶，王亲贵族勉力讨好，却在一夜间一无所有，甚至连性命都不保。而这些事，只发生在短短几日。

我一时不知该作何感想。白衣真人将玉盘收起来，面色和善地同我道："不过或许有一个法子，能救帝姬的命。"

我抬眼看他："先生不是在宽慰我？"

白衣真人笑得高深莫测："老朽早已与祁儿说过，传言七件神器能起死回生，为人续命，且早就让他去寻。如今，大约已找得差不多了。"

我错愕地看着真人，莫不是祁颜从静水崖拿回的画轴？可这些事，祁颜为何从未同我说过？我怔怔道："先生从那时起，便知我命不长久？"

殿外冷风呼啸，吹落枝头积雪。白衣真人抚着长须，若有所思道："只怕他想救的人，不是帝姬。"

直至日暮西斜，我才恍然发觉白衣真人已经离开。后来他又说了许多话，我却一句都未曾记住，脑海里唯一所念，是他语声深沉的那句——只怕他想救的人，不是帝姬。

白衣真人说，祁颜如今为筹划大计，不能前来看我，希望我兀自珍重。祁颜筹谋的那些事，我或多或少也能猜到，国君将大行，许我与贺连齐大婚，已是定了要传位于贺连齐的心。只是遗诏未颁，祁颜总还有机会。

我拿过桌上的茶杯，送至嘴边时才发觉手在抖，茶水洒了大半，淋在梨花木的桌面，像极了那日被祁颜洒出来的羹汤。那时在云顶石台上，他同我说，他不会让别人得到我，同我说只要看到我就再也生不起气来。他若真是心系他人，又怎么会说出这样情深的话。

顿时觉得不能相信，假如他真的骗我，那我也要听他亲口说出来。我猛地将茶杯搁回桌上，抓过一件狐皮大氅，披在身上跑出殿外，原本还在犹豫怎样才能见到祁颜，倘若把那道撕碎的符纸再撕几次，还会不会有效用。我决定返回寝殿去拿妥帖收在妆匣里的荷包，却看到庭院角落里一株枯死的白桃树下，白衣真人正站在那儿，不知仰头在看什么。

两只寒鸦落在宫墙，哀怨鸣啼几声。白衣真人似才回神，抚了抚身上落雪，拿出一管玉笛若有所思地摩挲。

我怔怔看着他将玉笛握在手中，怔怔看着他看向我，怔怔看着他走到近前，不动声色地问我："帝姬可是还有别的事？"

视线自袖口移上来，定在他慈祥的面容上，我听到自己的声音响在冰天雪地，不自觉带了些颤抖："先生可知道，数年前渝州颜家的庶女，颜安？"

他笑意凝结一瞬："颜安？"玩味地重复这名字，"容老朽想一想……哦，你说的是那位姑娘。说起来，我同她倒是有一面之缘。"

我咽了咽紧涩的喉头："一面之缘？"

白衣真人远目天边暗淡日光，仿佛陷在什么回忆中："她曾经一步一叩首，从决明山脚叩上静水崖，求我指点她幻法秘术，只为保一人生生不息。"

我却全然不关心这些，目光只紧紧盯着他指缝中一截温润的玉："那这管玉笛……"

"帝姬说这个？"他露出了然神色，重新将玉笛握在手中，轻轻摩挲，"便是当年她为表感激赠予我的。"又看向我，眸色探寻，"帝姬，可是见过这笛子？"

我含糊应了一声眼熟便不再说话，心中却掀起惊涛骇浪。不对，一定是哪里出了问题。颜安的玉笛是顾绍桓所赠，说是定情信物都不为过，颜安是何等珍视，至死都带在身边，又怎么会轻易送给他人。何况，颜安的魂魄入流光剑前，被顾绍桓死死锁在身边，倘若当真求过真人指点幻术，也只可能是她失踪的那段日子。

可她用幻术化作颜欢时，分明还带着玉笛。幻境中所见不会骗人，白衣真人如此说，是并不知道我能同神器对话吗。电光石火之间想到一种可能，祁颜曾说，与颜安秘密联系的幕后主使，画像有些神似他师父年轻时的模样。

白靴踏过积雪，他不知何时已站在我身前一步，慈目中似乎有微光闪过："帝姬，是不是有哪里不适？"

我慌忙摇头。抬眼就见白衣真人慈爱的笑容，心下稍安。大约是近日精神太过紧张，我才会胡思乱想这些乱七八糟的事。

空荡庭院里，白衣真人身姿挺拔，几乎要融入雪景中，动动唇想说什么，却猛地看见他右耳上渐渐现出半个缺角。我揉揉眼睛，再揉揉眼睛。饶是天寒地冻，我仍然沁出一身冷汗。

白衣真人竟真的是顾绍桓一直在找的幕后主使。只是他又有什么目的，连祁颜都不知晓的目的……

意识到事情不大对劲，觉得应该立即让祁颜知晓，勉力稳定心神，我抬头露出个笑容："说话说久了，突然有些头晕。我先回去坐坐，先生请便。"

我转身回寝殿，只觉脊背后有一束凉凉目光，比冰雪更甚。我脚步有些不稳，掐着掌心走出几步，身后陡然响起一声："哦？你能看破我的幻术？"

我没有回头，脚下步伐越发急促，几乎要跑起来。眼前倏然一花，白衣真人的身影从天而降，原本和煦的面容透出丝丝诡异："帝姬当真是无忧无虑，可是苦了我那徒儿为王位运筹帷幄，将天下都算了进去。"

我不自觉地后退一步："先生该知道眼下父王将我囚禁，我这宫里什么都没有，唯独侍卫最多。若误会了先生想要对我做什么，伤了先生与父王的和气，总归是不好。"

白衣真人目光沉沉："你这古灵精怪的心思，倒是同她一样。"

我愣了愣："谁？"

他好笑似的摇摇头："我早就将前殿封了结界，你喊破喉咙，也没有人听得到。"

我心里一沉，他抚着白须，继续说道："你既生了疑，不如由我来告诉你。贺连崇早已与他人有了婚约，为夺王位才蓄意接近于你。国君既已打定主意将你另许他人，你自然再没有用处。他便来求我在国君面前觇言，重新定了你的命数。你如今被囚于此，都是拜他所赐。"

我身形晃了晃，二哥他为了王位？只是此情此景，任何事都不能信，任何人都不能信。

我一边假装仓皇失措后退，一边借机找寻破结界的法子："你不必费尽心思挑拨我与二哥的嫌隙，除非他亲口告诉我，否则，我一个字都不信。"

"哦？"他仍是笑着，却让我觉得森然，"你不信，那我便让你亲眼看看，也死了你这条心，如何？"

最后一缕日光沉入宫檐，远处渐次掌起明灯，映出皑皑白雪。白衣真人祭出青玉盘，半空中蓦然化出不同景物，如同祁颜前次所为。

寒冬冷月，一片盘亘梅林，是长明宫外的萧笙苑。寒梅颤颤巍巍伸出一枝，贺连齐冷冷立在树下，剑尖直直比在祁颜的脖颈。遍地劈砍剑痕，落梅成海，看样子两个人是狠狠打过一架。两人身上或多或少带了些伤，却全然不顾伤势。我从来没有见到过这样的贺连齐，嘴角渗出血迹，眼底携了滔天怒意，似一捧燃不尽的熊熊烈火，几乎毁天灭地："这便是你的为人师表？满口仁义道德，却连别人的性命都不顾——"

祁颜袖管被削掉一片，却不见分毫狼狈。他漫不经心地用两指将剑锋推开，幽蓝剑光映出他深不见底的眸："你救你的人，我救我的。如此看来，你我又有何分别？"

贺连齐几乎怒极："你——"

祁颜眼底浮起漫不经心的神色："你要知道，你杀了我，再没有人能救她。"

贺连齐从牙缝里挤出一句："贺连崇——"

"嗡"的一声，剑影自那一株斜梅枝划过，"咔嚓"一声与树干分离。祁颜微后退一步避开枝头落雪，视线扫过贺连齐愤懑的面庞，随手擦掉颈边的血痕："要江山还是要美人，五弟，你好好掂量。"

云纹白靴踏出深深脚印，祁颜转身离开，徒留下贺连齐狠狠持剑站在一地狼藉中。行至萧笙苑的赤金匾额下，贺连齐忽然在祁颜身后冷笑出声："我的好二哥，你倒是将我们都骗了。你说你无心王位，却事事都在为王位谋策。骗得父王重用，骗得九辞信任于你，果真是好大的一步棋。"有利器破空而来，祁颜微微偏头，流光剑擦着他的鬓发，铿地钉在他身前一寸，"牺牲别人的性命成全自己，这就是你口口声声说的一切都是为了她？还是为了满足你的野心？"

祁颜连头都未回，微弯下腰拔出流光剑，对着月光反复端详一阵："我想要，是因为我可以得到。"

幻象结束时，我才恍然发觉自己正死死攥着胸口衣襟，二哥，果真是要另救他人又利用我吗？那他同我说的那些话，又算什么呢，从头到尾都只是诓骗我的谎言吗？有什么自胸口长出来，似银针一针一针地穿过我的身体，密密麻麻的。我痛得抱住双膝，兀自喃喃道："你不过是想挑拨我与二哥的关系罢了，二哥又怎么会……"

怎么会骗我呢。

真人嗤笑："还真是不见棺材不掉泪。既然如此，我便让你亲眼看看，让你彻底死心，如何？"

他带我七拐八拐，最终停在萧笙苑外，不知使了什么秘术，我身体始终动弹不得。他将我藏在一块巨石后，露出个莫测笑容："帝姬且看仔细。"而后自己独自一人等在苑中。

不知过了多久，有道声音响起来，是我曾听过千次万次的熟悉嗓音："如今七件神器已经集齐，师父准备如何安排？"

白衣真人笑道："甚好甚好，只是想要那位姑娘活命，还需一样东西。"

祁颜微怔了怔："是什么？"

"人心。"

梅枝飒飒，落雪无声。咫尺之外，祁颜微微低头思量片刻，一字一字认真地道："那便用我的心救她。"

我猛地一晃，脚下"咔嚓"一声，才发觉踩到一截枯枝。

"是谁？"祁颜何等警觉，不待我躲开，他已在我面前，皱眉打量我片刻，"九辞？你怎么在这里？"

我勉强笑了笑："我为什么不能在这里？"

方才打得那一场，祁颜也没占到多少便宜，袖口染上暗红血迹，颊边擦破一块，双眸却冰冷。祁颜他即使颓然，也这样好看。我胸口仍在隐隐作痛，扯了扯嘴角，问："所以，二哥方才说的那些都是真的？也是二哥知会白衣真人，让他同国君说，其实我……是个灾星？"

身后是茫茫白雪，祁颜站在雪中，衬得他脸色越发雪白。半天，他点了点头："是。"

我恍然大悟似的"啊"了一声："原来是真的。"

他垂在身侧的右手动了动，似乎想要拽住我衣袖："九儿。"被我闪身避开。

他望住空无一物的手指，半晌，笑了一声："我就这样让你讨厌，让你避之不及？"

古往今来，多少话本子里，成大事者又怎会在乎儿女情长。如今方知，那些王侯将相，不是太在意王位，而是不够爱美人罢了。我又怎么会天真地以为，在祁颜眼里，我比王位还重要。

我看着他："是，二哥，我再也不想看到你了。"

一阵冷风，落雪簌簌，零星几丝梅香。祁颜不知何时已离开，白衣真人将我放出来，居高临下地望着我："帝姬可是信了？"

顾不得疼痛，我撑住近旁一株梅树。舍命救她，这该是如何深情。只是再如何的情义，都与我毫无关系。原来与他一同行过的路，与他出生入死，那些长长久久的陪伴，经历了那么多，以为对他而言，我果真是不同的。原来这一切都是假的，他对我说的那些喜欢，都是谎言。

他说："求漫天神佛庇佑，你的有缘人是我。"

他说："只要你欢喜，没什么是我不能做的。"

他说，他很喜欢我做的汤，他说让我等他回来，却等来这样的结果，他分明说过，只需相信他就够了。

如今，连相信都是假的。

我却当了真。我以为他真的喜欢我，而我……也喜欢他。

我从来不知爱为何，恨为何，因他知爱知情。他却骗了我，不能帮他得到王位，便被他弃若敝屣，连半分留恋都不曾有。

祁颜，你何其忍心，何其忍心。

我喉头蓦然一阵腥甜，有什么从口中涌出来，喷在覆满霜雪的青砖上，点点猩红似盛开在萧笙苑的红梅。愣了一会儿，才反应过来是我呕出的鲜血。我抬起衣袖在嘴角擦了擦，胸口蓦然又痛起来，疼得几乎站不稳，还没来得及思考为什么突然会吐血，下巴忽然被人狠狠抬起来，现出白衣真人一张震惊至极的脸。他眼底泛出红丝，打量我面容半天，不可置信道："你竟生情了？怎么会，怎么会……"

我不能理解他为什么反应这样剧烈，又想若真的生了情，对我而言究竟是好事还是坏事呢。

还没想透彻，已被他一把甩开，青玉盘自他掌心腾起，蓦然跃向半空。伴随一声咒语，周围暮景皆不见，天地只余荒凉色彩，像是被封闭在一个巨大的玉石里。脑海中模糊响起一道婉转女声，一切都很熟悉，仿佛从前进入神器的世界……

我倏然意识到什么，爬起来发疯似的跑向结界边界，却像撞在一堵无形的墙上，猛地弹倒在地。

幽黑夜色响起他气急败坏的声音："你本该只是一具躯壳！生情，便不再是她！你既已生出情思，那便不能放任你被尘世浊染。你就待在这命盘之中，好好净化吧！"

我死死靠着结界，许久疼痛才渐渐平息。从前出入神器的世界，皆由祁颜引领，如今颓然看着空荡荡的双手，方才恨自己为什么不学一学秘术。艺不压身，书到用时方恨少，古人诚不欺我。

原先遇到危险，只要想到祁颜会来救我，就觉得心安。可眼下，我又该念着谁？

事到如今，不能不怀疑白衣真人究竟是否如传言般是隐士高人。他是指使颜安的幕后主使，他有不为人知的图谋……我脑海中闪过的第一桩想法是，这些事，要让祁颜知道。

明知祁颜骗我，却仍是不能眼睁睁看着他送死。我叹了口气，自己怎会这样没出息。

国君将我囚在内宫，又有侍卫严加看守，外面的人没办法进来，里面的人没办法出去，即使桑俞和一众侍女发现我消失也毫无办法，白衣真人自然有一套说辞能圆这个谎，外人又如何会知道我失踪。简直是一局死棋。

看不到结界，只能看感觉，我一点一点用手摸过每一寸结界，试图找出一点边缘，可摸到手指血肉模糊也找不见半分空隙。我颓然瘫坐在地上，坐了半刻觉得不能这样放弃，于是试图用手砸开。当然知晓这样做只是徒劳，可好过什么都不做。拳头重重砸在结界，我再次倏地被弹开，五脏六腑像裂开似的疼。我揉了揉酸疼的肩膀，准备再多用几分力气时，身后陡然一声：

"帝姬想的头一件事，竟不是要救自己出去，而是要告知他人深涉险境，当真是情意深重。"

我吓了一跳，想不到结界中另有他人。只是这声音颇为熟悉，似乎是入幻境时脑海里不知从何处冒出来的女声。我收回几乎砸在结界上的手臂，对着空荡荡的前方大声说："事出突然，我又哪能考虑那么多，自然是怎么想便怎么做。"

许是声音太大，语声落下后空荡荡的玉石罩子里响起回声。模糊声响由远及近，停在我面前几步外："我在这里关了数百年都未曾出去，帝姬也不必再浪费时间。"

我四顾许久，的确未看到半个人影，一时不能分辨这声音究竟是想帮我还是想害我。

"姑娘你始终不现身，我又怎么能相信你？"

她似叹息一声："我又何尝不想现身，只是如今的我不过一缕残魂，甚至连自己长什么模样都忘了，又怎么能让帝姬看到我？"说到这里，面前现出一个模糊身影。

我走近一步，借助结界透出的暗淡微光，依稀能分辨出是个

年轻的姑娘，容貌却看不大真切，果真如她所言是缕幽魂。

她就在我身前几寸，像是一眨不眨地望着我："帝姬不怕？"

我摇摇头："你不过一缕孤魂，不能对我做什么，我为什么要害怕？"

那姑娘似是一怔，转而不知因何低笑出声："帝姬果然……"却没有说下去，近乎透明的身影在原地转了个圈，立在结界边缘，"帝姬可知，方才外面那人是谁？"

我想了想，说："不是在静水崖闭关修行的白衣真人吗？"这样说来，大齐似乎无人知道他姓甚名谁，甚至连祁颜都不曾提过，只知他修为高深，即将位列仙班，其余一概不知。事情隐隐透出一股阴谋的味道，而面前这个姑娘忽然成为解惑的关键。一想也对，青玉盘被白衣真人带在身边，那这姑娘定会知道许多不为人知之事。

偏头却见那片模糊人影抬起手，缓缓抚上结界，宽大水袖舞出剪影，像是怀了无限眷恋。蓦然有水滴落下的声音，却不是在结界里，而是在结界外，水幕顺着透明外壁淌下来，织成一幅琉璃暮景。她微微停顿，再开口时，嗓音带了些年岁的沧桑："我同帝姬的确有几分缘分。"

还未等我开口，空无一物的世界陡然铺开一幅鲜活画卷，半透明的身影轻盈飘入画中，转瞬不见。身后仍是虚妄幻境，前方的混沌天地间却化出斑斓色彩，自我脚底向前蔓延……

目之所及，一片嶙峋山石，一树盛开的山樱遮住明媚日光，远处隐约可见宫殿的琉璃青瓦，似乎是哪处王宫的辽阔花园。因不大清楚这姑娘的身份，一时不能判断这里究竟是前朝还是别国，才想去宫殿一探究竟，蓦然有道声音破空响起，巨大阴影由远而至，我几乎是下意识地抱住头躲在假山后，感觉有什么自我头顶飞过，刮起一股狂风，撒手一看，竟是一只身长数丈的大鹏鸟。

我顿时心道不好，从前神器中都是凡人的世界，如今这位该不会是哪个上古神话的异族，不知她是否会有其他脾性——譬如吃人什么的？

书上说，此兽现身，必定有什么天灾浩劫。我一边忍不住担心幻境崩塌又将如何自处，一边心惊胆战地观摩。然而着实是我想得太多，大鹏挥动青灰色的羽翅，看模样打算冲入云端，却一头撞在一处假山上，惹出山呼海啸的震动，倏然摔得粉碎。

有物什零星滚到我脚边，我弯腰一看，登时目瞪口呆——是铜筑的零件。原来这大鹏，竟是一只机关兽！

此时才遥遥看见，被大鹏刮落一地的山樱树下有个白衣男子，容貌俊美不似凡人。谦谦君子温润如玉，眼前这样好看的男子，却坐在一把轮椅上。他手中握了卷书，撑头似笑非笑地望着身前一位黄衣姑娘。

落英纷飞，有温润嗓音传入耳中："师父前日立下重誓，说三日之内必定能做成这大鹏鸟，不然就——如何？"

黄衣姑娘不服气地跺跺脚，蹲下身摆弄七零八落的废弃铜铁，兀自逞能道："还没到亥时，今天就不算结束。"捡起其中一件，对着日光仔细端详半天，"奇怪，墨家的古籍里分明是这样说的，为什么就是不能成功呢？"

男子微扬起嘴角，拂掉书册上的落樱，信手翻了两页："图纸呢？"

"没有拿反……"

"部件呢？"

"没有少装……"

男子看一眼书册，又望了望一地狼藉，沉吟片刻："尾翅，是不是多了半寸？"

黄衣姑娘一把抓起尾翼比画了半天："好像真是多了啊。"耳畔蓦然一声低笑，她颊边染上红晕，是羞愤的模样，却抬头狠狠瞪着他，"你再这样没大没小，为师就不再教你了！"

　　枝头轻颤，两瓣山樱落在她墨色发间，他视线停了一瞬，修长指尖拨动轮椅，向花园外行去，嗓音隐隐带了些笑意："我吩咐厨房做了西域的甜雪，可要尝一尝吗，师父？"男子有一副好嗓子，尾音微微上挑，响在缭乱纷飞的落花间，带了几分蛊惑的味道。

　　她果然很感兴趣地站起身，走出两步，又犹豫顿住。

　　像是早已预知她的所作所为，假山后依稀一声："师父？"

　　她不甘心地回头望一眼成堆的铜铁，咬咬嘴皮跟上去："来了来了……"

　　二人渐行渐远，最终连背影都消失不见，我却愣在那姑娘的回眸里，终于明白从初见时就生出的熟悉之感来自何处，她——竟长了一张同我一模一样的脸。

　　过往那些记忆在脑海里反复翻腾，有什么破茧而出，仿佛一张细细密密的网，将我网在其中。即使安抚自己一切都是巧合，也着实不能信服。

　　第一反应是她莫不是我的孪生姐妹，下一瞬就将这桩想法扼杀。因初初被囚时，她分明说自己已被关了数百年。佛家道典里曾言轮回转世，我向来不信，如今却觉得不得不信，难道我是这姑娘的转世之身？

　　隐约觉得事态发展越发难辨，往常这种时候都有祁颜陪在身边，可如今只有我独自一人，胸口生出莫名慌乱。方知原他在时，我是那样安心。

　　之后几段记忆碎片，像一折排演过的戏文，澄碧天幕寥寥几笔水墨，告诉我数百年前天下七分，江氏乃其中之一。那时的江山版图辽阔，周边战乱频发，唯有江氏能独善其身。只是到了这一代，国君子嗣稀薄，膝下唯有江凌一子。其实能继承大统，有一子与有多子并无什么分别，可偏偏江凌天生便患了腿疾，无法如常人一般行走。

国君年迈，不能再得一子，因此江凌变成唯一储君。也曾有大臣上奏劝国君另择他法，若君王嫡系血脉不能继位，只能是从旁支择一位品貌优良的过继给国君，此乃万不得已之法。国君终日惶惶，祖先留下的大好江山，在他手里却要拱手让人，只好把全部期望都寄托在江凌身上，期待老天开眼，能有奇迹发生，让江凌的腿痊愈。

然而江凌着实争气，很争气。

江凌其人生得俊美，又天资聪慧，虽患了腿疾，却分毫不影响他的生活，更是找能工巧匠做了一副极趁手的轮椅，除过不能登山攀石阶，行动几乎与常人无异。再加之他自幼便勤勉，三岁熟读诗书，五岁便能背诵先人所撰的治国之法，十三岁那年，亲自带兵大破异族侵扰。国君深感欣慰，压了几道另寻储君的奏折，自此再无人敢妄言。

那时市井传言，墨家机关术天下无双，却只传掌门，直到前一代掌门忽然暴毙，墨家便日渐凋零，直至几年前再无踪迹。偏生国君对机关术颇有兴趣，派人几番找寻依然未果。

江凌十六岁那年，初春的雁北下了场浩浩大雪，冻死了所有庄田，等到秋季，颗粒无收。雁北十二小国无奈之下结成联盟，将贪婪的目光放在丰沃的江氏领土上，在濒临寒冬前大肆进攻江氏边城企图掠夺过冬粮食。

国君大怒，派江凌带五万精兵收复失地，兵力装备悬殊，本是稳赢的战役，却不知雁北军用了什么神奇的阵法，竟以区区万人破了江凌的军阵，大败江凌于邑戎关。

江凌主军被困于天堑，几次突围未果，加之粮草供应不及，早已元气大伤。军心不稳，人心惶惶，唯一的信仰便是身为将军的江凌。雁北气候寒凉，不过深秋已凛若寒冬，每至深夜，主帅营帐仍透出微弱灯火，丈宽的江山图横立在帐中一角，水墨长卷前一张乌木书桌，一幅沙质的地貌图，一袭金戈铁甲，白衣黑发的男子坐在木质轮椅上，清远眸子死死盯着插了小旗的地图，眉心紧锁。

烛灯火光越发暗淡，军师小心翼翼地添上新烛，目光瞟向桌角一张密报——援军还要二十五天才到。也就是说，他们还要再坚持二十五天。

"主帅，您已经熬了两夜未合眼，是不是先休息片刻再……"后续的话却被江凌抬手打断，将一枚黑旗插入沙盘，他疲惫地揉了揉眉心，帐外忽然一阵喧嚣。

军师脸色一变，急匆匆掀帘出去："深更半夜也敢扰主帅清静，你们当真是活得不耐烦了！"

却见两个士卒押着一个黄衣姑娘进来，单膝跪地道："主帅，抓到一个偷偷潜进军营的小贼，怀疑是雁军派来的细作！"

黄衣姑娘挣扎半天，也没挣脱开，只瞪着一双大大的眼睛瞧着江凌，大声说道："我才不是什么细作！不过是想拿一些你们厨房的饭食，谁知你们吃得还不如我好。你们主帅，也真是小气！"

一屋子人当场黑了脸色，唯有主位的那一个眼底含了笑意，微微挑起眉，露出疑惑神色："拿一些，还是偷一些？"

黄衣姑娘脸上倏然飞上红晕，却兀自嘴硬道："拿而不告才为偷，我留了字条，又怎么能叫偷呢？"

江凌不置可否地笑了笑："哦？这么说前几日厨房里的那些字条，都是姑娘写的？"他向左右使个眼色，"放了她吧。"

士卒为难道："主帅……"

江凌摇摇头："无妨，附近的村民这半年被雁军剥削奴役，不是万不得已也不会到军中偷盗的。"

最终，他吩咐厨房将自己明日的午膳封了给她。黄衣姑娘也不客气，就近挑了张木椅坐下，晃着双腿，自顾自地啃起馒头来。彼时又有士卒架着一副木箱进来，将要打开时才发觉营帐中另有他人，登时顿在原地，警惕地瞧着那姑娘。

黄衣姑娘扬起嘴角，一双乌溜溜的眼睛扫过专心致志研究地图的江凌，漫不经心地转了方向，只留给他一道纤细背影。

士卒这才放心似的打开木箱，江凌从摊开的密报中抬起头，微微颔首示意："可是查到了？"

士卒擦了把汗说道："查到了，就是这东西杀了我江国四万将士……"

江凌眼底黯然，将最后一面旗插在沙盘上，手指才搭上轮椅，耳畔蓦然一道清脆嗓音："我还当是什么，原不过是个机关人。"

正扶着箱盖的士卒吓得险些跳起来，"轰"的一声合上箱盖："大胆，偷窥军中机密可是死罪！"

黄衣姑娘不在意地笑了笑："不就是雁军练兵用的人偶嘛，这点雕虫小技也敢拿出来献丑？"

士卒噎了噎，大约也并不知道箱子里的东西究竟姓甚名谁，只面红耳赤瞪着那姑娘。子夜更声响过，坐在长桌后的江凌忽然开口："姑娘识得此物？"

黄衣姑娘丢了块牛肉在口中，视线扫过角落里垒满了书册的木架："你这样爱读书，可知机关人是何人发明？"

江凌眼底浮起困惑神色，微微沉吟道："擅机关术者，当属墨家。只是数十年前墨家人脉凋零，机关术也早已失传，现世流传不过其鼎盛时之万一。"

眼看一盘牛肉见了底，黄衣姑娘拍了拍手，从怀中摸出一本封皮暗黄的书册，扔在江凌面前："墨家机关术，都在这里了。"

一旁的士卒不可置信地瞪大了眼睛,口中讷讷出声:"怎么可能……"

饶是平日在战场上杀伐果决依然颜色不变的江凌也微微变了脸色,他拿过书本翻了两页,神色略松:"姑娘给江某一本无字书,可是另有深意?"

她站起身,负手踱到烛光下,映出一双清灵双眸:"自然是空的,这样的书不管落在谁手里,都势必引起一番争端。"又指了指额边,"自然要将书里的那些,都记在脑子里。"说罢打开箱盖,不知摆弄了什么机关,本被砍得体无完肤的人偶倏然站立起来,穿着残破盔甲的样子简直同雁北军如出一辙。

那士卒吓得拔刀而起,颤抖着双手指向人偶:"你……你想做什么?"

她盈盈立在人偶身后,个头不足人偶的肩膀,手指间却仿佛扯了千万条丝线,俨然一副操控万物的傀儡师,随意令人偶做了几个古怪动作,弹了个响指,人偶应声倒地。她蹲下身仔细端详半天,摇了摇头,口中念念有词:"用的都是古旧的法子,挥刀的动作只有六式。这最后一式又只能砍到肩,砍不到脖子,根本不是墨家正统机关术,也不知从哪里偷学的旁门左道……"

士卒看得愣神,忽然"扑通"一声跪在地上,朝那姑娘边叩首边道:"姑娘神通广大,还请姑娘救救江氏的将士,救救江国!"

她笑盈盈瞥他一眼:"救人吗?如今这乱世,救再多的人又能如何?"拿起剩下的半块烧饼,细心用油纸包好就准备离开。

身后蓦然响起一道嗓音:"姑娘可有破解机关人之法?"顿了顿,"若姑娘愿助我军破此难关,往后我便奉姑娘为入幕之宾,以恩人之礼相待。"

她站住脚步,略略沉思片刻,舌尖舔了舔嘴唇:"你们这儿……有烧肉没有？"

自那日起，主帅的营帐时不时飘出饭香，清蒸烧肉、红烩鲈鱼、琵琶大虾、川汁鸭掌，本该用作庆功宴的食材，接连制成热气腾腾的佳肴端进营帐，又空盘端出来。黄衣姑娘耐心地拨掉鱼刺，银箸递到嘴边忽又停下，目光扫了扫身旁吃相儒雅的江凌，有些好奇："你的腿，怎么伤的？"

军帐里众人霎时噤若寒蝉，江凌慢条斯理地用白绢擦拭嘴角，抬眼时神色如常："生来如此。"

她偏头想了一会儿，点点头表示赞同："也难怪，老天给了你这样好看的样貌，给了你至高无上的身份，给了你羡煞旁人的才华学识，也总要收些什么回去，才公平不是？"

帐中静寂更甚，一旁等候商议军情的军师气得吹起胡须："姑娘怎敢如此放肆！"

她却仿佛没有听到似的，双手撑住下巴，微弯了眼看江凌："你想不想站起来？"

江凌愣了一瞬，眼底浮起细微光芒："姑娘有法子？"

她将啃得干干净净的骨头扔进白底瓷盘，"叮"的一声："你请我吃饭，我便还你一双腿，如何？"用尽最后一盅热汤，她踱步掀开帐帘，倏然一阵冷风。几缕幽暗月光照进营帐半寸，她倚在门边沉吟片刻，唇边扬起一点笑意，"后日差不多了，你们准备突围吧。"

江凌微微偏头，冷冷月色下，她未绾的发像水墨画中寥寥勾出的几笔，被风吹得凌乱。他不动声色地收回目光，想了想道："他们的人偶阵，姑娘可是愿意教江某破解之法？"

她转过头，望着他笑："我不做你的入幕之宾，也不要你还什么恩情。墨家的机关术从不轻易示人，你想要我破解，须得喊我一声——师父。"

他怔了怔："姑娘想收我为徒？"

她笑意盈盈："为师空有一身技艺，却无人继承，甚是寂寞。"

他嘴角勾出浅浅笑意："那还请师父赐教，雁北军的人偶阵，该如何破解？"

她望了望时隐时现的圆月，似是叹了一声："明夜有暴雨，人偶见水便再也发挥不了用处。"

他愣了一会儿，继而低笑出声。

她揉了揉冻僵的手指，愤然道："你笑什么，知其短才能用己长，若不是知道机关人的弱点，又怎能用暴雨制裁。"

又一阵冷风，裹着边地的沙尘吹入帐中。羊皮风灯晃了几晃，他抬手护住灯罩，低低笑了声："是，谨遵师父教诲。"

被困的第十八日，江凌移出营帐，与将士同食薄粥。边城天垔，军旗猎猎，十余丈外便是料峭悬崖，有冷风伴着兵戈声呼啸而来，他裹着锦衣轻裘，在赤色军旗下望着一众戎装，承诺："只要我活着一日，便保你们一天。"

八千余位将士，有的因饥饿面色发黄，有的被敌军削掉一只臂膀，有的目不能视，依然在空旷山野喊出山呼海啸的呼喝。当夜暴雨倾盆，斜风伴着冷雨浇得人几乎睁不开眼，江凌喝令众将士突围，失去机关人的雁北军一击即败，溃不成军，江氏顺利夺回城池。然而那一场恶战，不知是有谁通风报信，说江氏得了墨家后人。雁北军虽死伤无数，雁北诸国却暗中派了一队死士，势必要将其截下，同时下了死令，若不能截下，便将其除掉——绝不让江氏得益。

战马一声长啸嘶鸣，不知谁大声呼喝"有刺客"，士卒将软轿团团围住——围的却是江凌那一顶。修长手指掀开轿帘，近处几根微弱火把，死士与士卒战在一处，江凌蹙眉，几枚泛着冷光的铁器从指尖飞出，四人应声倒地。其余人见情况不妙，不恋战，便要将截下的姑娘推下山崖。

电光石火间，白色衣袍闪过，率先滚下山崖的是一副木质轮椅，坠落得无半点声息。江凌死死抓住一株枯瘦矮枝的树根，另一只手臂拖着险些死无葬身之地的姑娘。

山间湿滑，偶尔滚落两颗碎石，脚下便是万丈深渊，唯一能倚仗的只有江凌的右手。耳畔似乎能听到树枝一点点断裂的细微响声，黄衣姑娘吓得面色发白，可声音还算镇定，哑着嗓子问道："你为什么要救我？"

他嗓音透出点无奈笑意："我不救你，你就死了。"

崖底是怒涛海啸，生死不过一瞬间，狂风灌满衣裙，她吸吸鼻子，嗓音被风扯得破碎："可是，万一……你也会死啊。"

他沉沉呼了口气，抬头望了望崖壁上的零星火光："我说过，只要我活着一日，便要保你们一天。"

万幸士卒来得及时，从崖壁挂下几条绳索，费尽力气将两人救上来。除过几片擦伤，二人倒没什么大碍，唯一与先前不同的是，黄衣姑娘自此之后都坐在主帅的软轿里。半年后，大军凯旋回都，国君亲自出城迎接。

这一年，墨家的嫡系子孙再度现世，姓墨，名迟暮，随江凌入王宫时，不过是个十五六岁的娇俏小姑娘。

墨家的拜师仪式尤为简单，一张案几，一碗清水，墨迟暮割破手指，皱眉挤出两滴血，郑重其事地递到江凌面前："饮了我的血，从此之后，你便是我的人啦。"

他有些好笑似的看着缠满血丝的清水："真要喝这个？"

迟暮端着碗的手一顿，狠狠瞪他："怎么，你不愿意？"

下一瞬，一碗水已被饮得干干净净，他淡色的唇泛出不自然的潮红，直直望进她眼底："怎敢，自然是心甘情愿。"

说是师父，可迟暮年纪比江凌还要小两岁。

无心插柳，江凌寻到墨家后人，国君十分高兴，特准她以江凌师父的身份入太学教一众王孙机关术。墨迟暮欣然领命，每日在堂学兴致勃勃地剥着瓜果，指挥一干手不能提的纨绔打磨各种机关奇巧，却也不言明这些机巧有何用处，觉得合格便收上去，觉得不合格便重新做，俨然把一众纨绔当作免费劳力。

纨绔们大多觉得，机关术数又有何用，还不如多去青楼看看姑娘。唯有江凌，每日学堂必定早早前去，放课后也是最晚离开，堂上间或还有一两声疑问，譬如前日师父还说此类机关牵一发而动全身，为何今日却说它无关紧要，又譬如这一开一合用的是轴承之力，非师父所言的流动之力。常常将迟暮噎得哑口无言，在她愤愤瞪着他时，他常常抱以温柔笑意，用口型说几道美味佳肴，她便会乖乖消气。

冬去春来，万物复苏，国君不知听哪位言官谏言强国者必先使其子孙身强体健，便在宫中办了一场蹴鞠比赛。迟暮同学生们年纪相仿又关系甚好，自然也在受邀之列。国君教化开明是件好事，可他亲生儿子分明行动不便，开展这类活动，真是不知让人如何是好。

当日，国君特意命人在花园辟开一块宽阔场地，王孙贵族抽签分成两队，迟暮一身劲装，束起袖口裤脚，一场竟也踢进两三个球。赛场热火朝天，连内监都在一旁不住喝彩，观战的人群中，唯有一人神色淡淡，手边摊开一卷古旧书籍，却许久都未曾翻过一页。

待一场结束，迟暮抹着汗来到场边，接过江凌递来的手帕，才想说什么，恰好碰到几个绑着蓝色头巾的王孙嬉笑着过来，其中一个年长江凌五六岁、却事事被他压一头的亲王左右看看，细小的眼睛眯起来，笑着问："世子，怎么不跟弟弟们一起玩啊？"

一旁年纪小一些的贵胄附和："世子哥哥身份尊贵，又怎么肯屈尊跟我们一起玩呢？"

江凌淡淡坐在一旁，漫不经心地拨了拨茶盖："你们是说，也想让我去踢一踢蹴鞠？"有寒光自他指尖闪过，没人看得清他是如何出手，可下一瞬被贵胄抱在怀中的蹴鞠却直直飞出去，"叮"的一声钉进近旁的一株扶桑树干上。

贵胄讷讷望着空无一物的怀中，面色吓得惨白，唯有当事人浑然不觉，随手将茶盏搁在小几上，微微抬眼："你觉得，这种踢法，可行？"

远处响起裁判的吆喝，原是下一场比赛即将开赛，年长的亲王面色铁青，狠狠瞪着江凌："国君早就言明王宫禁用暗器，世子可是明知故犯，敢公然违抗圣意？"

江凌眉目散漫，显然未将他们二人放在眼里，近旁侍候的内监早已吓得退出十步之外。迟暮将手里的帕子撂下，露出温和笑意："我记得年前国君治了一位夫子的罪过，不知二位是否记得罪名为何？"两人面色倏然一变，迟暮微微偏头，是沉思的模样，"似乎是同他人议论世子的腿疾，恰好被路过的国君听到，便即刻入了地牢。"

年轻贵胄兀自嘴硬道："我们……我们可没有……"

她垂眸看一眼手臂上的朱色缎带，再看一眼对方的青色缎带："二位自然没有，就像方才也无人在廖春园用暗器，二位不过前来同世子问安，一同喝了壶凉茶，论了论国事。"伸手一指远处，"下一场要开始了，二位不如先上场？"

两人对视一眼，拉扯着匆忙走开，迟暮眼底闪过微光，从袖口摸出个物什握在掌心。须臾，一只黑虫从指缝飞出来，在她眼前盘旋两圈，朝二人离开的背影飞去。她满意一笑，身侧响起温柔嗓音："你又做了什么？"

她转过身，露出得意神色："只是让他们浑身发痒，要不了命的。"

园里有飒飒微风，一只扶桑花斜斜开在枝头，他安然坐在树

下，眸中含了温暾笑意："蹴鞠可好玩？"

她蓦然想到什么，视线扫过他衣袍下摆，嗓音黯然一瞬："阿凌你……"

他却浑不在意似的，仍是那副温润神情："无妨，我本就不喜欢这些。坐在这里看你踢球，就很好。"抬手将她招至近前，拂掉她肩头落花，"快去吧。当心受伤，师父。"

她将信将疑，远处队友一再催促，才一步三回头地回到赛场。这一场，迟暮果然赢下比赛，她欢欣鼓舞地下场，却看到曾经停着轮椅的地方，只余几瓣落花，再无人影。

那一夜，宫中扶桑花渐次开放，迟暮久久不能安眠，索性披了外衫去廖春园趁夜赏花。远处宫灯明灭，碎石小路旁大片大片的艳色花海，她蹲下身撑腮望着绽开的花盏，想，用这些落花晾干，给阿凌做一个花包枕头也很好。一丛假山后倏然一阵窸窣，她愣了愣，提起裙摆悄然行过去，却看到一株开遍扶桑花的枝头下，江凌费力地撑着轮椅，风灯投下斑驳光影，映出一个半大的球体。江凌举止向来一派从容，即使在战场亦能轻取敌人性命，如今却……

她蓦然死死捂住嘴巴，看他艰难地靠近蹴鞠。鞋尖踢到球面，蹴鞠一下滚出好远，他扶着轮椅行过去，一时不慎摔倒在地，咬牙撑住轮椅站起身，拍干衣角草灰，又将蹴鞠踢出去。整整一夜，他不知摔了多少次，她躲在假山后，将嘴角咬出血迹，直至天明。

扶桑花落了满地。

而后，迟暮一改平日嬉闹的性子，除过去学堂，便成日将自己关在书房闭门不出。江凌来找过她两回，她都避而不见，甚至拿食物诱惑她，她也只是一副兴趣缺缺、无所动容的模样。直至两月后的一个深夜，苍穹一轮圆月，蝉声鸣响，紧闭的书房门

"砰"的一声打开，迟暮散着头发冲进江凌卧房。他正端坐在灯下看书，听到响动疑惑抬头，正对上她兴奋的眼，他上下打量她半天，蹙起眉："师父这是……"

大约是跑得太急，她仍不住喘息，眉眼间却是掩饰不住的喜悦，她向前一步，再向前一步，嗓音有些颤抖："这个，你试一试。"

他才看清她怀里小心翼翼抱着的东西，似乎极沉，惹得她汗水浸湿鬓角，几缕耳发贴在脸颊。

"一副青铜腿套，套在腿上便能代替你行走。我曾答应你的，还你行动自如的双腿。"她将鬓发别在耳后，腿套向前推了两分，她眸色惴惴，将几分失望掩在长睫下，"只是结构复杂，需要的部件太多，我用了学生们做的，也只勉强做到这种地步。至于是否真的成功，还要你亲自试试。"

江凌神色如常，唯有一双眼睛像落了星光。他一点一点扣好腿套，原本十分简单的搭扣他却扣了很久。迟暮上前一步扶住他的手臂，却被他抬手拒绝。修长手指扶上扶臂，微一用力，他在她殷切目光中，缓缓站起身。

墨家机关术精妙绝伦，所需部件甚多甚密，墨迟暮花了几个月的光景研制，也仅能让江凌歪歪斜斜在这室内走动。可即使如此，他却像才学会走路的孩童般，一遍一遍迈动双腿，不舍停下。

她看着他笨拙的动作，眼底有难掩喜悦："阿凌，我定会让你行走自如。待这腿套修改完善，我们一同蹴鞠。"

灯火如豆，火光蓦然几下跳跃。他站住脚步，一贯含笑的眼眸沉寂如夜色，静静望着她："人无十全。阿暮，原本不必强求。"

她却摇了摇头，视线落在他的双腿，眸色坚定："我就是要强求，阿凌，我要你是十全之人，再无旁人敢置喙你半分。"

能做出会动的机关人容易，做出一副协助腿疾之人行走的腿套却很难。其原理大概等同于，新画一幅辽阔水墨十分容易，可要把江河图改为山脉图却难上加难。迟暮翻阅所有相关典籍，一边尝试一边钻研，效果却并不尽如人意。反倒是江凌时常劝她切莫太过劳累，凡事不必强求，绝对不允她通宵钻研，仿佛患有腿疾的那一个不是他。

江凌二十岁生日那年，迟暮为他做了一只机关小兽庆生，小兽惟妙惟肖，形似一只通体雪白的小狼。大约是太过逼真，做好后未送到江凌手里，小兽便不见踪影，迟暮在廖春园的湖边找到它时，它正卧在草地晒太阳。她才蹲下身，有阴影兜头罩下来，小兽已被人先一步捡起。她视线一点点移上去，赤色衣袍上一张风流面容，薄唇似笑非笑，一双狭长的眼正将她望着："这是你做的？"

迫人气势让她后退一步，她不动声色地打量来者半天，认出他是邻国的使臣谢卿，便俯身施了个礼："越王安好。"看了看他怀中兀自挣扎的小狼，"还请将棉棉还给我。"

谢卿举起小狼，在日光下端详半天："此物本王甚是喜欢，不如你将它，送给我如何？"

她掩下愤愤目光，答得不卑不亢："越王若是喜欢，我可以另外做一个双手奉上。只是棉棉已有了主人，不好另赠他人。"

谢卿不置可否，前后左右端详足够才将小狼重新抱回怀中："送给那瘸子？"

她垂在身侧的手蓦然握紧，却牵出个似是而非的笑意："阿凌虽有腿疾，却从不在背后诋毁他人。"

谢卿挑了挑眉："你是觉得，本王不敢当面这样说他？"

她却不再回答，死死盯着小狼，重复道："还请王爷将棉棉还给我。"

他觉得有趣，微微倾身直视她不忿的目光："本王偏不，你能奈我何？"

几丛灌木飒飒轻响，她似乎懒得同他多言一句，垂眸不再看他："我自然不能将越王如何，只是这机关兽……"

他微微抬眼："嗯？"

她眉目间含了浅淡笑意："可是会咬人的。"言毕手指轻响。原本温顺的小狼蓦然野性大发，蹿起来一口咬上谢卿的左耳。谢卿吃痛地放开手，小狼灵巧地松口跳入迟暮怀中，龇着带血的雪白牙齿，转头冲谢卿露出森然笑意。

谢卿握着左耳，有鲜血沿指尖滴下来，他眸色深沉："你……"

她躬了躬身才要告退，身后蓦然一声喝止："迟暮，同越王道歉。"轮椅轧过碎石小路，江凌不知何时在灌木后出现，行至她身侧，低低重复，"同越王道歉。"

她停下脚步，抱紧怀中的小狼，不可置信地瞪着他："我没有错，为何要道歉？"

他蹙眉："听话，道歉。"

她眼眶泛红，吸了吸鼻子，努力平稳声音，才道："你知不知道这是给你——"

后续的话却被他打断，他神色难得认真，一字一顿道："墨迟暮，道歉。"

一旁的谢卿抱着肩膀看戏。

她眼底染上湿意，低低说了声抱歉，抱着小狼快步跑开。

当夜，一向清静的墨居迎来贵客，木轮行过一棚缠了夕颜的花架，行过一张搁了青铜巧器的石桌，停在紧闭的卧房前。三声叩门声响起，伴随着一道温润嗓音："阿暮。"

室内毫无动静。

江凌唇边隐隐有笑意，不知从哪里摸出个精致食盒打开，霎时香气四溢。室内蓦然有轻微响动，他却像是浑然不觉，只低低叹了声："好香。"

门板略有动静。

他露出了然神色，对着空无一人的院落继续说道："这万福楼的酥点，热食最香，等凉了可就……"

房门豁然洞开，迟暮披了件藕色外衫立在门槛，狠狠瞪着他："江凌你无赖！"

他将食盒捧至她眼前，微微偏头看她："那阿暮，是吃还是不吃？"

温了一壶薄酒，腾出院中石桌，浮光月色醉人，她怒气冲冲地嚼着口中酥点，似乎将点心当成了他。半步外，他支额看她狼吞虎咽，时不时叮嘱一句"当心别噎着""没人跟你抢"。她眼底怒火未消，才要说什么，蓦然一阵咳嗽。

他忍住笑意，抬手给她倒了杯热茶，倾身过去轻抚她后背："我方才，说什么来着？"

她挥手拍开："我不要你管。"

足足吃完一盘酥点，她才心满意足地捧着茶杯喝茶。几只百灵落在近旁花架，婉转啼鸣。他忍俊不禁拂掉她唇边碎屑，却未收回手，拇指停在她颊边："还生气吗？"

无人应他。

"越王是邻国使臣，若他在父王面前告你一状，父王为了两国和睦，必定要治你的罪。我也是不得已，这样说来，你还生气吗？"

她神色微松，却仍不理他。他喃喃自语："果真还在生气啊。"下一瞬，便倾身过去。

小院幽暗，偶有夏虫嘶鸣，月色投在几步外，庭内静谧无声。许久，他喘息着放开她，喑哑嗓音响在浓浓夜色里："这样，还生气吗？"

她怔怔望着他眼底的倒影，才回过神似的，仓皇将他推开："江凌，我可是你师父！"

他扬起清远眉眼，目光灼灼似长夜星光，唇瓣贴在她耳边："那我思慕于师父，师父可愿意？"

她面颊红得几欲滴血，手推在他胸口："江凌，你……你大逆不道！"

耳畔蓦然一声低笑，她浑身颤了颤，听到他低沉嗓音响在夜风中，带了难得的认真："待我继位，你便陪我看这如画江山。"

她怔怔抬眼："你要娶我为妃？"

一枝夕颜顺着花架攀爬而上，悠然绽放。他在花树下沉沉看她："是王后。阿暮，六宫无妃，你是唯一的王后。"抬手拂过她耳边微乱的鬓发，"你穿上嫁衣的样子一定很美，凤冠霞帔加身，阿暮，你便是我的新娘。"

二人虽承了师徒的名分，到底没有多少师徒的崇敬之情。江国民风开放，师徒两人在一处也不违背什么伦理道德。本该是金童玉女，极为般配的两个人，却应了一句话——

迟暮说得很对，世上无十全之人，上天既不会给江凌十全十美，也不会给迟暮十全十美。

感情这东西，本就说不清。譬如迟暮早就在见到江凌的那一刻倾心于他，譬如廖春园一遇，又让迟暮走入了谢卿的心里。有些人的爱情，便是我盼着你安好，有些人的爱情，是我爱你，便势必要得到你。前一种是无私，后一种是自私。听闻前朝还因此生了学派，专门研究这两类情爱，第一类学者对第二类口诛笔伐，说自私的便不叫爱情，第二类学者便反唇相讥，言爱情都是自私的。

在此不对孰是孰非作出判断，只能判断出第一类人以穆漓川为代表，而谢卿明显属于第二类。倏然提到他，是因不过几日之后，他便再次找上门，带了专属于他的玉佩做定情信物，要迟暮嫁予他。可这人太过自负，也太过冲动，以为以他的样貌品行学识家世，是个姑娘就该喜欢他。结果可想而知，被迟暮婉拒。

他眸中陡现震惊神色，继而转为愤恨："我究竟是哪里比不上那个废物！"

她清冷目光扫过他略带妖感的面容，从容施了个礼："越王自有万般好，只是，阿凌就是阿凌。"言毕便关门进屋，无论他在外如何叫门，她再也未开。

临走前，他恨恨看一眼紧闭的门，冷冷留下一句："不论如何，我一定要得到你，一定。"

一计不成，谢卿就向国君求娶迟暮，亦被婉拒。国君的理由很简单，迟暮是我江氏千辛万苦才找到的墨家后人，岂能轻易让给你。事情到了这一段，寻常人也该放弃，可谢卿不行，从儿时起，只要他喜欢的东西，便一定要得到，无论用何种方式，何种手段。于是，他趁王宫守卫松懈时，趁夜将迟暮掳走，孤男寡女共处一夜，迟暮名节尽毁。

没有人相信迟暮与谢卿什么都未发生，何况谢卿还如此痴迷于她。

我不能理解谢卿的所作所为，即便他用尽手段，迟暮终其一生也不会爱上他，甚至还会恨他，留一具躯壳在身边又有什么意义。而后方知，这便是他的执念。迟暮，是他毕生的执念。无论爱恨生死，他都一定要得到她。

毕竟是邻国的王子，国君也不好发落，只是将谢卿遣送回国便再无他法。被安然送回的迟暮在墨居哭干了眼泪，跌跌撞撞去找江凌，在推门的一瞬却愣在当场。孤寂月光照进窗棂，地面一摊猩红血迹，谢卿躺在地上，俨然看不出半点生气。东倒西歪的

264

桌椅旁，江凌坐在轮椅上，如玉面容溅上点点猩红，在夜色中异常妖冶。他手中死死握着一把短刀，看到她时，苍白面容露出诡异笑意："师父，我杀了他，为你杀了他。"又顿了顿，"我为你报仇了。"

迟暮从震惊中恍然回神，不可置信地摇头："可他是邻国的越王，若被他国知晓，岂不是又是一场涂炭生灵的大战……"

他适时握住她冰冷双手，缓声宽慰她："所以我要师父你帮我。随谢卿来王宫的还有一位使臣，在谢卿对你不轨后便不知所终，大约是被谢卿灭口了。师父，你只要做一副永远也摘不下的青铜面具，戴在谢卿脸上，将他易容成使臣的模样，这样众人便只以为谢卿是失踪，后续再发生何事，都与我们江国无关。"

她声音里带着哭腔，仿佛从来不认识他："阿凌……"

他安抚似的将她拥在怀中，薄唇贴上她耳边鬓发，语声低喃："只有确保我日后王位无忧，只有将毁掉你名节的人杀死，我才能娶你，师父，帮帮我。"

不过两个时辰，迟暮便将青铜面具做成，倒是多亏一众王亲贵胄打磨了不少部件。江凌先一步去安排后续事宜，迟暮独自一人待在凶室，只觉得一切都如梦一场。谢卿有罪，可罪不至死，如今却死于江凌刀下。两行清泪滚过脸颊，她颤抖着双手给谢卿戴上面具："求你不要恨我……"

裙裾沾上血迹，她茫然望着一室血腥，如梦初醒一般拼命擦拭手上血迹，却越擦越多。眼泪像断了线的珠子砸下来，手指被搓得通红，她也未曾停下。怎么会变成这样，为什么会变成这样……空寂室内蓦然有响动，她停下手上动作，怔怔看着原本毫无生气的尸体缓缓睁眼，温润眼眸有些许迷茫。她后退一步，不可置信地瞪大眼睛，死死压住舌尖的一声尖叫："你……你没死？"

他头痛似的揉着额角，好一会儿，才一点点撑起身，下身却纹丝不动。他一眨不眨望着呆立在眼前的人，明明是陌生的眉眼，唇边却扬起熟悉笑意："阿暮。"

室内一片死寂，下一瞬，她尖叫出声。

十日后，江国发生了两件大事。其一，邻国越王谢卿的部下因刺杀江凌，被打断双腿，处死刑，谢卿被遣回邻国。其二，是墨家一脉的传人墨迟暮，疯了。

她逢人便说如今的世子江凌是谢卿用幻术所化，而即将被处死的谢卿部下才是江凌。江凌温言告诉众人，是那日她见了太过残忍的血腥，受到刺激才会如此。国君请遍御医也不能治愈，只好将她软禁在廖春园。

九月初三，是囚犯行刑的日子，世子江凌请旨亲自监斩。穿着破烂的男子被牢牢锁在囚车，双目空洞却一言不发。看热闹的百姓纷纷议论，说他在牢中因为辱骂世子，被毒哑了嗓子，挑断手筋脚筋。听闻此人还曾协助邻国的越王意图对墨家后人不轨，才致那小姑娘疯疯癫癫，果真是恶贯满盈其罪当诛。

白衣的世子遥遥立在高台，漠然望着冷肃刑场中木质隔间里披头散发跪着的囚犯，清远眼眸闪过难辨情绪。云头遮住日光，苍白天幕现出昏暗阴影，不多时，竟飘下鹅毛般的白雪。

高台上，江凌猛地将双手撑在桌案，原本温润的眼眸漫上寒意。捆得严严实实的囚犯似乎意识到什么，缓缓抬起头，冷风吹开敷面的鬓发，露出相貌平平的五官，唯有一双眸子透亮。

原本晴空万里的天霎时暴雪纷飞，江凌低声同身旁副官说了什么，下一刻刑场持刀的守卫又多了一倍。围观群众倏然议论纷纷，九月飘雪，莫不是有何冤情，却不敢妄言，不知谁喊了一声："那是什么？"

众人齐齐抬头看去，有黑影自云端飞驰而来，大鹏的翅膀带起飓风，转眼便落在刑场。近旁的守卫被大鹏的羽翅刮倒在地，翅膀上跃下一个姑娘，在这一片肃杀冷意中，却穿了极繁华的嫁衣，金凤展翅欲飞，层层叠叠的赤色裙裾扫过染满血腥的同色台阶。四周林列的三层阁楼不知何时站满了人，高台上蓦然一阵呼喝："不要放箭——"

弓箭手手中的箭矢已如流星密密麻麻射向刑台。

——若有无关人等出现在刑场，杀无赦。这是前一日世子吩咐的话。

泛着寒光的箭矢大半被大鹏鸟挡下，仍有一些穿过它铁甲身躯，细细密密钉在刑场。有一支正钉在迟暮的肩膀，她却浑然不觉，只一步步爬向刑台。鲜血漫过赤色嫁衣，一滴一滴地滴在她行过的路上。十八阶台阶上，一身素色囚衣的囚犯直直望着她，唇微不可察地动了动，她脚步停了一瞬，下一瞬，便更坚定地迈向上一级台阶。

他说，快走。

可她不能。

最后一级石阶，她擦了把额角冷汗，与她寻常玩累了他替她擦汗时如出一辙。不过十余日，他已瘦得不成人形，可想而知受了多少折磨。时光仿佛静止，隔着半阶石阶，从生到死的距离，她一点点抬起衣袖，露出一截莹白手腕。她深深看他，像是要把他的模样刻在心底："我来同你成亲了，阿凌，我今日这样打扮，好不好看？"身体却蓦然一晃。

地底有什么轻微晃动，接着猛烈摇晃，像一只蛰伏千年的神兽要破土而出。

"地龙，是地龙——"

人群霎时一片惊慌，守卫惊慌失措地收起弓箭，不知该躲去何方。每一寸房屋都在震动，仿佛一条巨大的龙在地下翻搅，悬了高高旌旗的大梁晃了几晃，如倾塌的高楼压下，"轰隆"一声巨响，石阶尘土飞扬，她狠狠一晃，猛地扑向木栏。大梁已不偏不倚将他压在身下，他呕出一大口血，眸光渐渐涣散，瞧神情是想握住她的手，却因被挑断手筋而不能挪动分毫，牵唇露出个温润笑容，嘴角动了动，却没能发出丝毫声响。

高台上原本身患腿疾的世子不知怎么就站了起来，惊慌失措地跃上行刑台，用力拉扯穿着华丽嫁衣的姑娘："迟暮，快走，再不走就……"

她却一把推开他，珠翠碰撞出冷冷轻响。她跌跌撞撞地扑进木栏内，将不知何时打开的牢门紧紧锁上。

"吧嗒"一声，也锁上了所有希望。

他愣了愣，双眼血红，疯了一般拍打铁门："墨迟暮——你疯了！再不走你可就要——"

地底发出山呼海啸的震动，她却像浑然没有听见似的，紧紧蜷进囚犯的怀中，安心地闭上眼："阿凌，我来陪你了。"

天地间皆是动荡哭号，唯有这一方净土，一生一死相拥的二人。

他听不到她的话，可她仍然固执地说下去，似乎下一瞬，他就会像往常一样睁开眼睛，笑着唤她的名字。

"你说过的，要我陪着你，阴间苦寒，我怎么舍得让你一个人去呢。"她低低笑了一声，"来世，我们再做夫妻好不好？没有家国，没有帝位，只有你和我，平平凡凡，一双人。"

墨迟暮和江凌双双死于这场意外。我从未见过如此惊心动魄的场面，饶是见过墨旸山的那场大火，见过剑冢的杀伐，也从未觉得这样令人心惊。佛说，凡事不可强求，有些人强求过，毫无结果便安然放下。毫无结果依然要强求，只能两败俱伤。

一时不知该如何是好，只静待幻境就此终结，可那一幅幅画卷却如水墨褪尽，复又染上新色。时光如飞逝的走马灯，在我眼前迅速倒转。

我怔怔看着眼前熟悉的暮景——竟是我记忆中的那些事。

是清华寺苏内竖宣旨将我许给贺连齐。

是祁颜在庐陵救我性命。

是在学堂堂测时祁颜予我的小条答案。

是幼时我孤僻一人，祁颜从宫外偷偷拿了糖葫芦哄我。

画面一转，是一盏烛灯下，长案上几个零散部件，有人在摆弄着一个婴孩的机关人。那人的面容隐在阴影看不真切，蓦然觉得背后沁出涔涔冷汗。

我怔怔看着他将最后一个部件安好，两指夹了一道符咒，符咒倏然燃起新火，触到机关人的肌肤时转瞬不见。须臾，室内蓦然响起婴儿的啼哭声。烛火渐渐映出他半边面容——

竟是谢卿。

画面墨色褪尽，下一瞬，是谢卿将一个包袱扔在静水崖的山涧。

我怔怔看着眼前所见，看着几日后国君从山涧捡到个包袱，他轻轻掀开裹布，露出其中不足月的婴孩。

意识到什么，我狠狠咬破指尖，露出一片青铜纹理。脚下一软，我一把撑住结界才未摔倒。过往记忆回潮一般涌入脑海，一切似乎都有了解释。什么失魂，什么无情无感，什么断情绝爱。

原来，我只是一个机关人……

是了，机关人哪来的什么伤心痛苦，哪来的什么情思五感。

可不就是冷血无情？

有世界坍塌在我眼前，天地发出山呼海啸的响声。尘土飞扬中，我看到一个白色人影，飘至我身前。我看着她，就仿佛看到了自己。有答案在胸口呼之欲出。我不可置信地看着眼前的人，听到自己颤抖的嗓音，低低问道："所以，我便是以你的样子做出的人偶，是不是？"

与我如出一辙的嗓音叹息："帝姬所料不错，我同帝姬确然有些渊源。在我死后，谢卿费尽心力收集了我的魂魄，企图将我复生。他偶然得了这块储着我魂魄的魂玉，也就是青玉命盘的母盘，他才知晓青玉命盘原有子母两块。不仅如此，世间还有另外七件神器。这八件神器法力无边，甚至能让人起死回生。他寻遍大陆的每一寸土地……"

说到此处，她嘲弄一笑："不知是否真的感动了上苍，他竟遇到了创造这神器的真人。真人见他失魂落魄又身怀异能，一时心软便收他为徒，意图将他感化。可谁知他非但没有被感化，反而觊觎真人的法器。被真人察觉之后，担心法器被盗，真人便将法器散落世间诸个尘世，并将他囚在静水崖思过。"

她又嗤笑出声："他又如何会思过。真人深居简出，寻常人难以见得，他便化成真人的模样，骗取国君的信任，让祁颜为他找八件神器，说是来救你性命。其实神器中都封着心怀执念之人的精魂，他想方设法将他们骗进神器，便是要用这些精魂注入你体内，让你彻底变成凡人，再用你做躯壳将我复活——我倒不知他为何对我执念如此深，数百年也不曾放弃。"

结界发出嘶嘶响声，她停驻一瞬，复又说道："不知我所说的这些，是否解了帝姬心中疑惑？"

一桩桩一件件的真相，让我惊叹神伤，原来是谢卿将秦昭封入前尘镜，又骗颜安与颜欢换魂。我强撑住身体，缓声问道："那我……"

"在我死后，他便精习我留下的机关术数，做了一具与我一模一样的人偶，打算再复活我时作为躯壳之用。只是此类机关术有违人道，书上曾说施术人和受术人皆会遭天谴，即使做出人偶也活不长。你之所以会失忆，只因你的记忆都存在肌肤，伤了身体的任何一处，自然不再完整。"她似乎对我的一切了如指掌，在黑暗中望着我，"只是如今，你已不再是我，你生出了情思五感，除了没有心脏，血脉还未长全，已与常人无异。"

我讷讷："可我既无心，又如何能真正变成活人。你又如何能进到我的身体？"

"谢卿还找了一位同你我长得一模一样的姑娘作为第八件神器，美人心。"她望了眼薄如蝉翼的结界，"半个时辰之后便是血月，谢卿已定在那时施法，用封入神器的魂魄作为祭品，将我复活。我魂魄受损，修养百年方才补齐，倒是可将你强行推出魂玉，看看是否有办法拦一拦他。只是我……"

我担忧地接口道："你会怎么样，魂飞魄散吗？"

她低声笑了笑："不知道，只是被谢卿封入神器的姑娘又何其无辜，若施法成功，她们的精魂便再也不复存在。阻止谢卿，这是唯一的办法，恳请帝姬同我尽力一试。"

我觉得奇怪："你不想活着吗？"

她说："若真将我复活，我大约会再死一次吧。我一生自出生起无父无母，唯一牵挂便是……他长眠于地下，我本应去陪他。"说到此处，略顿了顿，"只是若我也魂飞魄散，世上便无人会记得他，我同他的那些事，请帝姬替我记着吧。若今次帝姬能活下来，日后同人说起，也是折子戏文中的故事一桩。"又是一阵唏嘘，"有些情，即使百年之后也难以忘怀，就如我对他，就如……谢卿曾经将我所骗，如今又利用祁颜利用于你。我们都一贯把人心想得善良，却不知世上千万人，并不都如我们想的一般。"

我想了想，说："也许在这凡尘俗世，我们本不该善良。"

一步外，她似乎在笑："帝姬，善良本没什么不好，若连心中所愿都不信，又与他们有什么分别？"

有刺目白光破土而出，蓦然一阵眩晕，下一瞬，我已落在寝殿的院中。

一切与我被封入结界时无甚差别，只是今夜的风着实大些，

我裹紧裘皮向殿外跑去，迈出殿门顿觉毫无方向，刚巧碰到在花园夜游的贺连倚，告诉我方才碰到贺连齐，急匆匆地往清华寺去了。末了，他又问我，病可是痊愈了，那个同我长得一模一样的小姑娘又是什么来头。

我顾不得答他，只让他驾马携我出宫，直奔清华寺而去。

山涧寺庙夜中清寒，我让他在寺中等我，若我今夜未归……也不能怎么样，只留话让他告诉国君，白衣真人断不能再相信。

清华寺依山而建，后山山顶是我曾同祁颜喝凉茶的地方，再往后便是一座观星台。每登上一阶石阶，风便大一分，我死死攥住裘皮的毛领，顶着风拾级而上。

观星台上十分热闹。

丈宽的白玉石台上像是摆了什么阵法，七个神器泛出各色光芒，贺连齐搂着个姑娘在阵中，形容确实与我有九成想像，只是不知怎么已是昏了过去。祁颜亦在阵中，今日这一身着装尤为庄重肃穆，仿佛参与什么盛大祭典，绣了繁复暗色花纹衣袍被风灌满，周身环着细小光芒，指尖一道燃着幽蓝火焰的符纸。

可他不知道，这一切都是为他人做了嫁衣。

白衣真人站在阵外，如今方知，从前的他都是谢卿所化的幻象，被真正的白衣真人囚在静水崖，今夜却强行冲破囚禁法术来到占星台，想必是至关重要的一刻。看到他时，我本想避一避，他却先一步看到我，拈须踱步而来，望一眼阵中，似乎颇为满意："想不到你能从魂玉中出来。既然来了，就与我一同看看，我这乖徒儿，是如何救他心上人的命。"

我看着他："你不必再诓我。"

他有些诧异："哦？你都知道了？果然是聪明——"

我问："将秦昭封入神器的是你，将穆漓川的情思用招引琴剥离的也是你，又利用颜安将她骗入神器中……"

他难得露出得意神色："你猜得不错，是我将秦昭封入神器，又故意剥离穆漓川的记忆，甚至就放在墨旸山的山洞，待秦昭看到那些前尘过往，自然会更加痛苦。"

连我们会发现招引琴弦也在他的算计之中？我恨恨："你还真是不择手段。其他人也就罢了，颜安对你那样忠心，至死都没有背叛你，你却还能对她下此毒手。"

他轻嗤："不择手段？却也不错，不过我是想放过颜安，只是颜欢的魂魄太过虚弱，不过几日便魂飞魄散，我只能重新计较。进入神器之人，必定是经我千挑万选。"

"所以那时你的目的，并非真的是《千法书》。"

他眸中现出异样神色，大笑出声："若非你是我亲手所做，我几乎要以为你是她了。你料得不错，我为颜安救出源婆婆，她自然会更信任我，至于《千法书》这样的东西，世人皆想得到，那我也要争上一争，岂不是两全其美？"

指尖掐在掌心，痛得彻骨，我定了定心神，道："贺连齐也在你的控制之中？"

"比起贺连齐，祁颜更好控制。"他沉吟片刻，"贺连齐受控于我那乖徒儿，徒儿又受控于我。一盘棋只要能掌控最关键的棋子，看那棋子掌控全盘，便是你在掌控全盘。"

我摇了摇头："是你太小瞧二哥。"

他却放声大笑，笑到身体都躬起来，神情近乎疯狂："祁颜喜欢你，他才会真正担心你的安危。人一旦有了软肋，就很容易被人掌控。万万没想到，世间的痴人竟有如此多，真是好笑。这样的情，丫头，你可明白？"

"所以你就引诱祁颜，骗他说我的命需要八件神器才能挽救，让他去用他人的命来救我？"

谢卿笑了笑，视线移至阵中的姑娘沈潋身上："我是曾想用她代替你做躯壳，一切便会简单许多。可她深陷情爱无法自拔，情思无法抽离，你无心无情，做躯壳最好。不过你既生了情，倒也无妨，待今夜后我先将沈潋的心剜出来，再慢慢净化你的情思——这一次，我要她完完整整属于我！"

我转头看着他痴狂的面容，只觉得这个人疯了。他将那么多人封入神器，利用的便是他们的执念，殊不知，执念最深的应是他自己。

墨迟暮说让我想想是否能有破解之法，可眼下，我唯一能做的便是让祁颜停手。可又担心强行入阵让阵中人遭到反噬，正不知如何是好时，忽觉一道冰冷目光，直直定在我身上。

祁颜不知何时看了过来，他还不知道一切都是谢卿的局，他不过是其中一枚棋子，他不知道他亦是身处险境。

谢卿斜睨了我一眼，高声说道："祁儿，不要犹豫，这一生如此短暂，为了挚爱，势必要付出代价！"

祁颜却没有回应谢卿，神情平静得犹如一场正在酝酿的暴风雨，他严肃地同我道："九辞，回去。"

狂风不歇，我摇摇头，大声喊道："贺连崇，你用别人的命救我，这样的性命我不要也罢！"眼前这个人，本该有大好的前途，有坐拥天下之能，有卓然之貌，还有一副能辨善恶是非的好心肠。我怎愿看到他为我这般手染鲜血！

我怎能让他一生都活在愧疚中！

我大吼出声："贺连崇，你这样做有违道义！"

结界爆出零星光斑，天空一轮血色圆月，是术法在增强。他额头渗出冷汗，视线仍落在我身上，冷冷道："你同我讲道义，可你却要因为道义而殒命。你说，我是该要道义，还是该保你的性命？"风声呜咽，他说，"我别无选择。"

我愣在原地。原来他早就知道，早就知道我是机关人，知道我没有心，原来他什么都知道。我怔了怔，却再也拿不出方才的气势："那你也不能……"

"九辞，你根本不懂爱为何，恨为何，以为书本中大仁大义便是准则？我不能眼睁睁看你死去，哪怕你觉得我自私，哪怕被天下人不齿，我也不能。"他语声冷静，他在筹划的那一刻，便已知晓会有今日的结果，以及今日往后的所有结果，他愿意一并承担。

眼前的他神情决绝，月光中拢出妖异颜色，片刻后，又轻声笑了笑："只要你活下来，那些都不重要。"

下一瞬，他猛地抬手。结界白光蓦然大盛，躺在阵中的姑娘腾空而起。

"二哥果然好筹谋！"情急之下，我骤然喊出来，声音响彻在夜风中，霎时被吹得支离破碎。

他的手顿在半空。

我顾不得身旁谢卿愤怒的视线，开始嘶喊："二哥从前想治好我，只为我能活下来，这样便能迎娶我，坐上王位，这样无可厚非。只是我在国君眼里已是灾星，即便二哥你救了我，也不可能利用我登上王位了！"

云台上狂风四起，吹乱额发，霎时兜来一片风沙。我几乎看不清前方，只能辨别模糊的结界光晕。狂风中，蓦然一阵急促咳嗽，祁颜的声音飘散而来："天下谁都可以这样想，唯有你不行。"

"你以为，我是为了做国君才想娶你？"隔了半尺夜幕，依然能察觉出一道深沉视线，自始至终，从未从我身上移开半分，"唯有成为国君，才能娶你。"

我胸口传来清晰痛意，分明该是空空荡荡的一具青铜之躯，却像有温热血液破肤而出。

祁颜的声音，携着狂风，一字一字灌入我耳中："世上最难过之事，不是求之不得，不是明明相爱却不能相守，是我将心剖给你，可你仍分毫不懂。你不懂，我可以等，只是，九辞，你究竟要让我等到什么时候？"

声音细弱游丝，竟隐隐有一种哀绝之意。

有温热液体落在面颊，我伸手一摸，那是被风吹来的血迹，结界蓦然照亮半边天幕，我胸口钝痛越发强烈，几乎要将我撕裂开来，剐肤削骨，眼前一片黢黑，我痛得恍如身在炼狱，用尽最后一丝气力大吼出声："不要——"

不知过了多久，身上的痛一点点抽丝般散去，我一点点睁开了眼。

七件神器仍在，那小姑娘仍在，一切都在，谢卿却被禁锢在一道白光中，不能动弹分毫。

施术的结界霎时碎成万千光斑，如夜空绽放的烟花凋零。

谢卿终于化成自己的样貌，不如在幻境中所见的妖异，虽仍是年轻的面容，却骨瘦如柴，眉目间隐隐透出一股比从前更甚的阴邪。他低头看一眼身上的束缚，冷笑道："哼，黄口小儿，你以为这等雕虫小技能困我多久——"

祁颜周身绕了十八道燃着猩红火焰的符纸，渐次在空中化出屏障，而后指尖一转，最后一道屏障竟然加在我的身上，令我动弹不得。我不自觉地扭动身体，祁颜淡淡瞥我一眼，转头对谢卿道："不需要太久，只要能拖住你就足够了。她每入一次神器，我便在她身上捆一道结界，如今三道结界加身，即使是师父，也需数月才能破解。只是下次血月，又不知该等到何时？"

谢卿眼珠一转："乖徒儿，你不想救你的心上人了？"

祁颜说："自然要救，只是不会用这等残忍的方式。你太过自负，才以为我被你玩弄于股掌间，任你摆布。"

谢卿神色骤然一变，周身暴涨出数丈黑气，道："你若再不将我放开，之后因此而丧命的人，可不止你们几个！"侧目看我，倏而一笑，"她不过是我用废铜废铁照着他人的模样做出的

276

机关人，若我愿意，甚至能再做数十具，甚至上百具，这样的废铁，也值得你拿命去护着？"

"不管她是虫蚁鸟兽所化，还是废铜烂铁，她在我眼中只是九辞。"祁颜墨眸浮起温柔笑意，在看向谢卿时倏然变成不屑，"你这样冷血无情的人，又如何会懂。"

谢卿放声大笑："冷血无情？你可知我爱一个人，爱了数百年，你区区凡人凡身，不过蝼蚁之命，又懂什么情？"

祁颜好笑似的摇了摇头："有情便该有义，有情无义便是自私。你说你爱她，殊不知你只爱你自己罢了，师父。"

血月寒阴之至，祁颜双手在空中化出弧度，几道火光渐次围绕在谢卿身旁，他冷冷看着他："原本救九辞的命只需一颗活人心脏，可你却要集齐其余七件神器，恐怕不只是想复活墨家的姑娘，你是想复辟你当日放弃的王国——以大齐的数万子民血祭！"

谢卿不可置信地瞪大眼睛，下一瞬，大笑出声："不愧是我数百年才千挑万选出来的徒儿，果真聪慧灵敏。原打算事成之后留你一命，放你做大齐的国君。只是这些事情被你知晓，也断断不能留你了。"

"让我做大齐的国君？"祁颜眼底泛出冷意，"你担心我不受你控制，暗中给国君送信，让他扶植贺连齐为下任储君，同时又在明处支持我，让我更依赖于你。"他摇头笑了笑，"只是这些小伎俩，你真觉得，你的王国复辟之后，你有能力登上王位，议国事，施国政？"

谢卿面色铁青，捆在身上的缚妖索逐渐现出细小裂纹，他狂吼："我杀了你——"

祁颜微微垂眼："我本也没想过苟活，即使拼上性命也要阻止你。我大齐数万万子民，怎能毁在你手里。"

狂风吹满他白色衣袍，似振翅的羽翼，祁颜周身缠绕赤色怒

277

龙，直直朝被束缚的谢卿袭去。

眼看龙头即将一口将谢卿吞没，萦绕在谢卿身上的黑气蓦然暴涨数尺，缚妖索应声而碎，黑气化作六臂妖兽，霎时将火焰腐蚀干净。祁颜闷哼一声，倏然捂住胸口，嘴角渗处鲜血。指尖又划出三道符纸，电光石火间飞向谢卿面门。

一来一回之间，明显谢卿更占上风，祁颜修习幻术不过也就短短十余年，可谢卿却活了数百年，根本无法匹敌。不过三刻，祁颜已浑身是伤，左肩一道深可见骨的口子自肩头划到腰间，鲜血染满衣袍。我奋力挣扎想挣脱护着我的屏障，可挣脱了又能如何，我什么都做不了。

真是让人绝望。

黑气再次袭来时，祁颜早已精疲力竭，勉强化出半幅屏障挡了挡，黑气如利剑无往不破，将他击飞出去，身体狠狠撞在观星台的玉石柱上，喷出一口血雾。我听见自己的声音响在屏障中："二哥——"却被障壁尽数挡住，只余被风割裂的嗡嗡声。

谢卿擦拭掉唇边血迹，双目赤红，冷笑着走近祁颜："想杀我？就凭你？"

我茫然看着眼前所见，却帮不了他分毫，第一次觉得自己竟这般无用。

祁颜撑起身体不住喘息，嗓音却难得平稳："我自知胜不了你，却不能袖手旁观，只是……"视线却倏然落在谢卿身后，漂亮的眼眸漫上零星笑意，"师父，你身后又是什么？"

谢卿愣了愣，蓦然一阵狂笑："果真是黔驴技穷了吗？如此雕虫小技，也想骗我？"

他撑住白玉石台，费力站起身，被他拂过的地方留下斑驳血痕："你觉得，我会打毫无胜算的仗吗，师父？"

"卿儿，看来为师，仍是不能度化于你啊。"皓皓夜空中蓦然一道苍劲有力的声音传来。

谢卿倏然面色惨白，却仍固执地不愿转身，似乎他看不到，来人便不存在一般。那声音由远及近，天幕似乎有悦耳钟声，狂乱妖风渐渐止歇，谢卿仍定在原地，如被施了定身术一般，兀自摇头道："不可能，不可能，我分明——"

"分明杀了我？"一位白衣白发慈眉善目的老人抚着胡须施施然从天而降，赫然就是谢卿从前化出的模样——原来这才是真正的白衣真人。

真人缓步踱到他身前，自上而下打量他片刻："百年未见，你竟还未将为师忘记，倒让为师颇感欣慰。"

谢卿如见鬼了一般，忽然"扑通"一声跪在他身前，涕泪横流道："师父，师父，原谅徒儿当日年少无知……"他眼底蓦然寒光闪现，我一句"小心"还未出口，已见他手中黑气化成一支袖箭"嗡"的一声射向白衣真人的面门。

白衣真人一动未动，眼看箭尖距他双目间不过半寸距离，便堪堪停住，下一瞬，箭头掉转，回身射向谢卿！

利箭入肉声破空响起，谢卿不可置信地任由黑气没入眉间，他踉跄后退几步，后背猛地撞上白玉石拦，脚下不稳翻下山崖。

我赶忙跑过去，被祁颜一把拎住衣领提回来，只能撑着脖子望着灰蒙蒙的山涧，除过怒涛汹涌，再也听不到半点声息。

狂风骤止，一切仿佛都未曾发生，血月隐在墨云之后，再出现时，白净如玉。

白衣真人双手合十念了句咒，兀自摇了摇头："都是老朽的罪过，当初便不该一念善心将他收留，在他几次三番表现出嗜血杀戮时，还妄想将他度化。孽缘，都是孽缘。"

我抬头望了望墨蓝天幕。

有脚步声渐近，我仍维持着仰头的姿势，低声询问："二哥，你方才是不是又生我的气了？"

脚步声一顿，半晌，响起祁颜带着疲惫的声音："我什么时候生你的气了？"

我说："就是刚才，你说我什么都不懂，你还凶我。"

他叹了口气："我没有凶你。"

我说："你凶了。"

他说："我没有。"

我说："你凶了。"

他蓦然咳嗽两声，好气又好笑似的："好好好，你说什么便是什么。只是，你能不能先转过身来？"

我说："我脖子僵住了，转不过来了啊——"

结界消散，我跑去看了看贺连齐怀中沉睡的姑娘，果然是同我长得一模一样。贺连齐说，这姑娘本不属于这个尘世，是随他而来，她跟着他受了很多苦。我还听说我被囚禁的那段时日，谢卿为免旁人生疑还找来一个机关人在宫中代替我。

我不自觉地摸了摸胸口，没有心脏，不知还能活多久。白衣真人看到我，施施然一笑："姑娘，又见面了。"

原来那日在庐陵碰到的人，竟然是本尊！而我只当他是一个江湖骗子，躲得老远。若是那时我且听他一言，是不是便不会有如今的事端？

祁颜将伤口简单包扎，转身恭恭敬敬地对白衣真人行了个大礼："真人，在下有个不情之请。"

在一旁好奇四下打量的白衣真人睁开眼睛，抚须笑道："让老朽猜猜，世子可是想让我救这两位姑娘？"

一旁的贺连齐蓦然抬头。冷风呼啸，他将怀中的姑娘又拥得紧了些："真人可有法子？"

"真人明鉴。"祁颜点点头道，向身后瞥去，"阿潋她……还这样小。七件神器既原本为大师所有，不知大师是否愿意替她续命？"又望了望我，"九儿生来是机关人，无心无情，倘若将我的心给她，她是否还能活下去？"

我瞪大眼睛，祁颜要将他的心给我？我不要他人的命救我，他便要拿自己的命救我？

山涧偶有野兽嘶鸣，白衣真人眉目慈祥，想了想道："原本这神器只是我闲来无事所做，却不想生出这样多的事端，竟害了人，说到底也是因我而起。如今能用它救命，也算是好事一桩。"又看了看我，"至于这位姑娘……可愿让老朽诊一诊脉？"

我茫然地伸出手，他三指搭上我手腕，"唔"了一声便收回手，若有所思地抚了抚胡须："虽不知因何，但姑娘你已生出了心脏。"

祁颜猛地转过头，一把抓过我的手，眼底浮起笑意。白衣真人含笑又道："不过……"

祁颜与我齐齐发声："不过？"

白衣真人说："姑娘既原是机关人，自然是青铜身，却生出一颗凡人心来，到底是不妥。"

祁颜蹙了蹙眉："真人……"

白衣真人打断他："当初谢卿执念太深，害人害己，也怪我这个做师父的放纵。你虽说并未受他多少影响，却到底师从于他，对眼前这位姑娘又用情至深……"

祁颜了然点头："所以真人担心我步谢卿的后尘？"

白衣真人露出欣然笑意："唔，不愧是我的徒孙，这样聪慧。那便这般，我可以将这位姑娘的躯壳化为凡人——只是你须得同我云游修行，直到洗清内心杂念。"

不知何时起了雾，观星台上云雾迷茫，似在云端。皎皎月光下，祁颜明眸含笑，双手合十恭敬行礼："多谢师祖。"

一切原本该就此结束。我们一行人下山去，医好伤，误会冰消雪融，落得圆满。

贺连齐却忽然向我身后吼道："贺连崇！"

我茫然回头，祁颜不知何时倚在白玉栅栏上，而被他倚过的地方，染上一片嫣红。

我跌跌撞撞过去扶住他，手按在他背心，一片温热濡湿。我听到自己颤抖的声音："方才不是还好好的？"勉强撑出个笑容，"二哥你又想装受伤，让我照顾你是不是，别再骗我了。"

他面色惨白，薄唇动了动，轻声说出几个字："将你安顿好，我便放心了。"

我拼命摇头："你怎么能放心呢？我这样不省心，得要你照顾才……"

他连说话都费力，却仍固执地望着我，似乎怕之后再没有机会："宫里那样多婢女，不……咳咳，不够你使唤吗？待贺连齐继位，自然会为你安排一门亲事，那时，会有人将你照顾得很好很好。"

我用力按住他的伤口，可血仍然不断从指缝中淌出来，让人绝望。我带着哭腔道："贺连崇，你这个骗子！口口声声说想同我在一起，让我喜欢上你，你不许不要我！不许！"

四周刮起呼啸冷风，带起一地落雪，他眸光微亮："你说……什么？"

我附在他耳边，哑着嗓子："我说，我喜欢你。"

他的声音越来越小："再说一次。"

我贴得更近，想将他凉掉的焐热："我说，我喜欢你，贺连崇，我喜欢你，你不许死！你若死了，我立刻嫁给别人！"

皓皓月色下，他低低轻笑，缓缓闭上眼："九儿，从今以后，你要……开心些……我不想再看到你哭了。"

我将自己关在寝殿，整整两月。起初许多人来找过我，贺连齐、贺连倚、国君，我只在白衣真人来时问了一句："大师是否能将他救活？"

他看着我，摇了摇头。

我勉强撑起身体，嘴唇干涸，每说一个字都是撕裂地疼："用我的命换他的命呢？"

白衣真人看我许久，缓缓叹了口气："帝姬，他生前最后的愿望便是让你好好活着，你如今这样，若他知晓，又该是何种心情？"

我嗤笑一声："那他就来训斥我啊，他从前不是最喜欢训斥我了吗。"对着空无一人的寝殿大吼，"贺连崇，你不是不想看到我哭吗，可我天天以泪洗面，贺连崇，你倒是看一看啊！"

没有你，我要怎样才能开心。

贺连崇，再睁开眼看看我好不好。

贺连崇，我好想你。

我翻遍整个寝宫，也没寻到祁颜给我留下了什么念想，倒是翻出他不知何时给我修改的课业。我将厚厚一摞书册抱在怀里，一页一页地翻过去，灯火昏黄，直看到双眼看不清事物，眼前忽然变了场景。

我怔怔地看着幻境中的我跑进祁颜的寝宫，左右寻找，最终看到桌上的一摞书信。书信都是同一人所写，字体漂亮娟秀，开头都是"师父"二字。我自知不该随意翻看，却忍不住一封封看下去，信中大多都在说些琐事，譬如"我自然相信师父能救我的命，师父天下第一厉害"，又如"师父，我遇到了一个人，他从火海里把我救出来，我要怎么报答他"。其中一张边角有些起翘，想来是读过多遍，信上不过寥寥数语，我却看了很久很久——

"师父，我同你的婚事……你答应父王了？"

身后传来响声，我怔怔地看着祁颜走进来，扯过我手里的信纸随意扫一眼，皱眉看我："近日天气寒凉，太医不是嘱咐你不要多走动？"

我退开半步，信上的字还历历在目，他怎么能装出一副什么都没有发生的模样？我张了张嘴想问他，可我又凭什么问他？

"九儿。"他不知何时重新站在我身前，眸色沉沉。

脑中"轰"的一声，后知后觉意识到我看到了什么。从前知晓归知晓，可真的看到，还是不能相信。他果真同别人有婚约，那又何必口口声声说要娶我？

我推开他跑出殿外，一路横冲直撞，竟不知怎么跑进国君的寝宫。脑中生出一个念头，他既然心有所爱，娶我只为王位。想必他内心也很纠结，不如我遂了他的心愿，让他娶了心爱之人。至于王位，我想只要他想要，一定另有方法得到。

我穿过一众迷茫宫人，国君仍带着病容，我行了个礼，挺直脊背，一句话冲破喉咙，被我掷地有声地抛出来："父王，女儿恳请嫁给贺连齐。"福了福身，转身却看到纱帐外，祁颜直直立在那儿，神色空洞。

心中压下的重石顷刻间碎成齑粉，却空荡无所依。走出殿外，祁颜一路跟在我身后，直至周围再无人烟，才忽然出声道："想好了？"

我转身看他，视线自他好看的眉眼一点点移下来，颔首道："是，想好了。"从前听三哥说，一个人说的话会骗你，做的事会骗你，唯有眼睛不会骗你。我死死盯住他，想看到哪怕半分假象，却只看到他破碎的神情。

他抚了抚额，低笑一声："我果然还是留不住你。"

他眼底浮起我看不懂的悲色，沉思片刻，我喉咙干涩："世人总喜欢伪装，连二哥也假意喜欢我，想娶的却是他人。其实又何必这样麻烦，若是你同我说你只为王位，让我配合你演一演，我也可以答应，又何苦大费周章地骗人呢……"

话未完，忽然被他打断："我从不是为了王位。"他嗓音沙哑，"我此生想娶的人，只有你而已。"

我摇头苦笑："事到如今，再骗我还有什么意义？"

"那你究竟要如何才能相信？究竟要我如何……"接下来的话被一连串的咳嗽打断。季末不知从何处出现，一把扶住他："帝姬少说些气主子的话吧，这些日子主子为了帝姬的病疲于奔波，白衣真人说神器储魂日久，已有颓败之相，他就放血将养那些神器……"

我裹紧外衫，仍觉得冷。季末方才说什么？什么储魂，什么放血？

"季末。"未等我想明白，祁颜已出声打断他，抬起头，又是一派平静模样，只是眸底泛出异样赤红，"从前我觉得，只要你欢喜，没什么是我不能做的。可我现在后悔了。我不会让你嫁给他。哪怕你会恨我，我也不会让你嫁给他。此生此世，你只能是我的。"

原来那时，他因我伤重，我却什么都不记得，还让他去救贺连齐……甚至告诉国君我要嫁给贺连齐。所以他才会让那时还假扮白衣真人的谢卿告诉国君，我早已不是福星。

眼泪夺眶而出，我捂着心口闷哼一声，眼前画面一转，是数年前的光景，那时祁颜不过十来岁的少年，灼灼桃花树下，他问我："六位世子各有千秋，九儿中意哪一个？"

我折下一枝开得正好的桃花，想了想，道："大哥太闷，三哥又太风流，小五嘛……倒是甚好。"

他微微侧目，我笑起来："不过在我眼里，还是二哥最好。"

一瓣桃花落在他肩上，我正欲拍落，却被他一把握住手指："所以，你愿意嫁我？"

我愣了愣，笑出声来："那要二哥当了王上才行。"

当日不过一句无心之言，他却当了真。

这些事，我竟全都忘记了。

有句话说有缘无分，他对我的心意，我懂得得太晚，理解得太晚，回应得太晚，如果再早一些……

可世间哪里来的如果。

日落月升，与往日没什么不同，只是两位世子接连不知所终，国君大受打击，本就病恹恹的身体更是大不如从前。我偶尔从宫门处远远一望，看到他霜白鬓发，心里五味陈杂。冬去春来，内宫一片春意盎然，我终于走出寝殿，桑俞在院中看到我时，手里的饭菜摔了一地，哭着扑过来："主子，您……您终于……"

我摸着胸口怦怦跳动的心脏，闻花香，知饥寒，知冷暖，心有五感，却丢掉了祁颜。

从前那些讲情情爱爱的诗句，我曾一度认为是自古诗人都太过矫情，如今方知，只是没有遇到魂牵梦萦的人罢了。

无数个夜晚，我望着空茫茫的帐顶，脑海中总是浮现出我同祁颜的那些过往，从前不会回想，是我知道我与他还有很长很长的未来，有足够的时间创造崭新的回忆。可如今却只能靠微薄记忆来思念。

我从不知夜有这样漫长。

有时真正失去，才方知须得珍惜，是他那时同我说的话。这一场变故中，我们每个人，神器中的每个人都何其无辜。

情爱理应被好好呵护，而不该利用执念，最终害人害己。

我问白衣真人，那些被封在神器里的精魂，如今又在何处？

白衣真人抚须远目天边，良久："自然是去了该去的地方。"

入秋时，下了两场冷雨，贺连齐携沈澈回宫探望。我望着这个同自己长得一模一样的姑娘，一时觉得有些对不住她。

她却同我道："帝姬不必这样看我。我从小便知性命只有十八年，拼尽全力想感受世间一切。如今续命，自然都是赚来的，哪有工夫计较其他，自然想做什么便去做什么，把有限的精力用在恨上面，恨他却爱他，到头来一无所得，又图的是什么？不如今朝有酒今朝醉，我既爱他，他也爱我，便足够了。"

我想了想，说："我其实，很羡慕你。"

她回了一个笑："羡慕我？祁颜将你放在心尖，贺连齐当你是至亲妹妹，你羡慕我什么？"

有落花飞舞而下，我摊开掌心接住一瓣："活得久又怎样，从不知喜怒哀乐，不知爱恨，哪怕活上几千年，与死了又有什么分别？"

我讨厌宫廷，讨厌繁杂礼仪，讨厌小心翼翼彼此算计，可我胆子这样小，从不敢忤逆也不敢反驳，连婚姻大事都做不了主。

她爱上贺连齐，追随他来到齐都，我却连爱是什么都从没有体会过，将我启蒙的那个人已经不知所终。虽然过程艰险，她如今终究能与贺连齐相守，的确比我要幸运得多。

又一年新春，桑俞收拾旧物时寻到妥帖收在妆匣下的荷包，窗外暮然几声烟花，我披上外袍倚在门边。我生辰的那一夜，祁颜也是准备了这样好看的烟花，我当时却还嘴硬说没什么新奇。如今想来，其实我那时很开心，很开心。

冷风吹起衣袍，有什么从腰间掉出来，我捡起荷包，倒出其中的符纸。经年日久，符纸早就不如从前光亮，加之又泡过水，我小心翼翼将撕成几片的符纸捏在手心，想了想，拿出一片，一撕两半，又撕一半，再撕一半，等了许久。

毫无动静。

季末护在一旁，自祁颜走后，他便成了我的贴身侍卫，想起他曾说，符纸撕碎时祁颜会有钢刀剐骨之痛，方才知道很难从他口中听到一句实话，殊不知这句也是在拿我打趣。

桑俞搬来软垫，我呆呆地坐在院中石凳上，喝了三壶热茶，从烟花腾起望到空无一物的夜幕，狠狠地将符纸撕得粉碎："骗子！"

宫墙外蓦然一声低呼："嘶——"

手中纸屑随风飘落，似雪白落花，我怔怔望着朱色宫墙，眼泪夺眶而出。

—正文完—

番外
赋此生

桑俞近来十分不好过。

这是她家主子离宫出走的第十三天。每日下朝王上都会来寝殿坐到深夜，再独自一人踏着夜露离开。她觉得，王上着实有些无辜。

这件事要从三年前说起，彼时观星台上一劫，众人皆以为二世子贺连崇再无生还可能，白衣真人亦未言语，将他带去静水崖，动用神器将他复生。再归来时，恰逢老国君宾天，贺连崇——也就是如今的王上继位，而后只娶了她家主子为王后，空设六宫。一年过去，两年过去，第三年，朝中的老腐朽们再也看不过去，联名上奏要国君纳妃。

王上自然不允，这些老腐朽就想尽办法，终于有一日，弄了一位丞相家的侄女，扮作婢女送进了王上的书房。那时已经夜深，原本她家主子已经准备就寝，听闻王上仍在处理政务，忽然突发奇想跑去厨房炖了盅银耳莲子羹送了过去，恰好撞到丞相家的侄女柳姑娘只着了件薄纱裙，跪在王上身畔哭哭啼啼。

她家主子当下便摔了碗，连夜收拾包袱离宫出走。

后来，她问过那夜当值的小太监，是那位柳姑娘企图勾引王上不成，又往王上的茶杯里下了媚药，不想被王上察觉。王上要处置柳姑娘，柳姑娘这才哭着求王上。

望着王上疲惫的背影，桑俞叹了口气，看来这一国之君，真不是谁都能当的。

城郊别院，九辞坐在凉亭里嗑瓜子纳凉，一边看着远处白墙青瓦，近旁竹海摇曳。两年前，贺连齐携妻游遍江南塞外，最终将江南的小景搬来了这里，光工人和银两就不知用了多少，不可谓不用心。

几尾锦鲤搅乱湖水，沈潋百无聊赖地剥着一颗花生："王后成日住在这里，恐怕不成体统。"

"也是。"九辞随手扔了瓜子壳，拍拍手道，"不然你那玉盘借我用用，把我送去别的尘世吧？"

"……"

见九辞嗑完瓜子又去拿点心，沈潋冲一旁看书的贺连齐使了个眼色，两人不动声色地行到廊下。沈潋低声问："王上呢？"

贺连齐遥遥望一眼坐在水廊边愣神的九辞，书卷敲在掌心："在上朝。"

沈潋皱眉："你没告诉他九辞就住在这里？"

他收回目光："我为什么要告诉他？"一副看热闹不嫌事大的模样，"当日他分明知道白衣真人将你送往何处，还要让我找你这么久，如今，我又为何要告诉他九辞在何处？"

"……"

几日后，贺连倚来串门，顺便带来一个不好不坏的消息——这几日邻国侍者前来朝觐，城中守卫松懈下来。九辞当下便转身进屋，不过片刻已换好了衣裳："三哥，快带我出去转转，在这里当真闷得慌。"

贺连倚摇了摇扇子，自上而下打量她半天："要是让二哥知道，你说我的头，还能不能安安稳稳长在脖子上？"

　　九辞偏头思考一会儿："那不如我现在就回宫，跟祁颜说，是你帮我逃出宫去的？"

　　贺连倚默了默："九儿想去哪儿，我现在就带你去。"

　　放眼望去整个王都，唯有秦楼楚馆她没去过，当她把这桩想法说与贺连倚时，得到如下答案——不然你还是回宫去告状吧。

　　秦楼楚馆去不得，茶馆总是能去得，她找了个临窗的座位，才坐下，台上的说书先生刚讲到精彩段落，惊堂木一响："说起我们这位王后，果真当得上红颜祸水。"

　　九辞捏着半块绿豆糕吃也不是，不吃也不是，一旁的贺连倚漫不经心品了口茶，说书先生继续道："能让王上为了她空设六宫，独宠一人。听说前些时日王上生了纳妃的念头，人都送进了宫中，却被王后一顿毒打，当夜就赶出宫。"

　　九辞不可置信："当夜出宫的人，貌似是我吧？"

　　贺连倚笑了笑："民间这些故事，自然信不得。"

　　两人一唱一和，惹得周遭茶客频频注目，邻桌一个青年听得兴起，左顾右盼，最终将目光放在九辞身上："这桩事，姑娘如何看？"

　　九辞默不作声地呷了口茶："我也觉得……她是个祸水。"

　　而后几天，九辞日日来茶楼喝茶听书，隔壁的青年也日日出现。直到某日离开时，贺连倚终于看不下去，主动与那青年打了个招呼，九辞远远望过去，贺连倚面色阴晴不定。许久，那青年竟然走过来，面露羞赧，揖了一揖："不知姑娘姓甚名谁，芳龄几何，家住何处，在下其实心……心悦姑娘，已久。"

　　"已久"这个词，甚微妙。

　　九辞动了动唇："其实我……"目光落在青年身后，一愣。

　　不知何时茶楼已悄无声息，那青年仍浑然不觉，兀自说道：

"姑娘莫担心，在下不是坏人，家中也有些家底，是书香门第。父亲官居相位，绝非不良之辈。不知姑娘是否愿意……"

她又往青年身后望了望，做出沉思模样："那什么……你容我想一想。"

"啪"的一声，茶杯重重掷在桌上，青年后知后觉地回头，霎时吓得魂不附体："王……王上！"

看了半场戏的祁颜挥手让青年退下，又对立在楼梯口随时准备逃跑的贺连倚打了个手势："坐。"言罢施施然添了半杯茶水，抬头，"今日朝中无事，孤便陪你在这里，慢慢想。"

最后三个字压得极重，九辞狠狠瞪他一眼，梗着脖子："你可以纳丞相的侄女为妃，我为什么不能找丞相的外甥做面首啊？"

贺连倚一口茶喷出来，祁颜面色青了又白，从牙缝里挤出两个字："你敢！"

九辞放下茶杯，双手撑腮，一字一顿："你看我敢不敢。"

气氛剑拔弩张，贺连倚见状，收了折扇："清官难断家务事，二位各自保重，我先走一步。"

茶肆空荡，轩窗外几树樱花，两人分坐方桌两边，祁颜微微颔首："看来孤得寻个法子，把你的情思五感重新封起来，省得你到处惹桃花。"

九辞拍案而起："贺连崇，你别太过分！"

"叫夫君。"

"……"

言罢，他站起身，走下台阶，忽又站定，回过头凉凉道："王后是自己跟上来，还是孤亲自帮你？"

考虑到祁颜所谓的亲自，不是扛着她回宫，就是绑着她回宫，九辞决定好汉不吃眼前亏，灰溜溜地跟在他身后。

当夜，王后的寝宫大门紧闭，恕不待客。待九辞见到祁颜时，平日里一派从容的年轻君王模样颓唐，衣角破损，束发的玉冠歪斜，俨然一副怒极的模样。

九辞忍笑忍了半天，回身进内室："王上还请往新妃子的宫里去。"

手腕却被一把拉住，身后响起一声无奈叹息："谁说我要纳妃？"

她抽回手，转身瞪他："前日你那副样子，分明就是要纳妃！"

他微微垂眸，眼底都是温柔笑意："一个你已经够让我操心，哪里有空再去管旁人？"

"你骗人！"

"我何时骗过你？"

"怎么没有？从前我过生辰，你说那时我答应嫁给你。后来我都想起来了，分明没有！"

"怎么，你后悔了？"

"我……"

"后悔也来不及了。"

崇德三年，国君贺连崇下令，当朝再不纳妃，唯有一后。此举载入史册，为后人争相传唱。

愿桃花百里，如你归期。

———全文完———

后记

四月初一

　　到这里，《桃花》的故事就全部结束了。《桃花1》讲的是救赎和选择，《桃花2》讲的是善良和信任。从《桃花1》动笔到《桃花2》完结，整整两年的时间，也是我人生经历最多的两年。我无数次站在岔路口，经历了很多人生的重大选择。只是无论选择哪一条路，我始终记得一句话——聪明是天赋，而善良是选择。

　　《桃花2》可以说是我写文以来最用心的一本书，也是我写得最难的一本书。本来以为《桃花1》会默默无闻，没想到收到很多好评，我特别开心，同时也有特别大的压力，很担心《桃花2》写不好，不能给大家一个完美的故事。每次看到微博私信，都是开心又惶恐，甚至会觉得自己何德何能。所以《桃花2》动笔艰难，加之《桃花1》的诸多限制，只能在原有的基础上展开，我已经拼尽全力写好每一个角色、每一段故事，甚至是每一句话，但心里仍有不安。

　　直到最后改文的时候，编辑跟我说了很多话，才让我醍醐灌顶。也许这本书算不上完美，还有许多需要改进的地方，我只能做到尽全力，讲一个好故事作为回报。

九辞这个角色其实塑造的时候我很担心，因为她无心无情，情绪毫无波澜，也特别像某一个时期的我，对世上所有事情都提不起兴趣，这样的角色很难有戏剧冲突。万幸，有祁颜。无论经历什么，只一心一意要对她好，爱她、护她，希望她变成一个普通人，哪怕结果未知，也许她最终选择的人不是他，他依然希望她能历尽世间所有幸福快乐的事。

有心，有情，虽然会痛苦，但也同样会快乐。

我笔下的姑娘都颇有执念，特别有趣的是，《桃花1》和《桃花2》写作的过程中，正好是我做出人生两个重大选择的时期。

写《桃花1》的时候我的感情观非黑即白，所以写了心怀愧疚、在完成任务后选择彻底失踪的虞珂，写了爱恨浓烈痛恨欺骗背叛、立誓要复仇的方芫，写了"你知道我爱一个人，会把命都给他"的秦晚歌。而现在慢慢被世事磨圆了棱角，心里的向往也变得温暖缠绵，所以写了"纵使千般万般，他也定不会害我"的秦昭，写了"我与他既再无可能，那便给他们一个永世白首"的颜安，写了"善良本没什么不好，若连心中所愿都不信，又与他们有什么不同"的墨迟暮。

写了无心无情，却被祁颜深深爱着，最终因他生情的九辞。

也希望每一个姑娘都能像九辞一样，即使看尽世间诸多不公，仍然选择善良依旧。

最后要感谢我的编辑木鸣，感谢从《桃花1》开始就支持我的人。谢谢你陪我走到这里，如果有哪一句话能让你潜然落泪或者会心一笑，真是我莫大的荣幸。

江湖路远，希望下一次，我仍能与你相遇。

2019年3月
写于杭州

愿桃花百里
如你归期